ちくま文庫

殿山泰司ベスト・エッセイ

殿山泰司
大庭萱朗 編

筑摩書房

目次

I

Ⅱ

Ⅲ

殿山泰司ベスト・エッセイ

I

自叙伝風エッセイ

『三文役者のニッポン日記』

1

オレは子どものころ、銀座に住んでたよ。別にオレは銀座の灯が好きで住んでたわけじゃないよ。おやじが銀座で商売をしてたから住んでたまでのハナシである。おやじが北海道で商売してたら、北海道に住んだかもしれないよ。まあそんなことはどうでもよろしい。

そのころ銀座は静かだったなあ。人間も自動車も少なかったよ。自動車と人間がウジャウジャしてる銀座てのは、オレはあまり好きじゃないね。非文化的だよ。そのころは市電とバスがときどき通るくらいのもんだったからな。だからオレはガキの時分から銀座で遊んだよ。

長い針金をね、市電の、つまりいまの都電だな、その市電のレールの上へ置いとくと電車が通過するとペチャンコになるんだ。それで小刀みたいなものを作って遊んだね。いまみたいに、刃物を持たない運動なんてくだらない運動はなかった時代だからね。ジャンジャン刃物を製造したよ。せっかく刃物を作ったんだから、17歳になったら、だれかを暗殺しろなんてだれも教えてくれなかったよ。

あのころの祖国ニッポンは、少しはていどがよかったんだな。今の祖国ニッポンはどう考えても最低だよね。三文役者のオレが心から悲しむくらい最低だな。

オレはね、世の中というのは時代とともに、だんだんと良くなるものとばかり信じてたらそうじゃないんだね。今のオレは何も信じられないような気持ちだよ。地球が丸いなんてのもウソじゃねえかな、全く。

オレは小学生のときから色気づいてたからね。スキヤ橋の泰明小学校へ通う途中もムダにしないで、いろんなオンナにモーションをかけたけどね、大体において全部ダメだったね。オレは勉強もできなかったけどキリョウも悪かったからな。オンナに相手にされない小学生時代なんてミジメなもんだぜ。今から考えてもゾーッとするな。

2

オレは小学校6年生のとき、オトナのように女郎買いに行ってみたいと痛切に思ったよ。本当だよ。ウソだと思ったら神様に聞いてみてくれ。神様はなんでも知ってるよ。あの松川事件でさえ知ってるんだからな。

おれはそのころオレのおやじを最高にケイベツしたな。ヒドイおやじだと思ったよ。アチラコチラに女はいやがるし、酒は毎日ガブガブと飲みやがるし、隣の家が火事だというのに、芝・神明の待合から帰って来なかったくらいのおやじだったからね。

しかしいまはちがうよ。オレの心境が変化してね。いまでは最高に尊敬してるよ。やっぱりオレのおやじはエラかったよ。山口二矢《おとや》の神社ができるくらいなら、オレはオレのおやじの神社をつくってやりたいなあ。

オイ！　天国にいるおやじよ。おれはりっぱにおやじの血を継いだぜ。安心してねむってくれよな。

オレは20歳のころ、四谷の暗い谷間に住んでたね。正確にいうと、見付から塩町の界わいを転々として住んでたといった方がいいかな。

オレは引っ越しが好きだったな。あんないいものはないよ。人間は目先が変わるということは、スリルがあっておもしろいもんだよ。オレは今だって本当は、アチラコチラを転々として暮らしてみたいなあって思ってるけどね、いろんな事情でそうはいかなくなったからツマラナイね。本当にツマラナイよ。人間がイツでもドコでも、好きな所に住めるような時代が、一日も早くくることをオレは祈ってるよ。

オレはそのころ新劇の研究生をやってたね。いっしょの仲間に千秋実や多々良純がいたね。三人とも最低の研究生だったな。とにかく、千秋実なんか研究生になる試験のとき、オセロと聞かれて、〝オセロじ（痔）の薬〟と答えたくらいだからな。そのころオセロという痔の薬のあったことは確かなんだがね。この伝説のごときハナシもいまでは千秋実にいわせるとこのオレがいったことになってるんだ。真偽のほどはわからない。神様のみが知るだけだ。どうもオレは神様が好きだな。

そのころオレは世帯を持ってたけど、精神的には独身だったからね。毎夜のごとくやっぱりオレのごときろくでなしの友だちといっしょに、東京中の各遊廓や玉の井などをほうこうしたね。

そんなところを彷徨したお陰で、しばしばリン病をいただいたね。いまみたいに医薬の発達していない時代だからな、リン病なんてなかなかなおりゃしないよ。しかし、オレは初めてリン病をもらったのは中学3年生のときだからね、大してオドロキもしなかったけどさ。いつまでも自分の体内にリン菌を同居さしておくのは、文化人の恥だからね。自重自愛してなおしにかかると、前記のろくでなしの友だちが訪ねて来て、オレは誘われれば断われない性分だから、いっしょにノコノコ出かけて、屋台のヤキトリ屋に首をつっこんで、安物のアワ盛をガブガブやりながら、ヤレ芸術がどうの、芝居がどうの、世界の状勢がどうのと、オダをあげるもんだから、また病気が元へ戻ってしまうんだ。そして再び自重自愛の生活が始まるんだな。つまり悪循環てやつだな。オレは悪循環てのは経済上のことだけかと思ったらそうじゃないんだね。バカバカしい。

お女郎買いもしない、酒も飲まない、それで新劇の仕事もないときは、オレは朝から晩まで太宰治ばかり読んでたね。この世の中で小説家は太宰治ただひとりと思うばかり太宰治ばかり読んだね。あまり太宰治ばかり読んでるものだからしまいにきっと他人がオレのことを太宰治だと思うんじゃないかと、オレがオレで心配するほど太宰治を読んだね。どうもオレの文章は難解だな。アタマの悪い三文役者が得意になって文章を書くとこんなことになる。もっとも三文役者のクダラナイ文章を読もうなんてヤツもクダラナイヤツだろうからちょうどいいかな。ゴメンクダサイ。祖国ニッポンも、あのころ暗い谷間にあったらしいけど。オレも暗い谷間にあったんだな。もっともオレのは暗い谷間の町に住んでたせいかな。

3

オレは30歳のころかな外国から祖国ニッポンへ帰ってきたよ。外国といってもパリじゃないよ。お隣の中共、つまりそのころは支那と言ったんだがね。オレは何もシナへアソビに行ってたわけじゃないよ。兵士として戦争に行ってたんだ。オレは戦争もキライだし、兵士になることもキライだったんだけどね——キライだったらやめればいいじゃないか、といまの若い人は思うかもしれないけどね、そのころは封建時代!!と言って、天皇陛下か、政府か、区役所かしらないけど、そんなところから赤い紙がヒラヒラやってきたら、兵士にならざるをえないんだ。イヤだって言えば、そうだな、刑務所に入れられるか、だれかに殺されるんだろうな。オレは同じ日本人に殺されるのはキライだから、兵隊になってシナへ出かけたまでのハナシである。ニッポンの軍隊てイヤなとこだった。まったくイヤなとこだったな。

何か言うとなぐられ、何も言わないとなぐられ、なぐられないようにするとまた、なぐられるんだ。いま思い出してもゾーッとするな。

オレの戦友に北海道のタコべやにいたイレズミをしたアンチャンがいたけどね。そいつに軍隊とタコべやとどっちがいいと聞いたら、〝冗談じゃないよ、タコべやがいいに決まってるよ〟と言ったよ。

オレは4年半、あのヤバンな風景の中で生活したことを、何も言いたくないほど、あの人生の空間を憎んでいる。わかってもらえるかな。

ニッポンの軍隊について詳しく知りたい方は、野間宏氏、五味川純平氏の作品をお読みになられるといい。別に知りたくない人とか、小説を読んでもよくわからない人は、はじめから読まれないほうがいい。時間のムダである。念のため。

戦争に行く前だけどね。ときの政府が、新劇をやってるヤツは非国民である、即時解散しろというんだね、イヤな言葉だな非国民て。どうして非国民なのかサッパリわからなかったけど、ときの政府にさからうと、兵隊さんになるのを断わるくらいこわいことだからね、あわてて直ぐ解散したね。

そのころは新劇をやってても別に一人前に食えたわけじゃないけど、ブラブラしてたらよけい食えないからね。ちょうど京都の撮影所で役者がいると言うんで出かけたね。オレ一人で行ったんじゃないよ。そんなにオレはエラクないからね。今は俳優座の小沢栄太郎氏、東野英治郎氏のあとにくっついて行ったんだ。

興亜映画と言ってね。小杉勇氏、田坂具隆氏、内田吐夢氏がエラ方でね、志村喬のオッサンもいたな。いま民藝にいる山内明氏も途中からはいって来たね。後年彼の家へいそうろうするようになったのもそのときのエンである。

それにいまは、同じ近代映画協会の仲間というより、オレがチャップリンの次に尊敬しておる新藤兼人氏が美術部にいたね。そのころは、オレのほうが月給が20円ばかりよかったかな。世の中はわからないもんである。人間はダラシがないとオレみたいにいつまでも三文役者でいなければならない。深く深く反省せよ。

4

オレが京都の撮影所にいたころはもう日本中に酒も食べるものも少なくなった時代

だったな。何を買うにも並んだよ。どこでも行列したよ。オレなんか自分の家へ入るのにも一人で並んで入ったね。バカじゃねえかな。

オレがこなければいいと思った赤紙を突然いただいて、特配の日本酒をガブガブ飲んで、故郷の東京へ出発するとき、隣に住んでいた小沢栄太郎氏がオレを京都駅まで連れてってくれたよ。オレの側近のオンナと、いまはなき栄太郎夫人と、いまは花のパリにいる一人息子の協坊が嵐山電車の踏切で手を振って送ってくれたよ。

さすがのオレもポロポロ泣いたね。別れとは悲しきものだと胸にしみたね。

オレはね、男と女が、おたがいの愛情のもつれのために、別離哀愁するのはいくらやったってかまわないと思うよ。だけどね、だれのためだかわからないようなことで、平和な静かな家庭をこわされて、別離哀愁するのは、こんどは絶対にお断わりしたいね。いやオレだけではない、いまの若い人たちに再びあの思いをさせたくないと、オレは静かに戦争反対の旗を掲げるよ。

オレがニッポンへ帰って来たときには、オレの側近の者は山形県新庄の呉服屋の2階にいたね、つまり疎開してたんだな。

いくら三文役者でも、山形の片スミにいたんじゃ商売にならないからね。オレは東京へ出てきたよ。それに京都の撮影所のオレの籍が戦争中大船の撮影所に自動的に移ってたんだな。

東京へ出てきてもオレは自分の家があるわけじゃないから、小沢栄太郎氏、山内明氏、志村喬氏の家や、そのころは独身で貧乏であった多々良純のアパートや、その他を転々としたね。そのときに転々とするクセがついたのか、オレはいまでもあまり家へ帰らないでアチラコチラを転々としているよ。人間の習慣て恐ろしいもんだね。まあそんなことはどうでもいいがね。

いまもあまりよくないけど、そのころもあまりよくない時代だったんでね。大船の撮影所でいただく月給だけじゃ食べてゆけなかったんだ。山形へ帰ってはセッセと米を運んだね。自分で食う米じゃないよ。売ったんだ。わかりやすくいえばヤミ屋だな。ずいぶん長い間このヤミ屋をやったな。友だちの家へ泊ってないときは、だいたい汽車の中に泊まってたんだから、自分の家なんてものいらねえよな。

ヤミ屋の仕事が忙しくて三文役者としての正業はほとんどしなかったな。人間なんでも生きてゆくことが先決問題であるということを実践した悲しい時代だったな。

5

オレがヤミ屋を正業にして、ときどき三文役者をやってるころ、オレの側近の者が、何かのエンで新橋へ四畳半ひと間の掘っ立て小屋を借りたね。便所はついているけど、とても風雨には耐えられない掘っ立て小屋だったな。

自分の住むところができたからといってボンヤリしてたんでは生きていかれないよ。そのころ、やたらにたばことめしが不足してたんだ。だからオレはたばことめしを売って生活したね。つまり売ってはいけないものを売って生きてたってわけだな。お客はだいたいにおいて、新橋駅前のたばこや新聞の立ち売りの女の子、パンパン、スリ、泥棒、やくざのアンチャン、といったとこだったな。

ひまなときにオレはパンパンが連れてくる黒人の兵隊に英語を教えてやったりしたよ。英語のよくできないアメリカの兵隊がいたんだからいま考えても不思議だな。

そのころ大船の撮影所へ行ってもね、だれも知ってるもんがいないんだよ。ただ美術部に新劇をやってたころの仲間二人がいてね、だからオレは俳優部にいないで美術部ばかりにいたよ。カントクの吉村公三郎先生はオレを美術部の人間だと思っていたくらいだからね。オレが役者ですというと、そうかてんで初めて〝安城家の舞踏会〟に出してもらったな。それがエンでそのご、現在にいたるまでご迷惑のかけっぱなしである。オレは生まれてからいままで、いろんな人に迷惑ばかりかけてきたから、こんごもいろんな人に迷惑かけて生きていこうと覚悟している。

それからしばらくたって、大船の撮影所でどうにか三文役者として食っていけるようになったので、新橋の掘っ立て小屋を引き払って、こんどは逗子の山内明氏の家へ、側近の者どもと完全居候をしたね。自分で家賃を払うより居候をしてたほうが安く上がるからね。当たり前のハナシだな。

オレはね、そのころ、税金を全然納めなかったらどういうことになるか実験してみたことがあるよ。これはね日本国民として悪意があってやったわけじゃないよ。そのころニッポンの役人がいたずらに使い込みしやがってね。オレなんか一生かかってもかせげないくらいの金をクスネタりしやがんだ。つまりその金はオレたちの税金だろう。そこでさすがにおとなしいオレも腹を立てて、税金なんか納めてやるもんかと思ったんだな。

税金を納めないでいると、ご承知でしょうけど税務署から何回もはがきがきて、それもほうっておくとこんどはトラックに乗って差し押えにくるよ。そこであわてないで落着いていると、家の中の物を全部持ってってくれるね。人間も持ってってくれるともっとサッパリするんだけど、税務署は人間は持っていかないよ。残念だな。

これで全部すんだと思っていい気持ちになっていると、また税務署からはがきがきて、差し押えて売り払った金と税額とが合わないから、その差額を払えっていうんだよ。つまり差し押えしていただければそれで全部すんだと思ったところがしろうとなんだな。泣けたね。オレはこのときの差額をいまだに月賦で払っているよ。――人民は損をしても日本帝国は損をしないことになっているんだ。ウマクできてるよな。

人民をやめて日本帝国になりてえな。まったく。

6

朝早く撮影所の門をくぐり、カメラの前をチラチラとしてときにはカントクにしかられたり、仕事のことでなく二日酔いでしかられることもある。ときにはみずからのヒタイをたたいて幇間のごとくスタッフのごきげんをとり結び、疲れ果て夕方テレビ局の門をくぐり、こんどは台本と天井を交互にながめ出来の悪い頭にセリフをむりやりつめこみ、夜中に放送局の門をくぐり、連続15分ドラマのセリフをマイクの前でボソボソとしゃべる。

これだけ働いたからといって、別にヨットが買えるわけじゃないよ。食うのがせいいっぱいである。外国でこれだけ働いたらキチガイだと思われるよ。つまりオレたち三文役者はキチガイのごとく働かなくては食えないということになるんだな。酒でも飲まずにいられるかってんだ。

オレがこういうとね。冗談じゃねえよ、それだけ仕事がありゃいいじゃねえか。文句言うことはねえよ、という三文役者もでてくるんだ。悲しいね、これが日本の現実だよ。

オレは何か日本に大切なネジが足りないんじゃないかと愚考するね。選挙違反をした子分が、お上の目をくぐって逃げ回っているのに、その選挙違反で当選した親分の代議士はノウノウと議席に収まってる。つまり子分の選挙違反と親分の当選はなんの関係もない。選挙違反をしたのは子分であり、親分ではない、当選したのは親分であり子分ではないということになるんだろうね。話がよくわからなくなったけど、こんな風景はオカシクないのかね。こんな風景をみんながオカシクないと思うようになったら、それこそオカシイんじゃないのかね。どうも三文役者の文章はイヤだな。もすこしスッキリ書けないもんかな。

それからね、ついでだから書くけどよ、オレはオリンピックの東京開催にも反対したいんだ。こんなお粗末な国でオリンピックをやってどうだってんだろうね。わからないな。オレはニッポンなんて世界の片すみで小さくなって、静かに平和に暮らしてゆければそれでいいと思ってるんだ。いまさらなんで名前を売り出す必要があるのかね。そりゃね、17歳の少年も16歳の少女も、そのころはおとなになってるから大丈夫だけどさ。

（共同 36・3）

『三文役者あなあきい伝 PART1』

A BROTHER(弟)から

[略]

わが思い出の弟よ

「タイチャン焼けたよ」と、弟は玉子焼を手ぎわよく皿にうつす。おれはオツケを作ってるんだ。ダシ汁は営業用のがあるから、それを小鍋に入れて瓦斯にかけ、煮立ってから味噌を入れる。白味噌と赤味噌のカクテル。これは東京風ではないけど、このほうがウマイと、おれが研究したんだ。食べ物なんかどうでもいいと主張しているくせに、研究するところが不思議。これが沸騰《ふっとう》してきたら今度は、豆腐を賽《さい》の目に手の上で切って放り込み、すぐ鍋をおろす。すぐおろす、このタイミングがむつかしい。これでオツケはできあがり。弟と二人でいつものように立って食うんだ。馬だね。いや牛も立って食うか。立って原稿を書くという小説家がいたな。そうそう、わが敬愛するヘミングウェイだ。ヘミングウェイというのは、その小説もだけど、本人の生活態度が面白いよな。スケールがちがうわい。食事がすんだら、茶わんや皿や鍋はそのまま放っとらかして、弟は泰明小学校へ行き、おれは市電に乗り府立三商へ行く。「いってまいります!!」と大きな声を出しても、だれも返事をしない。返事はないけど、おれたちはいつもイッテマイリマスと叫んだ。習慣だね。昔の東京で味噌汁をオツケといったのは、あれはきっと、メシに付けて出すからおツケといったんだね。ちがうかな。ちがってもどうってことはないけど、オツケは死語となってしまった。

おれの通学した府立三商というのは、制服が背広なんだ。これがキライだったなおれ。ネクタイをしなければならない。それも黒い葬式用みたいなネクタイ。ワイシャツの汚れが目立つ。詰襟《つめえり》金ボタンの学生服のほうがうんといいよ。第一、下に何を着てても分らねえもんな。今はどうだか知らないけど、そのころ背広を制服に採用していた中等学校は、東京ではこの府立三商と市立一中だけだ。金ボタンの、ボタンはどうでもいいけど、詰襟の学生服では、何となくファッシズムのニオイがあるから、それで背広にしたのであろうか。そこまで考えてやったのかね。おれには信じられないけど。おれ、本当は、渋谷にあった府立一商へ行きたかったんだよな。そしたら担任の教師が、山口さんという教師だ、忘れもしねえ。無理だってんだ。学力が無理だということ。当時の最高に入学試験のむつかしいと評判の学校は、東京高校や武蔵野高校の附属中学、府立の一中と四中、まアそんなとこであったな。そんなものはコッチは相手にしない。向うも相手にしない。府立一商もまず相当に入学困難な学校ではあった。それで山口先生は無理だと言ってくれたんだ。分ってる。三商というのは、一商の副校長だか教頭だかの吉沢さんて人が、校長となって、昭和三年に新設開校された学校なんだ。出来たてのホヤホヤにまぎれて、入学試験を受けたらどうだと、その山口くんが、失礼、山口先生がいうもんだから受けて、入学できたわけなんだけどね。「府立、府立三商へぼくは入学したよ」と、鼻をピクピクさせて親父に報告したら、親父は「そうか」と言っただけであった。学校は深川の越中島にあった。商船学校の並びよ。

おれたち流民兄弟

小学生のころの夏は、弟と二人で、よく月島の海水浴場へ行った。歩いていったんだ。銀座から築地を抜けて、かちどきの渡しを無料のポンポン蒸汽で渡り、月島八丁目を右折して突きあたると、そこに万国旗はためく海水浴場があった。ヨシズ張りの茶屋がずらッと並んでおり、道の両側には、氷屋や支那そば屋や甘酒屋の屋台も一ぱい並んでいた。白ッぽい熱い風景だった。おれたち兄弟は、帰りには必ず十銭の支那そばを食うことにしていたんだ。銀座まで歩くんだもんな。今は支那そばといわずにラーメンというけど、ソバ屋自体の味が、今のとは全然ちがうよ、どうなったのかね。この海水浴場たるや砂浜のない海水浴場で、五銭ぐらいの入場料で茶屋へ上がると、すぐさま持ってきた赤フンドシにかえて、満潮のときはドボンと飛び込めるけど、そうでないときは、茶屋の裏の石垣にくっついている、直立した木のハシゴを、そろそろと降りることになる。そろそろというのは、下に水がないからだ。そしてヌルヌルの泥んこの中を歩いて沖へ出る。その気持の悪いこと、オソソの中を歩いてるみたい。思い出しても足の裏がムズムズしてくるわ。泳いでいても、プカプカと浮遊してくる、猫や犬の死骸や人間のウンコにぶつかる。あわて者はあんぐりとウンコを食うことになる。ゴッツァン。あわて者でない奴は、犬猫の死骸、草履《ぞうり》や下駄《げた》の古いの、そしてウンチくんなどと、競泳することになるのだ。分りましたね。よくもこんなところを東京市役所は、海水浴場として許可してくれたね。しかし市民の皆さまはドナタも公害だとかヘッタクレだとか、さわがなかった。こんなもの公害じゃねえか。公害じゃなきゃウンコぐれえ何でもねえわな。

たまにキレイなとこで泳ぎたいときには、芝公園のプールに行った。これも弟と歩いて行ったんだ。おおいとしの弟よ!! 当時の東京シティにおいてプールというのは、芝公園にたった一ツあっただけである。郊外の玉川にもあったけど、これはあまりにも遠すぎる。銀座通りから新橋を渡り日陰町をぶらぶらと芝大門に出ると、右手に増上寺が見え、それを目指して行くと芝公園だ。日陰町というのは古着屋の町として有名であった。あのお定さんが、切り取った吉蔵さんのポコチンをふところに、逃走のために着物を着換えたのも、この日陰町ではなかったか。ちがいますかいな。東京にはまだ神田に柳原という古着屋の町があったな。古着というものが必要な社会だったんだね。今はアナタ洋服にしてもキモノにしても、新品で安物のツルシがわんさとあるんだから、わざわざ古着を着ることもなかんべえ。

どうしておれたち兄弟はスイミングが好きだったのかね。不思議だ。もっと大きくなってからは、やっぱり弟と二人で、千葉県の富浦や勝山に部屋を借りて、ひと夏をすごしたこともある。親からカネをもらって勝手に出かけて行く。「いってくるよ」それだけさ。おれたちは本当にこの親父の息子だったのかね。それにしても放任しすぎるぜ。だけど「気を付けてなあ」ぐらいのことは言ってくれたけどね。流民だ。おれたち兄弟は流民坊や。親父は流民おやじ。昭和八年に親父が死んで、それが盲腸の見立てちがいで腹膜になって死んじまったんだから、泣くにも泣けねえ。現代の医学では考えられないことだ。そのとき広島からやってきた親父の母親から、オバアサンといいなさいよ、いろいろと聞いて、おれは始めて親父の経歴を知ったんだけどね。わが愛する親父は、瀬戸内海の生口島という島で生れてね、小学校を出てから、これも広島県だけど本土の忠海中学というのに入ったんだそうだ。タダノウミ。チュウカイではない。五年間その学校の寄宿舎で暮し、卒業したら帰ってくるかと思ったら、これが帰らずに上海へ行ってしまったというんだ。上海‼ シャンハイで何をしていたのだ。知らないという。それから神戸へきて、貿易の仕事かなんかをやってて、その地で結婚したというんだな。成程、そうか、それでおれの生母は神戸にいたのか。神戸女か。おれは神戸の女ときくと、すぐアタマがクルクルするのは、そのせいなんだな。とにかく親父ときたら、おれには何も言ってくれなかったんだから。それから事業に失敗したとかパニックとかで、パニックだから事業に失敗したのか、東京へ出てきたというんだけど、これでは完全な流れ者だ。流れ者万歳‼ そして、おれたち兄弟が泳ぎが好きなのは瀬戸内海のエイキョウだ。よく分った。

女郎買いで退学

弟は泰明小学校を卒業すると、小石川区関口町にあった、独逸協会学校中学校という長たらしい名前の中学校へ入学した。略して独協という。コイツもあまりデキは良くなかったんだ。府立へなんか入れやしねえ。この学校は今でも存在してるな。東映の大泉撮影所へ仕事に行くときなんか、この学校の前をクルマでよく通る。ひどくなつかしい気がして、弟の面影がノウズイに浮かび、胸のふさがるような思いをする。もちろん普通の中学で教える英語の代りにドイツ語だ。だから弟から簡単なドイツ語をよく教えてもらったもんだ。〈会議は踊る〉という映画とか、エミール・ヤニングスという俳優とか、ドイツ映画隆盛の時代だったから便利をした。そのころおれは中野中学校というのに行っておりました。女郎買いをしたりエンタを喫ったりしたもんだから、日に日に三商の担任教師の顔が険しくなり、おれもイヤ気がさしてやめてしまったんだ。いやテメエで自発的にやめる前に、退学を命ぜられたのか。そこんとこがどうもハッキリしない。記憶がハッキリしないのだ。女郎買いといったって、同級生に洲崎《すさき》遊郭の女郎屋の倅がおり、うちへ遊びにこいよ、というから遊びに行って、お女郎さんの姿でも見られるのかと、胸をわくわくさせてたら、これが店と住居がうんと離れてやがって、肝じんなものは何も見えやしないの。がっかりさせやがらあ。その帰りについでに女郎買いをしただけである。いくらなんでもソイツの店ではないよ。他の店だけどね。歩いてたら小柄な、藤原釜足さんみたいな牛太郎に引きずり込まれたんだ。それがクセになって、洲崎遊郭へはチョクチョク行くようにはなったけどさ。中等学校の生徒ならもう立派なオトナだ。教師たるものが何も険しい顔をすることはねえよな。エンタ、つまりタバコだって十五か六にもなりゃ、喫うのにきまってらなあ。アメリカやベトナムでは七ツか八ツのジャリが、堂々とプカプカやってるのを見かけたぜ。今はときどき葉巻もやるけど、そのころはシガレットばかり。葉巻は女のアソコへ突っ込む道具だとばかり思っていた、イヒヒヒヒ。

［略］

「タイチャンいこうッ‼」

おれがそんな苦難の道を歩いたのに、弟は独協中学からスイスイと、早稲田の第一だか第二だかの高等学院へ入った。通学のかたわら、銀座裏に雨後の筍の如くに出現した喫茶店の女のコとチョロチョロしたり、相当に忙しくやっていた。おれは内向性のウジウジだのに、弟は反対にボッブ・ホープを小型にしたような陽気な奴で、これは次男坊的な特質かね、人びとに素直に好かれもした。生母のことは全然おぼえていないので、養母としては、おれなんかよりも、うんと可愛いかったらしい。おれは小学中学の期間を通じて、何回も家出をしては生母のとこへ行った。行かなくなったのは生母が再婚してからである。べつに養母を深く憎んでたわけではないけれど、養母としてはやりにくかったにちがいない。気持は分るけどね。陰気なおれと陽気な弟。だからおれとしては、つながって歩くのは都合がよかったのだ。「タイチャンいこうッ‼」と、手に手をとって吉原や新宿や、亀戸や玉の井にも女を買いに行った。コイツは短い人生ではあったけど、終生おれのことを、兄さんと呼んだことがない。いつもタイチャンだ。一度でいいからニイサンと、呼んでもらいたかったな。タイチャンか。ああ目をつぶると、スモッグに煙る夜空の彼方から、タイチャン‼　と、弟の声がきこえてくる。ほんまかいな。ほんまほんま、おれは嘘ツキだけど嘘はつかない。何ちゅうややこしい日本語を使うてくれるんじゃ。

昭和十年前後だったかな、おれは敢然と役者をやるべく決意した。と言うと立派にきこえるけど、じつは親父の亡きあと、本来ならば、おれが家業をつがなければならないのであるが、それがいやでいやで、だらだらと店の手伝いのようなこともやったけど、女ができて蒲田の小さなアパートに住んでみたり、悪友のいた松竹蒲田の撮影所でブラブラしたり、将来どないしようかと思っていたのである。そして役者でもやってみるか、ということになったのだ。いいかげんな気持から出発したのである。何となくキラキラしてる役者の世界。町を歩いても人たちにアコガレの目で見つめられる。何十年も経ってから、どこへ行っても、憎しみの目で睨みつけられるようになるとは、夢にも思わなかったぜ。軽薄、どだい軽薄なんだおれは。それで弟に相談したら、

「おいおいタイチャン、それじゃぼくが店をやるのかい」「そうだよ、やってくれよ」弟はしばらく沈思黙考してたけど、「よしッ、それじゃタイチャンは役者になんなよ、店はぼくがやるよ」と言ってくれた。おれは行末がすっきりしたような気がして、とてもうれしかった。母親も喜んだね。可愛いがっている弟が家業をついだほうが、うれしいにきまっている。つまりおれは、赤の他人の母親ではあるけど、親孝行

をしたことになるんだ。いや親孝行をしたのは弟か。弟はすぐ早稲田の高等学院を中退し、家業に専念するようになった。せんないことではあるが、弟も自分なりのことを、何かやりたかったのかもしれない。同人雑誌に小説を書いたり、素人劇団に参加したり、おれはそれを知っていたのだ。若き日のアソビと思っていたのです。罪なことをしたものだ。やりきれない。おれは、吹けば飛ぶような貧弱な三文役者になり果て、ああ何のカンバセあって天国へ行かれようぞ。地獄へ行きたい。地獄へ行きたい。るいるいと老いの目に涙が出る。「泣いてんのかいなジイサン、珍しいこともあんねやな、コーヒーでも飲むかあ?」「あっちい行けッ阿呆んだら!!」畜生、日本帝国の、あッいけねえ、また鉛筆が折れてしもうたがな。

ビルマで叫んだ弟の名

弟の家業継承と共に、おれは正式に家を出て、家から、つまり弟からやな、毎月五十円をもらうことにした。そして四谷坂町に家賃十五円の家を借りて住んだ。昭和十年、いや十一年だったかな。女と一緒である。蒲田にアパートを借りてたころと同じ女だ。この女は八丁堀の国華ダンスホールのダンサーで、まアいいや、今は女のことを語るべき時ではない。昭和十四、五年ごろには、カネを自由に使えるようになった弟にぶら下がり、毎夜のように水天宮裏の安物の待合までタクシーを飛ばし、芳町《よしちょう》のこれまた安物の芸者ばかりを買った。弟は飲まなかったけど、そのころはおれも酒はどうでもいい時代で、おれがガボガボと飲んでアル中となったのは、敗戦後である。アレをやる以外にすることがないもんだから、その待合へ行くたんびに、天ぷらそばを注文して食った。しまいには待合のオカアサンに、「うちはそば屋じゃないんですからね」と文句をいわれた。おれたちは若すぎて、待合のアソビもろくに知らなかったんだ。だけどそれぐらいのことで、何もお客に文句をいうことはねえよな。大きな声ではいえないけど、おれは二十歳前後から頭が禿げてたもんだから、そのオカアサンに「あんたがたは兄弟といってるけど、本当は親子じゃないの」と言われてカッカッとしたもんだ。それ以後、余計に頭が禿げるようになった気がする。みずてん芸者が十円ぐらいであった。オールナイトよ。チョンノマじゃないわよ。渋谷の円山《まるやま》町あたりでは、十円でお酒が付いてお釣りがきたもんだ。

弟は学生時代からのサテンの女と長くつづいていて、おれはその女と、これが新潟は高田の女で、タッパは低かったけど肌のむっちりした美人、一緒になるのではないかと思ってたし、弟もその気だったらしいんだけど、これを母親が反対したんだ。自分の遠い身内の娘を宇都宮から連れてきて、結婚しろと言う。いかにも田舎イナカした娘。これには弟もむくれてイチャモンをつけ、大ごとになるかと心配してたら、弟は新潟とは手を切り、その母方の娘とすんなり一緒になってしまった。おれとしては弟のこの行為が、何としても、おれの理解を超えたところにあり、そして弟は家業をついだ時点から、何もかもすべて諦めていたような気がするのだ。おれの推察ではあるけど、それは影のような戦争の推移と共に、その行方を深く洞察して、おのれの運命のようなものを、覚悟していたのではないだろうか。だからこそ母親の言いなりになったのだ。やりきれない。だからこそ愛する女と手を切ったのだ。やりきれない。

「もう書くのは終ったようやな、なんやまだ泣いてんのかいな、これ見てみい、このマグロ!!」「どないしたんやそれ」「どないしたんやて、あんた高尾さんに頼んだんとちがうか、隣のマグロ屋にトロをタダでくれいうて」「えッ、あれは冗談やがな」「こっちは冗談でも向うは本気にするがな、どないしょうこれ」「うーん、これはまた大きすぎるわ、食べきれへんでえ」「今晩は刺身にしようか」「きまってるがな」「明日はどないしよう?」「そうだな、山かけにしろッ」「山かけか、あさってはどないしよう?」「こまかく切って佃煮にするのにきまってるがな、ショウガを一緒に入れてやな、ぐつぐつ煮るねん、そのぐらいのこと分らんのかバカモン!!」「あんなあジイサン、あんた怒鳴らんと、静かアな声でしゃべれへんのか」「やッかあしい、あっちい行けッ!!」「いけッいわんでもいくわい、ええ年さらしていつまで泣いたら気がすむねん、阿呆くさ」

昭和十七年の春に、おれは二度目の召集を受け、戦場へ行ってしまった。それ以後、弟の顔を見ることはなかったのだ。「タイチャン!!」の声も聞くこともなかったのだ。二十一年の夏復員してきて、はじめて弟のビルマでの戦死を知ったのである。とうとうおれは一人きりになってしまった。今から七、八年前に映画の仕事でバンコクへ行ったとき、知り合った在留邦人のひとに頼んで、その人のクルマでビルマとの国境へ連れてってもらった。例の〈戦場にかける橋〉の鉄橋のあるところだ。河の向うにビルマがあった。それは茶色ッぽい平原であり、その遥か向うにホリゾントの書割りのような山々があった。おれは声を限りに「コウチャン!!　コウチャン!!」と叫んだ。叫ばずにはいられなかったのだ。お笑いくだされ諸兄姉よ。だけどねミナサン、「コウチャン!!　コウチャン!!」と叫んでるうちに、おれは砂ぼこりをあげて駆けてくる弟の笑顔を見、そして「タイチャンいこうッ!!」と呼ぶ声も聞いたぜ。信じてくれ!!

IN ONE'S YOUTH（青春時代に）から

わが初舞台「女人哀詞」

牛込北町にあった新築地劇団の研究所、養成所というのかな、そこは劇団の稽古場でもあるんだけど、毎日のように雨の日も風の日も通った。マジメにやってたわけだ。とにかく戦争の影が日本全土に、薄くかぶさってた時代だけど、馬鹿なおれは一向に気にしなかった。気にしなかったんではなくて、気が付かなかったんだな。モノホンのバカモンや。しかし、いつ召集されるか分らないという不安は、いつもアタマの片隅から離れなかった。これがユウウツの大きな種。日本帝国の糞野郎!! いつ召集されるか分らないという不安に、顔には出さねど心の中でおびえていた若者たちがゴマンといたのだよ。無惨な無惨な青春時代だ。デイヴィッド・バーガミニの「天皇の陰謀」というのを読むと、おれは日本の天皇てのはデクノボウとばかり思ってたんだけど、何もかも承知して命令なんかしてたんだそうですね。こんなことアチラのヒトに研究してもらわんと、コチラのヒトが研究したらどうなんだ。

それで、養成所にはいろんな人間がいた。「役者なんかバカバカしくってウワハハハ」と豪傑笑いをする豪傑みたいな人もいた。体のガッチリした三十歳ぐらいの労働者型。ビックリしてきいてみたら、九州の炭坑からきたんだけど、いずれ機を見て北海道の炭坑へ行くという。「おいキミ‼　役者なんかウワハハハ」どうして炭坑から炭坑へ行くのだ。つまり地下に潜入して運動してたのかね。それにしては軽薄なとこもあるな。二の腕に女の名前のイレズミもしてあった。さっぱり分らない。左ではなくて右だったのじゃねえか。そのころの新劇てのは左翼的な存在であったのだから、右の人間がスパイとして潜入してたともいえる。００７や。そして、左の人間が潜伏するのには、演劇修業の場だから、一見適当な場所であったともいえる。よく考えれば滑稽ではあるし、いずれにしてもサッパリわからない。

トーキーの出現で職場を失なった活弁あがりの人たちもいた。活動写真の弁士だから活弁。無声映画時代の王者であり、ヘタな映画スターよりも高い給料を取っていた活弁もいたんだから、華やかな商売でもあった。チラチラするスクリーンにあわせて、馬賊の一隊は険しい山の中をとか、海賊の船は嵐の海をとか、説明するわけだけど、そんなものは画面を見てれば分ることであるし、役者がパクパクとやってるのにあわせて、愛してますとか、愛してませんとか、セリフをいうんだけど、これも、〈愛してます〉〈愛してません〉と、フィルムの中に字幕が入るんだから、いらないといえば、いらないようなもんであるし、奇妙な存在といえば、奇妙な存在でもあったな。諸外国には活弁はなかったようである。文明社会の人たちは必要としなかったわけだ。しかしガキのころのおれたちにとっては、この日本のダレかの発明による、発明でなくて創意というのか、活弁の映画説明はおもろかった。胸をおどらしたもんだ。上品には映画説明者ともいったけど、その芸術家諸氏の短かい歴史や生態については、今は亡き徳川夢声さんの著に詳しい。興味ある御仁は読まれるといい。

養成所の同期には、活弁のころには相当に名の売れていた人もいた。暗がりの中とはいえ、何年もしゃべっていたのだから、三好十郎の戯曲などをテキストに、稽古をしてもセリフは達者だ。しかし動キがうまくともなわない。役者というのは動キも必要だからね。先生である劇団の若い演出家たちから、チガウ、チガウ、コウヤルンダ!!などと叱咤《しった》される姿を見て気の毒な気もした。みんなおれたちより年上なんだから。おれたちというのは、千秋や多々良のおれと同年代のことだけど、若イのや四十をすぎた年寄りもいるし、おかしな俳優養成機関だったな。おかしくねえか。役者をやることとトシとは関係ねえ。三歳からだって役者はできるけど、六十からだって役者はできる。

講師のメンバーの中で、強烈におぼえているのは、いやいや忘れてはイケナイのはといいたい、三木清さんと高倉テルさんだ。地面に杭を打つ如く、おれのノウズイにゴツンゴツンと、貴重なモノを打ちつけてくれた。盲目であったものが、少しずつ明りの中へ、引きずり出されたような気がしたのだ。社会とはなんだ。人間とはなんだ。おれはいくらか物を考えるようになった。この意味からだけでも、おれとしては、この劇団の養成所に入った意義がある。ありがとう。敗戦後おれは、三木清が監獄の中で死んだのを知った。監獄の中で死んだということは、国家に殺されたということだ。そんな国家におれたちは住んでいたのだ。そして、時間はどんどん流れているのに、大して変りもしないそんな国家に、今だに住んでいる。阿呆らしくてアホらしくて、当り前のことを当り前になんかしゃべれるか。日本帝国万歳!!

その養成所の期間に劇団公演としては、山本有三の「女人哀詞」があった。山本安英の唐人お吉で武内武の鶴松。武内武と上から見ても下から見ても同じは、現在の浜村純のことである。おれたちも仕出しでガヤガヤと出た。ほとんどの者が初舞台。おれだってアマチュアー劇団でやったとはいえ、正式には初舞台みたいなもんだ。生れて始めて頭に羽二重を付けカツラをかぶった。そして鏡に映るテメエの顔を見て、おれは果して役者になれるだろうかと思った。魅力のないつまらねえ顔をしてやがるんだ。

このときの床山は奥松ちゃんであり、その奥松ちゃんは今でも元気にやっている。ときどきテレビ局などで会う。「よう!!」とか「やア!!」とか、お互いに声を交すだけだけど、おれはいつも、何かウンとしゃべったような気がする。おかしなもんだな。

そのころ衣裳部屋の隅っこで、てめえの体よりもでかいような衣裳行李《ごうり》と取組み、フウフウいいながらハナをたらしてた小僧が、今ではある衣裳会社の重役になっている。このまえテレビ映画の仕事でその会社へ行ったら、奥のほうからノソノソと出てきて、「タイチャンよ、あんたウチの若い衆の前で、俺がハナをたらしてたなんていわないでくれよ」と、文句をいわれた。おれがアチコチの仕事場で、おめえんとこのコレコレという重役はハナたらしの小僧だったぜ、と、よくいうもんだから気にしたらしい。こんなことといえば気にするのは当り前か。すまんすまん、かんべんしてくれ、ハナはたらしてませんでした。

この「女人哀詞」の公演は、約二年も舞台を遠ざかっていた山本安英の唐人お吉というので、相当数の観客を動員した。劇場はもちろん築地小劇場。入場料は一円であった。そのころの新劇というのは、大体入場料は一円だったな。一円均一。円タクみたいなもんだ。円本という一冊一円の全集物も出版されていた。一円というのが何かの基準になっていた時代ではなかろうか。玉の井や亀戸でのバツイチだけのチョンノマも一円。しかし吉原や洲崎の遊郭は一円では無理だった。一円五十銭か二円はした記憶がある。本牧のチャブ屋ではビール一本が一円だったので、高いビールだと、おれたちは噂をしたものだ。だけど洋画の封切りは五十銭だった。

［略］

A STORY OF YOTSUYA（四谷物語）から

［略］

名優岡田嘉子と丸山定夫

昭和十二年の十二月に、長谷川一夫さんが松竹から東宝へ転社したことが原因で、顔を切られるという事件があり、昭和十三年一月に、岡田嘉子と新協劇団の演出家杉本良吉が、樺太の国境を越えてソ連へ逃避してしまった。この二ツの事件は、世間の人たちを相当さわがせはしたけど、やっぱり役者をやってるものには、少なからずショックであった。杉本さんは築地小劇場の廊下でチラッと見かけたことはあるけど、劇団がちがうせいかお話をしたことはない。岡田さんは映画や舞台を見たりして、その芸には接したことはあるけど、おれ個人としては知らない女優さんである。長谷川さんとはその後の人生において、たびたび映画やテレビでご一緒に仕事をした。

先日、岡田さんの入院されてる病室の、隣の病室でテレビ映画のロケをやった。何だかくすぐったい気持がしたな。モスコウで客死してしまった、客死はおかしいかな、夫君であった滝口新太郎とは、おれが役者以前の銀座の友である。銀座五丁目裏の新ちゃんの好きであった喫茶店プリンスで、よく一緒にコーヒーを飲みながらだべったもんだ。滝口新太郎と並んで坐っているということは、オノレも映画俳優とおもわれるのではなかろうかと、ええ気持であった。オッチョコチョイだったんだおれは。岡田嘉子さんの病室には〈面会謝絶〉の札がかかっていた。おれにとって一番印象に残っている女優岡田嘉子は、新派の舞台でやった三好十郎作の「彦六大いに笑う」である、やっぱりすぐれた女優のひとりだな。

忘れてはいけねえ。忘れてはＡＲＴの神さまの罰があたる。ガンさんも四谷見附のそばの小学校の裏に住んでいたんだ。ガンさんというのは名優丸山定夫のことである。おれは、こんなスゴイというか、ウマイというか、おったまげた名優を他にしらない。劇団の大先輩であり、〈守銭奴〉や〈坂本竜馬〉やｅｔｃで、舞台を一緒にしたことも何度かあるけど、その演技にはいつもウーンウーンとうなり、〈守銭奴〉のアルパゴンなんてのは世界的絶品、毎日のようにソデでみていても、ガンさんの舞台は、毎日のように、爽快さというものが胸の中を吹き抜けていくようであった。爽快さだけでは足りねえな。何といえばいいのだ。役者の芸の素晴しさというものは、クチでは説明できないもんな。ああもどかしい!!　ああくやしい!!　そしてガンさんは心のやさしい人であった。おれが大家族でいるのを知って、いつか東宝映画の仕事を持ってきてくれたことがある。ガンさんは東宝でもエライ役者だったのだ。忘れもしない、「川中島合戦」という映画である。長谷川さんと先代の猿之助さんが主演で衣笠貞之助監督であった。それでおれは確か、五十円だったかな、百円だったかな、ギャラをもらった記憶がある。

ガンさんは畜生、涙が出る、あの広島原爆で、遠い世界へ行ってしまったのだ。畜生!! 思い出すと果てしなく涙が出る。

劇団を脱退した同志

昭和十三年三月に研究生七名が劇団を脱退している。それも京都の南座公演へ出発直前の東京駅で、当時の書記長であった中江良介に、脱退届を提出しているのだ、人ごとみたいに書いたけど、おれもこの脱退メンバーのひとり。脱退の理由というのが、この日の東京朝日新聞によるとだね、〈――劇団指導部に対する不満、端的に千田是也氏等二、三幹部の独断専行にあきたらぬためとなしている――〉ということに、なってるんだけどね。どう勘定してみても、劇団研究生としての生活を、一年ちょっとぐらいしかやっておらんのに、どうしてこんなに強く出たのであろうか。直接当事者のおれとしても、今から考えてみるとよく分らない。劇団自体もだらしがなかったのかね。それとも、研究生のおれたちが強すぎたのか。脱退の直後、佐々木孝丸さんや三好十郎さんのお宅へ押しかけて行き、何かしら気炎をあげたのは、よくおぼえている。

どのくらい時間が経過してか、忘れてしまったけど、千秋実は自分で劇団を組織し、おれと多々良は新築地へ戻ってしまった。今更どうしようもないけど、おれは何だか恥ずかしい気がするのだ。

それを機に、何となく気に入らなかった夏目銅一という芸名を、薄田のトウサンにことわってから、本名の殿山泰二とした。本当はタイジのジが爾なのであるが、ややこしい漢字なので二としたのだ。これを司としたのは戦後のことである。名前なんかどうだっていいじゃねえかバカ!! そんなこというけど、役者なんだから、やっぱり名前は——。うるさいッ!!

この四月初旬の五日間ほど、毎日のように大泉にある撮影所へでかけては、ミス・トルコをテーマとした映画をやっていた。主役に抜擢された十六歳になったばかりの、少女の女優を相手に、とても少女には見えんな、立派にオトナや、泡オドリとかタワシ洗いとか、一般トルコでやることをやってたわけだイヒヒヒヒ。ウチのババアに見せてやりてえやア。

おれはフルチンでも平気だけど、こんな場合、女優さんは普通、前ハリというのをアソコに付ける。だけどシャボンの泡をお互いの体につけてもみ合ってるうちに、そんなモノは自然にとれてしまう。十六歳の女優は平気であった。たのもしい。しまいには前ハリなんか付けずにやった。ああうれしいウフフフ。ついこの前までは、裸になるのはイヤだとかヘッタクレだとか、女優さんの声をきいたような気がするけど、このごろは何もきかない。世の中は日々に進歩発展するものなんですね。

ああそれなのに、それなのに、おれの長男坊主は、十六歳と抱き合おうが、何をしようが、ちっともおやからないのさ。撮影関係者がみんな見ているせいかね。見られたからって別にどうってこともないんだけどな。トシのせいかね。ああイヤダイヤダ。

THE EVENING BEFORE（前夜）から

［略］

満州公演旅行

昭和十三年六月に新協劇団で、久保栄の「火山灰地」が上演され、昭和十四年の正月には、浅草—新橋間だった地下鉄が渋谷まで開通した。関係ないがな。永井荷風の「濹東綺譚」が上梓され評判になったのもこのころだった。パーマネント・ウエーヴも廃止ときまった。ゼイタクは敵だからというのである。パーマネントがゼイタクかどうか、おれはよく知らねえけど、戦争ほどゼイタクなものはないと、おれは思うけどね。糞ッたれ!!

おれは劇団書記局の書記というのもやったな。これは何をするのかというと、主なる仕事は、幹事会や総会があると、築地警察の二階にあった特高の部屋へ行っては、会をやりますから、と届けるんだ。そしたら「あいよ」と特高の一人がきて、その会合を傍聴してることになる。べつに革命のために決起するとか、ダレソレを暗殺するとか、血わき肉おどる相談をぶつわけじゃねえのに、特高はいつも傍聴にきた。次回公演の出シ物とか劇団経理の報告とか、だらだらと展開するディスカッションを、特高はんはアクビをしながらきいてはった。ごくろうさんでんなア。

大体、どう考えても、新協劇団のほうが新築地よりは、思想的には尖鋭的であった。それぞれのレパートリーから考えてもそうである。お世話になった劇団ではあるが、新築地は何かフニャフニャしていた。フニャフニャしてるから、おれみたいな役者がいられたのかな。おれの在団中に、千田是也退団というケースがあったけど、これもそんな劇団の色彩が原因であったのではなかろうか。何も特高なんかわざわざ傍聴しなくてもよかったのに。

だけどさ、だれが考案したんだか知らねえけど、国民服というのができてね。これが軍服に似てる五ツボタンのカーキ色で、国民は着用するようにと奨励されたけど、こんなみっともない服、さすがに劇団のダレも着なかった。エライ‼　もっとも気のきいた日本人はダレも着なかったようだ。それがせめてもの抵抗の姿勢。

この四月末日のこと都市センターホールへ、西村晃の「死神」というミュージカルを見に行った。晃に招待されたんだ。このミュージカルについては、面白いところもあり、面白くないところもあり、いろいろ言いたいこともあるんだけど、それはおくとして、隣のシートが加藤嘉であったので、参考のためにもと思い、それよりおれは忘れてることも多いので、昔のおれたちの劇団や新劇のことなどを、いろいろときいてたら、

「満州へ公演に行ったのをおぼえてるか」と、いわれた。思い出した思い出した。

「そうだ、満州へ行ったなア、あれは昭和十四年だったかね」

「うーん、いつだったかな」

「ええと昭和十五年だったかね」

「うーん、忘れたア」加藤嘉は女出入りの激しい役者だったから、ダッタカラではないダカラだウフフフ、頭がボケたのかもしれねえ。

「おい、タイチャン!!」

「なんだよ」

「何か俺の気にさわるようなことをいったか?」

「何もいわないヨおれ」

「ならいいけどさ」

「満州へ持って行った出シ物は何だったけな、海援隊か」と、おれはきいた。

「海援隊は和田勝一さんのホンだろう、ちがうよ、真山青果の坂本竜馬と三好さんの彦六だよ、竜馬をガンさんがやったんだ」そうだそうだ、ガンさんも一緒だったんだ。

新派で上演した〈彦六大いに笑う〉も持って行ったのである。何が新劇の公演だ。新劇とはなんだ!! それともこれは戦争の影が濃かったというべきか。時の流れに逆らえなかったというべきか。どうもおれは同情的だな。どうせおれたちは戦争に引きずられた人間だ。大きなことはいえねえよな。

「加藤さんよ、あのとき新京でさ、新京飯店だったかな、満映の甘粕理事長に招待されたことがあったろう」

「うんあったあった」

「あのときね、おれは宴席に現われた甘粕の姿を見て、これが大杉栄や伊藤野枝を殺した憲兵大尉甘粕正彦という人間かと、その無気味さにプルプルときたけどね、あんたおぼえてるか？」

「甘粕と会ったのはおぼえてるけど、俺はべつにプルプルとはこなかったぜ」

奉天、新京、ハルピン、牡丹江、大連と巡演した。満州や朝鮮は日本帝国の植民地ではあったけど、おれとしては日本から外へ出たのは、そのときが始めてである。

おれたち劇団員一同の乗った急行列車が下関に近づくと、一見してすぐ特高と知れる顔や服装をした奴が、いずこから乗ったのか、数名もざわざわと出現して、おれたちの隣りへピタリと座り、「どこへ行くんだ？」とか、「何をしに行くんだ」とか、どうでもいいようなことを、ひそひそと低い声でききやがるんだ。これも天皇制下日本の一風景。女優が大ぜい乗ってるもんだから、テレビのない時代だし顔なんか知りやしねえ、女を売りにいくんじゃねえだろうなア、なんて馬鹿なことも吐かしやがって。売れるもんなら売りてえやア阿呆んだら。アイツらどしたかな。もう死んだかな。死ね!!

釜山からの広軌鉄道の、広軌というのは鉄道の軌道の幅が、一・四三五メートル以上あるものをいうんだそうだけど、その汽車のデッカイのにはびっくりこいた。やっぱり大陸だわい。日本はこまいけんのう。食堂車へいったらよ、ウェイトレスがロシヤ人の花も恥じらう美少女ばかり。ロシヤ人といえば外国人だよ、うれしいのなんのって。飲みつけないウオツカを飲みすぎて、モウロウと列車内をうろうろしたあげくヘドを吐いたり、小便を垂れ流す奴があったり。みっともない。ニッポンのノウキョウを笑うなッてんだ。

［略］

1940 IN KYOTO（京都にて昭和十五年）から

興亜映画時代の人々

おれは昭和十六年の初夏に召集され、そのまま戦場に連れていかれたり、どうにかなってしまうのか、と思ってたら、これが、どんな事情があったか知らないけれど、その年の暮に地方へ帰されたので、つまり召集解除、自分ながらビックリした。戦友たちもみんなビックリしてた。ビックリしたけど、地方へ帰されるのはホクホクとうれしかった。兵隊はキライやと何べんも言うてるやろう。

大日本帝国陸軍では、軍隊以外の場所をすべて地方という。ダレが発明した言葉か知らない。大村益次郎はんかな。西郷隆盛どんかな。どうでもいいけど、軍隊というものを中心に考えた場合、軍隊以外のところを地方というのは、まことに適切な言葉だよな。大日本帝国陸軍万歳!!

地方へ帰ってきたら、仕事をしなければならない。だからおれは興亜映画へ戻ったわけだ。興亜映画というのは、その資本系統は松竹系の撮影所であり、洛西は帷子の辻に所存しており、帷子はカタビラと読むんだよオネエチャン。田坂具隆、内田吐夢、小杉勇の諸先輩を主要なスタッフとしていた。そこへ新劇解散組の東野英治郎、小沢英太郎ｅｔｃが参加したわけだ。おれはだから、小沢、東野の先輩につながって入社したということになる。お世話さまでした。

月給百二十円。一本手当三十円。一本手当というのは読んで字の如く、出演した映画一本についてもらうカネ。当時としてはわりといい俸給だ。おれは劇団在籍当時から、南旺映画と契約していて、今井正監督の「結婚の生態」や、千葉泰樹監督の「白い壁画」などに、出演していた実績がモノをいったのかもしれない。この世界では実績は大切だからね。本当に大切かな。最近ではなんだか、よう分らんけど、実績なんかどうでもよくなったらしい。虚名のほうが大切である。光陰矢の如し。うかうかしてたらアカンでえ。書いてるのが阿呆らしゅうなってきたなオカアチャン。ＭＩＬＥＳ・ＤＡＶＩＳのＩＮ ＣＯＮＣＥＲＴでも聴くか。休憩!! ヒーコー飲もう。

この撮影所には、志村喬、風見章子、山内明、団徳麿の諸氏もいたな。食糧事情がそろそろ困難な時代で、そろそろなんてもんじゃねえ、相当困難と書くべきだ。おれはよく志村のオッサンとこへメシを食いに行った。食糧事情が豊かであれば、何もヒトさまにめいわくをかけずに、テメエのとこでメシを食うわい。おれは女と鳴滝で二階借りをしてたんだけど、「ついでだから私もいくウ」と言うので、おれは女とふたりで、現在の東映撮影所の近所にあった志村さんの家まで、ぶらぶらと竹やぶの道を歩いたりして、メシを食いに行ったもんだ。オッサン夫婦がちっともイヤな顔をしなかったのは見事である。今でも感謝してるぜ。おれたちは志村さんのことをオッサンと呼んでいた関係上、志村夫人のことをオバチャンと呼んだ。トシを計算してみたら、オッサンが三十二、三のころである。気の毒なことをしたな。おれたちだけでなく、小沢英太郎夫妻なんかは、小学校まえの食べ盛りの息子まで連れてメシを食いにきてた。おれだけが犯人ではない!!

おれの借りてた二階というのは、嵐電鳴滝駅の南側にあった大きな家で、松竹のシナリオ・ライター藤井滋司さんの親戚とかいう、七十ぐらいのオバアチャンが一人住んでおり、二階借りとしては理想的な家だったんだけど、おれが毎夜のように撮影所のダチと、酒を飲みにシティの中へ出かけたり、五番町や宮川町へ女郎買いに行ったりして、とにかく帰るのは夜中か明け方というありさま。おまけに帰ってくればウォッ!!と、ライオン歯磨のような声を出したりするもんだから、「オバチャンが目をさますじゃないのヨ!!」

当時のわが国にはまだ敬老の精神が残存しておりまして、女が気がねだからというので、鳴滝中腹に貸家があったので引越した。

つらつらと考えてみるに、どうも日本家屋の構造というのは、その家族だけが住むように出来てるらしいね。もっと深く考えたら、家族だけでも住めないような構造になっとる。独立した部屋らしい部屋がないからだ。まア最近はとみに改善されてはいるけど、日本人てのは紙と木で、じつに不思議な家を造ったもんだと思う。源氏物語のような大昔には、セックスのよがり声なんかは、みんなで聞いたんですかね、と、テレビのショウ番組で一緒になった、ある大学教授に、おれはきいてみたら、昔は広かったですからねエ、と、あっさり言われた。そりゃ上等の公卿や武家は、フウフウハアハアがきこえないほどの、でっけえ家に住んだかもしれねえけど、一般庶民はどうなってたんだ。日本国の歴史というのは実に分らないことが多い。歴史ではなくて、現在の時点でも分らないことが多いよ。不可解な国家なんですね。この国の革命は世界で一番おそいという、おれさまの予言は適中するかもしれんでえ。やれやれ。待ってるのはしんどいな。お先に失礼しようかア‼

［略］

新藤兼人監督とのこと

つまらねえことを、長ながと書いてしまったな。時間の浪費。気を付けろッ。おれたちがこの興亜映画へ入社して、始めて撮影所へ行ったところに、前進座とのユニットともいうべき「元禄忠臣蔵」を、かの有名な溝口健二監督で、松の廊下の大きなセットなどを撮影中であった。この映画の美術監督水谷浩の助ッ人をやってた新藤さんと、おれは始めて会ったのだ。新藤さんはすでに一人前のシナリオ・ライターだったのであるが、自分の美術部時代の師ともいうべき、水谷さんの仕事を手伝ってたのは、あの嵐の前のような時代の影響もあったけど、やっぱり新藤兼人の苦闘時代だったともいえる。おれはここで終生の友を得たのだ。

その興亜のころは、会えばヨオウとかヤアとかいうぐらいのものであったが、戦後、大船撮影所で再会してからは、新藤さんのシナリオの仕事も多くやるようになり、友情というか交情というか、急速に発展したのだ。そして昭和二十五年に、企業の中の映画製作の不満から、新藤さんが吉村公三郎監督と共に大船を退社したときに、おれもつながって退社してしまった。それで近代映画協会なるものを、設立するような仲にまで発展したわけなんだ。とは言っても、いつも新藤さんのリードで、おれはヨチヨチと歩いてるようなもんだけどね、とにもかくにも、新藤さんという友を得たことに、おれにとっては、興亜映画の存在は意義がある。だからあのとき京都へ行ったのも意義があったわけだ。人生て奇妙なもんだ。ほんまに奇妙なもんだ。

おれの所属していた演技部というのが、親玉はもちろん小杉勇さんだけど、これが軍隊式に班を作るようになって、おれも一ツの班の班長を、大げさにいえば任命された。班長といっても名前だけで、何も特別なことをするわけではない。普通や。女郎買いの班長だったらよかったのに。

そのおれの班に山内明が入ってきたのだ。まだ早稲田の学生だったな。あれは田坂具隆監督の「海軍」という映画に、主役に抜テキされたためである。どういうわけで、素人の学生の山内くんが抜テキされたのか、その事情はよく知らないけど、山内くんの親父さんは山野一郎といって、映画説明界では一方の旗頭であったので、そんな関係かもしれない。こんなこと本人にきけば分かることなんだけど、不思議にきいたこともないな。今も面影を残しているけど、そのころ山内明は本物の美少年であった。

親玉の小杉さんはおれに言った。

「タイチャンよ、山内くんはまだ素人なんだから、なあタイチャンよ、いろいろなことを教えてやってくれ、なアたのむぞッ、宮川町は教えるなよ」

おれは小杉勇さんの声色だけは、得意中の得意であるから、本当はこのセリフを声色でやりたいのであるが、紙の上にエンピツで書いてるのであれば、そうもいかねえよな。まことに残念である。

それでおれは山内明に、ドーランはこうやって塗るんですよ、なんて、メーキァップやその他のモロモロのことを、やさしい声で懇切丁寧に教えてやったんだ。で、あるがゆえに、いわばおれは、山内明にとってはセンセエである。それを今だに会うと、泰ちゃんタイチャン!!　と軽く軽く呼びやがる。恩知らずだアイツは。もっとも敗戦直後の三年ばかり、おれは住むべき場所がなくて、山内の家に居候をしてたことはあるけどね。オマエこそ恩知らずだッ!!

昭和十六年十二月八日、太平洋戦争が勃発。日本はアメリカ、イギリス、オランダに宣戦布告をしたのだ。なんで、なんでこないなことになったんやろな。昭和十六年は一九四一年だ。

二度目の赤紙

その日、なぜかおれは銀座にいた。何の用事で帰ったのか、すっかり忘れてしまったけど、東京にいたのだけはハッキリとおぼえている。とうとうアメリカと戦争か。イヤだなァ。その夜、銀座裏で浴びるほど酒を飲んだ。行きつけの酒場ポプラで常連に酒を都合してくれたのだ。万歳!!　とか、鬼畜米英!!　とか、そんなこと大きな声で叫ぶ客は、この店には一人もいなかった。酔って銀座を歩いた。またすぐ召集をうけるな。今度こそ遠い所へ行くのにきまってる。もしかすると死んでしまうかもしれない。銀座が見納めのような気がした。五丁目のワシントンの前で児玉の健ちゃんと会った。そうそうワシントンは敵性の名前だからイケナイというので、東条靴店になっていたのだ。バカバカしくってクチもきけねえや。

「健ちゃん、あんたアどこから見ても西洋人だからさ、スパイとまちがえられるぜ、気をつけなよ」酔いにまかせて冷かしてやったら、

「おおおどかすなよ、タタタイチャン」

小走りにそそくさと消えてしまった。健ちゃんは、おれのガキのころは、吹けば飛ぶようなリョウフだったけど、戦後は花売りのジョニーで有名になり、晩年は花屋の経営もうまくゆき、仕合せそうだったのはうれしい。

昭和十七年の春だったかな、おれは内田吐夢監督で小杉勇主演の「鳥居強右衛門」で、若き日の徳川家康をやり、その仕事が丁度おわったときに、それは仕事のおわるのを待っていたかの如く、二度目の赤紙がチラチラと舞い込んできた。やっぱり来やがった。畜生!! 糞ッたれ!! 戦争になんか行きたくねぇッ!! 赤紙とは召集令状のこと。お上よりいただくのだから、有がたく頂だいしなければいけない。天皇陛下万歳!! ヒヒヒヒと涙が出る。

二日ばかりは送別会、いや歓送会か、どうでもいいや、酒びたりで暮したけど、むなしい気持さ。日本陸軍のあの苛酷な世界で、おれはどうやって生きていこうかと、そればかり考えていた。国家なんかどうだっていい。戦争なんかどうだっていい。おれは日本陸軍の中で日本陸軍と戦うんだ。その作戦は、怠惰である。

おれはヒトリで嵐電に乗り、東京の連隊に向って出発した。常盤の里の小さな踏切

りで、おれの女や小沢英太郎一家が、別れの手を振ってくれた。京都駅まで送りにくるというのを、おれはことわったのだ。ステーションでアデュウするなんて、愚劣きわまりないよ。

ニッポンへ帰ってきたのは、昭和二十一年の夏であった。

THE JAPANESE ARMY（日本の軍隊）

赤坂の一〇一連隊

〈日本の軍隊〉とタイトルはでっかいけど、中身は例の如くお粗末なもの。われながら恥ずかしい。字なんか書きさらしやがって!! 飯塚浩二先生に「日本の軍隊」という名著がある。野間宏、大岡昇平、大西巨人の諸先生にも、日本兵士をテーマとした素晴しい小説がある。正式に研究されたい方は読まれるといい。

それで食ってる職業軍人ならいざ知らず、ミリタリズムとはエンもユカリもない徴兵された下級兵士にとっては、日本軍隊は言語につくしがたい苛酷な地獄のような世界であった。おれは追憶しただけでも激怒のあまりヘドが出る。毎度のことだけど、大日本帝国の糞ッたれ!! 国家なんか死ね!! と、叫びたくなるのだ。

山王通りを乃木坂に向い、途中を右折すると突当りの右に三分坂があった。胸をつくような急な坂であった。その坂を上りきったとこに、赤坂の一〇一連隊の営門があったのだ。この三分坂というのは、あまりにもその傾斜が急で、上りきるのに三分もかかるから、三分坂というんだそうだけど、今はわりとゆるやかな坂になってしまった。

東京の坂というのは全般的に見ても、みんな何となく傾斜がゆるやかになったようである。大きなビルディングが林立したりする影響ですかね。坂なんかどうでもいいけど。本当は東京というのは、大小の坂の多いデコボコした都会なんだけど、そんなことを考える人もあまりいない。気が付かないのだ。サンフランシスコみたいに、ロマンチックなケーブルカーがトコトコと上り下りする、あんな風景が見られないからね。坂はともかくとして、TOKYOはロマンチックのカケラもない街だ。こんな風《ふ》情《ぜい》のないシティは世界にも珍らしい。

おれは二度召集を受けたわけだけど、二度とも弟が見送りにきてくれた。召集された者やその家族たちが、羊のようにぞろぞろと歩いていた。万歳‼と叫ぶオッチョコチョイもいたけどね。見送りというのはキライだし、おれはヒトリで入営したかったんだけど、身体検査が合格ときまれば、私服を持って帰ってもらう必要があるのだ。私服とはデカのことではない。自分のキモノのこと。

「タイチャン、即日帰郷になればいいのになア、淋病はどうなっているウ？」おれの慢性淋疾は、この召集時に限って全治のような状態で、肝じんのウミがドボッとチンポの先端から出てくれないのだ。ああツイテナイ。

「タイチャン淋病どうなってるウ」これが弟から聞いた最後の言葉であった。おれのあと召集となりビルマで戦死してしまったのだから。資本主義社会のあるかぎり戦争はある、と、ノーマン・メイラーも言うとるわ。戦争のあるかぎり戦死があるのは当り前やな。

日本の軍隊では、入隊したその日に二等兵にしてくれる。二等兵が一番下の階級だからね。三等兵というのはない。赤地に黄色い星一ツの階級章を付けるわけだ。これで大日本帝国陸軍二等兵となる。二等兵なんかイヤだ、陸軍もイヤだ、と言っても、ハイそうですかと、やめさせてはくれない。これは徴兵制度の特徴。同年兵が四十名ばかりいたろうか。同年兵というのは年齢が同じという意味ではない。おれたちは第一乙種合格の補充兵ばかりだから、二十四、五歳から三十歳ちかくまでの集まりであった。その四十名ばかりが、教育される新兵の内務班を形成し、新兵を教育する専任の上等兵と、それを補佐する助教のこれも上等兵の一名がその班に付く。この二名がおれたちをシゴキにしごく野郎だ。その上に軍曹がいて、コイツが班の責任者になる。通常、班長と呼ぶ。

軍服や編上靴が支給されるのは当然として、下着類の一切、フンドシまで支給される。「監獄みたいだ」と、つぶやいた同年兵がいた。「あのう靴がブカブカですけどオ」と、だれかが文句を言ったら、専任の上等兵はムウッとした顔で振り向き、「足を靴に合わせろッ!!」と怒鳴った。言ってることがよく分らない。足を靴に合わしたからこそブカブカではないのか。それとも靴に合わせて足を大きくしたり小さくしたりしろというのか。そんな器用なことでけんわ。軍服は演習用のボロボロのもの。ブカブカの靴をはいて、手首の見えないような大きな軍服で、まるでチャールズ・チャップリンのような奴もいた。ハロー・チャーリー!!

配属されたのは歩兵砲中隊の、速射砲隊であった。速射砲というのは対戦車砲である。戦車専門に攻撃するわけ。歩兵砲というのはズングリムックリした小型の大砲だけど、この速射砲は細身の砲身でスマートな砲であった。スマートだけど兵器である。キライや。だからおれたちは速射砲の兵隊としての教育を受けたわけである。自分で希望したのではない。勝手にムコウできめてくれたんだ。中隊にはこれらの砲をケン引する軍馬もいた。馬の面倒もみなければならない。おれは三八式歩兵銃と軽機関銃だけの、普通の歩兵中隊の新兵たちを、とてもうらやましく思った。人間どこで余計な苦労するか分らんもんだ。兵器もキライだけど軍馬もキライや。軍馬も兵器の内か。

一日二日は無気味な空気の中でお客であったけど、三日目ぐらいからシゴキが始まる。先ずは〈敬礼〉の教育から、いやいや〈不動ノ姿勢〉だったかな。不動ノ姿勢とは読んで字の如く不動の姿勢である。気をつけッ!! 上等兵の号令一下、おれたちは不動の姿勢をとる。

「こらッ、おまえのはなんだッ」上等兵がイチャモンをつける。

「ハイ木村二等兵、不動の姿勢であります」呼ばれたら自分で自分の官姓名を名乗ることになっとる。

「これが不動の姿勢かア？」

「ハイそうであります」

「キサマこれが不動の姿勢かッ、えッおいッ、指がバラバラになっとる指が!!」そしてパシイッ!! と手をしばかれる。専任の上等兵も助教も、おれたちより年下の現役兵である。現役は数えで二十一歳の徴兵検査の翌年が入営ときまっていた。

「おまえのはなんだア？」

「ハイ田中二等兵、不動の姿勢であります」

「バカモン両足の踵《かかと》が離れとる踵がッ」

バツン!! と足を蹴飛ばされる。阿呆らしくてやれんのう。

「おまえは何をしとるんだア？」

「ハハハはい、ササ佐藤二等兵、フフフ不動の、シシシ姿勢で、アアア——」

「おまえはドモリか？」

「ハハハはい、ササ佐藤二等兵、ドドドどもりで、アアありますウ」

「もういい、いつまでアウアウいっとるんだッ!!」

日本の軍隊では上官に会えば、必ず敬礼をしなければならない。どこの国の軍隊でもそうかな。オノレが二等兵であれば他のみんなは上官である。だから敬礼ばかりしてることになる。営内をちょいと歩くと、腕が痛くなるほど敬礼をする。もし敬礼をしなかったら、オマエはどこの中隊の何という名前の者だ、ときかれ、官姓名をいうと、気をつけ!!と不動の姿勢をとらされ、目から火の出るようなビンタをいただくことになる。ビンタてのも手でもらうんなら、まだいいけど、相手もテメエの手が痛いもんだから、革製の営内靴と称するスリッパでやられたりすると、親からもらった大事な顔が変形する場合もある。

そんな顔で内務班へ戻ると、上等兵殿から「どうしたんだキサマ」ときかれ、コレコレしかじかでありますと報告すると、「キサマ上官殿に対して敬礼をしなかったのかッそれでも日本国民か!!」と、日本国民と敬礼とは関係ないと思うんだけど、矢のようにビンタをもらい、変形した顔が更に変形して、元に戻るということもあり得る。ほんまかいなア信じられん。

おかしなことに、兵営での起床時間も就寝時間もみんな忘れてしまった。悪夢のようなあの季節を憎むあまり、すっぽりと忘れてしまったのですかね。もっとも記憶力も弱いけど、もう完全に消滅してしまった世界のことだから、どうでもいいやな。調べれば分ることだけど、積んである本を引っくり返して調べる気もしない。お許しあれ。ダレに許してもらうこともないか。

汗とナミダの初年兵

おれたちの班の初年兵教育期間の日課というのが、気をつけ!! 番号!! 一、二、三、四——の朝の点呼のあと、馬毛付と称する軍馬の手入れ、炊事場への飯上ゲ、班内や舎前舎後の清掃、食後は食カンを洗い炊事場へ返納、食器洗いｅｔｃ。それらを各自が手分けをしてやり、といっても自主的なものではなく上等兵殿の命令だけどね。それから全員揃って、速射砲の演習というか訓練というか、が始まり、昼食のあとも同じこと。夕食の前後にも馬毛付など朝と同じようなことをやり、おまけに自分たちが一ツずつ持たされている三八式騎兵銃の、砲の中隊だから歩兵銃より銃身の短かい騎兵銃だ。その手入れをやる。ああ小銃の名称までおぼえなくてはならない。「おい、そこの兵隊、この部分の名称をいってみろ、うーん」すぐ教官や上等兵にやられる。おれは遊底というのを今だにおぼえている。それが小銃のどの部分であったか忘れてしまったけど、名前だけおぼえているんだ。遊という字が気に入ったのかね。毎日汗をかくから、そうそう真夏だった、洗濯をしたり、何とかヒマを見つけてタバコも吸わなければならない。忙しいのなんのって目がまわる。ほんとに目をまわして倒れる初年兵もいた。医務室へ連れていかれる。一人減ると全員でソイツのやるべき仕事を分担しなければならない。ますます忙しくなる。夜の点呼のアトサキには、軍人勅ユとか、このユてのもどんな字か忘れたわい。軍隊内務令ナントカ、内務書だったかな、学科までやることになっとる。不可解なむつかしい難解な日本語で、学科までやりさらしやがって。どういうつもりなんだ。――下級のものは上官の命を承ること実は直に朕が命を承る義なりと心得よ――なんてのもあった。朕、チンとは天皇のこと。この文の意味をよく考えてみてくれ。上等兵がおれたちを死ぬほど私的制裁ができるわけだ。それにしても日本の軍隊てのは、もっと親切にやさしく新兵を教育できなかったのかね。そこから〈怨〉が生れ、いざ戦闘時にウシロから上官を撃つ兵も生れたのだ。オカマはバックから平気でうつけど、バックから味方を撃つ兵の多かったのは、日本の軍隊ではなかろうか。そういう意味では日本の軍隊は世界的だと考えるんですけど、いかがなもんでしょうか。

馬ケツケというのは、朝食前の週番の厩《うまや》係りの上等兵か古年兵に引率されて、厩舎まで駆足で行く。営内においては大体いつも駆足だ。だらだらと歩くのは許されない。刑務所とは反対である。ムショ内では駆足は許されない。駆足するのは非常の場合だけである。軍隊より刑務所へ入ったほうが良かったわい。おれはダラダラが好きのナマケモノだからな。

古年兵というのは一等兵のことである。二等兵は一等兵を、古年兵殿とか古兵殿とか呼ぶのである。上等兵以上に対しては絶対に古兵殿とは呼ばない。上等兵殿とか兵長殿とか階級を呼ぶ。伍長軍曹は班長殿と、曹長は曹長殿と呼んだ。

ところでケッタイな名称の馬ケツッケだけど、厩舎にかけつけると、馬房から馬を引っぱり出し、先ず水を呑ませ、ゴクリゴクリとノドを通過する吸水の回数を週番兵に報告する。これをコクリ数というんだけれどね。馬が水を飲まないと疝痛《せんつう》をおこす危険性があるからである。馬房から寝ワラを外へ出して太陽に干す。雨のときは真ん中の通路に出して積みあげる。飼料のカイバやワラをざくざくと切る。切る道具があるんだ。クシとブラシで馬をこする。フケをとるんだ。この馬のフケというのが、どういうものか下痢のクスリであり、いやいや下痢をおこさせるクスリであり、ずっと後のことだけど、湖北省の戦線にいたときには、憎らしい下士官にはメシにこの馬のフケをまぜてやり、バタバタと便所へ往復する姿を横目で眺めて、ヒヒヒヒと悪魔的に笑ってやったもんだ。

馬の足を洗いツメの裏に蹄油というのを塗って、馬房に戻しカイバをやる。これで馬毛付は大体おしまいになるんだけど、馬のキライな者もいることだし、キライというよりも怖ろしくて馬のそばへ寄れない者もいることだし、手入れの手を抜いたりして発覚すると、そのキライな馬の下をくぐらされたり、湯気の出る馬糞を喰わされたりするのは常識。馬手入れと関係なく係りの兵隊のキゲンの悪いときに、そんなことをされるのも常識。馬はキライですから他のことをやらしてください、なんて言っても、きき入れてくれるわけもないし、みんな諦めてたね。たとえ内地の兵営で軍馬に蹴飛ばされて死んでも、それは名誉の戦死となる。アリガタイことや。名誉の戦死やでえ。ここでどうしても天皇陛下万歳‼ やな。

食事に関しては、メシと汁と副食の三ツのアルミ製の食器があり、これは各自が持つのではなく、それだけの員数をまとめておいてある。メシアゲというのは、毎回これも週番上等兵に引率されて炊事場へ行き、大きなこれもアルミ製の食カンをもらってくる。朝は一汁、昼夕は一菜である。この炊事場からのメシを食うのは、兵と下士官だけである。下士官は同じ兵舎の中の下士官室に居住していた。当番の兵隊がお盆を目よりも高く捧げて、下士官室へ食事を運ぶのである。将校は将校集会所で食事をする。これは野戦の戦闘シーンになれば別だけど、外地の駐屯地でも守られていた。階級の別がきびしかったのだ。おれは食堂みたいなのがあったら、とても便利だし兵隊もラクだのになア、と真剣に考えた。

とにもかくにも忙しい生活ですから、何ごとも早くすればいいと思い、目の玉を白黒させて、メシを飲みこんだりしてると、「おい兵隊、メシはちゃんと嚙んで食えッ」と注意される。ゆっくりクチャクチャと食ってると、「キサマいつまで食ってるんだッ、そんなことで戦場で役に立てると思うのか‼」とビンタをいただく。しかしメシだけはチャンと食わせてくれた。

腕立テ伏せを無限に何回もやらされるとか、鉄の寝台から寝台へと這いずりまわるウグイスの谷渡りとか、大きな柱に登ってしがみ付きミーンミーンと鳴かされるセミとか、いろんな伝統的ともいえる私的制裁があったけど、メシを食わせない、という私的制裁はなかった。セックスにも鶯の谷渡りという曲技がありますけど、これは皆さまご存じですねイヒヒヒ。内務班の構成人員はみんな一緒にメシを食う。いや食わねばならなかった。だから自殺願望の兵隊も、絶食による自殺はできなかった。内地の兵営での兵隊の自殺は、便所の中での首吊りが一番多い。外地では実弾が自由になるから事情がちがってくる。おれは自殺に対しても怠惰であった。死んでしまえばよかったものを。敗戦後三十年ちかくも経って、王制の国家というのであれば笑おうと思っても顔がひきつるわい。

恐怖の私的制裁

食事の後で、食器洗いの番にあたれば、洗い場で、食器洗浄場といったか、食器を洗うのは当り前だけど、他の班の兵隊に食器をガメられないように、注意の上にも注意をしなければならない。鼻唄をうたいながら呑気に洗えない。軍隊は員数の世界ともいえるから、とにかく数だけはチャンとしてなければならないのだ。使用にたえられなくてもあればいい。数だから、ガメられたらガメる。食器だけではない。衣類だって兵器だってそうだ。食器洗いにしても一人は見張りに立つことになる。たかが食器を洗うのに、通常の世界では考えられないことだ。物干場に自分たちの洗濯物が干してある場合は、体の具合が悪くて休んでる練兵休の兵隊を、一人でもふたりでも見張りに付けておく。この忙しい初年兵の生活の中で、なんでこんな余計な心配までせんならんのか。今から考えてみると、ほんまにおかしい。遠く離れてる中隊からも盗みにくる。やられたら止むを得ないから、コッチも遠く離れた中隊へ盗みにいく。泥棒社会やがな。

食器やシャツなんか無くなれば、テメエで休日の外出のときに買ってくればいいようなもんだけど、日本陸軍の品物なんかドコにも売ってえへんがな。おれは何年か前にサイゴンへ行ったときに、兵隊の品物は何でもかでもあり、小銃はおろか機関銃や大砲まで売ってるマーケットがあったので、本当に南ベトナムの兵隊さんは仕合せだなアと思ったよ。おれはその市場でフランスとベトナムの混血のオンナを買ったけどね。これがまた安くて極上。ほんまに何でも売っとるんだわさ。

「おまえエンピツをチビらして何を書いてんねん」お茶を持ってきたバアサマが言っ

てくれる。余計なことをほざきやがって。バアサマてのは無用の長物だけど、お茶なんか運んでくれるから便利だよな。便利なうちは生かしておかなくては。

「ああ兵隊のこと書いてんねやけどな、うまいことといかへんわア」

「兵隊？　おまえ兵隊に行ったんかア」

「行ったんかアだとオ、行ったんにきまってるわい!!」

「へえそうかア、おまえの兵隊なんて想像でけへんわ、なんやなアおまえ――」

「おまえおまえ言うなッ!!」

「兵隊へ行ったわりに、おまえ人間がシッカリしてへんなア」

「シッカリした人間やったらオマエなんかと一緒に住んでいられるかい、バカモン!!」

バアサマは静かに向うへ消えて行った。しかし考えさせられる言葉を残していきやがったな。軍隊にいけばシッカリした人間になるという発想である。うちのバアサマだけでなく、一般的にいっても、軍隊にいってくればシッカリした人間になる、という考えが古い日本人にはあったらしい。つまりそれほど日本軍隊というのは、非人間的な世界であったともいえるのだ。

おれたちの演習というのは、速射砲を営庭の中を引きずって走りまわったり、砲の分解やその搬送、これが重いのなんのってハナシにならねえ。すぐアゴが出る。それだけなら肉体労働ですむんだけど、砲の各部分の名称もおぼえなくてはならない。これがまた三八式騎兵銃と同じで、どうにもオボエニクイ名称ばかりとくる。車輪ぐらいだったらおぼえられるけどね。

「おい、その兵隊、この部分の名称を言ってみろ」

教官に突然のように聞かれる。教官はみんな将校である。将校といっても少尉か見習士官だけど。陸軍大将はこんなことやらない。普通に聞かれてもよく分らないのに、突然に聞かれたりしたら余計に分らなくなる。こんな場合、

「知りません」なんて返事をしようものなら専任や助教の上等兵が飛んできて、「この野郎!!」と、強烈なビンタをもらうことになる。「忘れました!!」と大きな声で言えばいい。殴られないですむ。

忘レテシマッタのなら、知ラナイのと同じことなんだけど、知リマセンといったら殴られ、忘レマシタといえば殴られなかった。まアときには上官諸氏の精神状態によって、殴られる場合もあったけどね。大西巨人さんの小説「神聖喜劇」にも確か、忘レマシタ、知リマセン、のことが書いてあったような記憶があるけど、これは九州の連隊が舞台、だとすれば日本全国の連隊はみんな同じだったのだな。どうして知リマセンがいけなくて忘レマシタがいいのか、おれは日本陸軍当局の意向を、その四年以上に及ぶ滞在中に、とうとう知ることはできなかった。おれは怠惰であったのだ。

ときには営門から外へ出て、正式には馬がケン引する速射砲を、人間さまであるおれたちが、交替しながら引っぱって代々木練兵場まで駆足とくる。営門から外へ出ることは、囚人の野外労役みたいで、うれしいことではあるが、赤坂一ッ木の高台から表町へ出て、青山通りを今の代々木公園までの砲を引っぱっての駆足だろう諸君、汗と涙が飛び散って、世間の空気を味わっているいとまもあらばこそ。のんびり歩いている女たちのクネクネゆれるケツを眺めても、ピンとも欲情しなかった。それどころじゃねえもんな。アゴを出してぶらぶら歩いたりすると、帰営してから待っているのは、あの恐怖の私的制裁。一体おれたちは何を悪いこととしたってんだ‼ こんなバカバカしいことと、戦争に勝つことは、どこでつながるんだ。教えてくれ‼ 自殺もしたくなるわなア。逃亡もしたくなるわなア。きいたところによると、憤激のあまり帯剣を引き抜いて、上等兵に切りつけた初年兵もいたそうだけど、おれたちの班には、そんな勇気のある奴はいなかった。こんな場合、上官への犯行の罪もだけど、天皇陛下からいただいた菊の御紋章入りの帯剣を、勝手に使ったとか、私用に使ったとかで、その罪も加算されるそうですね。今となっては菊の御紋章より、ヤアサマの紋紋のほうがよっぽど怖ろしいけど、命をかけて上官というか上級者というか、切りつけていった初年兵の心情を考えると、可哀相で可哀相で血の涙が出よるわ。

勇気のある日本人もいたんだなア。それだけがうれしい。おれは先天的に怠惰な臆病者。それだけが悲しい。革命は若いヒトたちにやってもらおう。たのむでえオニイチャン!! 頑張ってやア!!

いま、たったの今、思い出しました。軍人勅ユのユの字は、諭でありんした。アリンシタは吉原遊郭での上品な言葉。軍人勅諭、「一軍人は礼儀を正しくすべし」とか、「一軍人は信義を重んずべし」とか、あれやがな。一はヒトッと読む。礼儀の正しくない兵隊が一ぱいいたけどね。信義なんて日本語か支那語かも分らない兵隊も山ほどいたけどね。

日本国軍隊の内務班というおかしな社会で、人間の思考するようなことは思考せず、ジタバタと無我夢中で生きてるうちに、三カ月目に一期の検閲というのがやってくる。まア修業式みたいなもんだ。おれたちの連隊は代々木練兵場でやった。陸軍大佐の連隊長や陸軍少将の師団長の、陸軍にきまってるか、かんにんかんにん、ご覧あそばしてる前で、演習の成果をお見せするわけである。晴れの舞台というべきだけど、どうでもよかった。教官や専任や、助教の上等兵だけが、ひどく興奮し緊張していた。

撃て!! 速射砲を発射させた。ズオーン!! 撃て!! ズオーン!!

桃源郷が実在した

おれは戦場で速射砲なるものを見たこともない。この教育召集のあと、二度目の召集では、輜重隊とも騎兵隊ともいえるヘンチクリンな部隊に入れられ、そこから転属して通信隊に編入され、そして敗戦となったのだから。何のために一所懸命に、一所懸命はともかくとして、速射砲なるものをやったのか、さっぱり分らない。大きくいえば、これも軍隊の員数である。

あるテレビ局のおれの知っている演出家でテレビドラマ演出の勉強でアメリカへ二年間留学し、帰ってきたら、その局の経理部に勤務することになった男がいる。わざわざ演出の勉強なんかせんかてええのに。これも大企業の員数というものではなかろうか。そのハナシを聞いたとき、おれはピカピカと日本軍隊の員数というものを思い出した。何でもええ数さえ揃えばそれでいいのである。数さえ揃えばの、その数の中に入れられてしまった人間は、どうなるのだ。やっぱり資本主義社会はどうにかせんとアカンな。うんアカーン!!

日本の軍隊では入隊して六カ月経つと、バカでもチョンでも一等兵に進級した。黄色い星が二ツになるわけ。星二ツの一等兵になっても、最下級の兵である以上は、飯上ゲとか班内清掃とか、兵隊よりお値段の高いといわれた軍馬の手入れとか、何でもやらなければならない。自分たちより下の兵隊が入隊してくるまでは、そんなクーリーのような、黒人奴レイのような、日常生活が続くことになっとる。おれが中支の南京周辺で出くわした部隊に、一番下の兵隊が五年兵というのがあった。みんなキゲンの悪い表情をして、ヤケクソのような態度で飯上ゲなんかやっていた。おれも三年兵ぐらいになったときに、やっと下がきてくれた。山口県の初年兵で、熊毛郡の人間が多かったのを今でもおぼえている。一期の検閲もやらずに、入隊してすぐ外地のわが隊に配属になった連中で、その強行軍で疲労コンパイした姿を見ると、内地の兵営のようなキビシイことは、言えもしないし、やれもしなかった。それでも下が来てくれたことは何かと助かったものである。

要領よく順調にやっておれば、一年目で上等兵になれる。星が三ツになるわけ。おれは怠惰をモットーとしてたから、一年目で進級できるわけがない。

この要領ということが問題なんだけど、初年兵の前半においては、敵とおぼしき上官上級者ばかりであったが、それをすぎると、同年兵との人間関係が鮮明になってきて、同年兵の中にも敵とおぼしき人間が存在するのを発見する。信頼していた大学出の中に、上官の前だけでペコペコする、それこそ要領ばかりの人間がいたり、そんな人間を、ちっともイヤラシイと思わない人間もいたり、言動緩慢な薄のろの如き百姓出身の兵隊が、朴訥な風ボウの中に、きらめくような美しい心と勇気の持主であるのを発見して、生きていくのがうれしくなったり、そんな戦友をバカにする人間もいたり、ともかく精神上における人間関係が、複雑な様相を呈してくるのだ。やれんのう。こんなことも戦争と関係のあることだろうか。戦争とはなんだ!!

軍隊は要領、軍隊は要領と、よく世間で耳にした言葉であるが、要領よくやれる人間と、やれない人間、これが画然としてくるのだ。この段階においてつくづく軍隊生活というものがイヤになってくる。おれはますますナマケモノとなり、そのお蔭か、生れて始めて花や星を美しいと思った。そして、日清戦争で有名な李鴻章の生れた蘆州という大きな町にあった連隊本部から、湖北省の山の中の僻村《へきそん》にあった独立歩兵大隊へ転属させられたのだ。これはおれの怠惰のせいばかりでなく、人事係の曹長が、おれのココロを推察して、転属させてくれたものと信じている。同年兵のほとんどが上等兵だのに、おれだけ一等兵。おれはどうでもよかったのに。おまけに転属先の通信隊長に、おれをラクな軍務である事務要員にしてやってくれ、と添書があったのだから。感謝してるよ、富山県出身の曹長さんよ。

通信のことなんか有線も無線も何も知らないのだから、中隊の事務所でポラポラしてるのは本当にラクチンであった。この隊へきてからおれは上等兵になったのだ。ヒマだからポルノを書いては謄写版で刷り、製本までして、兵隊さんに配布してやった。おれが軍隊で善行したのはこれだけ。

この独立歩兵大隊は、兵隊上りの少佐が大隊長で、だからもう相当なロートルなのに、成績のこともあるのか、やたらに新四軍や八路軍を相手に討伐に出かける。事務要員であるおれが人手不足で出かけ、小さな戦闘に参加したのは三回だけ。通信隊というのは伝書鳩もやるんだが、一回はマラリヤで発熱した鳩兵に代って、鳩を五羽籠に入れて背おって行き、ドンパチが始まったらウロウロとあわてふためき、カバッと伏せたトタン、どういう加減か鳩籠の蓋もガバッとあき、伝書鳩はみんな飛び出しパタパタと大隊本部へ帰ってしまった。大隊本部としては、何も通信を付けない鳩が全部帰ってきたというので、さすればわが討伐隊は全滅、と大さわぎになったとか。おれは営倉入りかと思ったら、隊長さんにちょいと小言をいわれただけですんでしまった。おれがわざと逃がしたわけじゃねえもんな。

まえの部隊にいたときの討伐で、その安徽省《あんきしょう》の山の中で、おれは城郭のある小さな町を見たことがある。町の中には一面に石畳が敷きつめてあり、小さな石橋のある池もあり、池のそばには桃の木もあった。桃源郷というのが実際に存在してるのを、おれは知った。住民は逃げてしまって猫の子一匹いなかった。しかし城郭は、石畳は、生きていた。石畳というのは、ハルピンで見たときもそうだったけど、やりきれないほど、おれの心をひきつける。石畳には文化のカオリがあるのだ。日本は戦争に負ける。負けるべき国家だ。そのときそう思った。日本も日本人もアカンわい。日本には城郭がない。だから守るべき美しい町も存在しない。市民精神なんて生れるわけがねえ。みんなバラバラや。ほんまにおかしな国だぜ。こんなミットモナイ国に生みやがった、オヤジやオフクロを、おれは殺してやりたい。

「こんなとこに住んでみてえなア」おれより古い兵隊の兵長がボソリと言った。

「隊長はココも燃せッていうかね」いつも無人の村や小さな町へ突入すると、すぐ、燃せッ!! と命令する、おれたちの隊長が心配になってきた。

一木一草いたわり進む――と、中支派遣軍の唄まであるのに、この隊長野郎ときたらすぐ燃せッとくるんだ。キチガイだッてめえは!!

「そんな命令をしやがったら、俺あアイツを撃ってやる」その神奈川県出身の洋服屋の兵長は、池の青いさざ波を眺めながらボソリと言った。おれはハッと兵長の顔を見た。

「俺あな、いつかアイツをやってやるぜ」そう言って、おれの顔を見てニイッと笑った。

おれは自分にアイソがつきて虫ケラになりたくなった。情けない、ああ情けない。どうしておれは強い人間になれないのだ。

出発!! 出発!! 出発!! 遠くから伝達の声がだんだんと大きくきこえ、そしておれたちの討伐隊は、戦果もなくその夢のような町を出て行った。恥ずかしくもなく日の丸の旗を先頭にして。

あの町はまだきっとあるはずだ。行ってみたい。行ってみたい。

「今晩のオカズは何にするウ」バアサマが台所から言う。台所といってもすぐソコなり。家中台所の如し。

「なんでもええわア」

「刺身でもええかア」

「なんでもええわア」

「ＰＣＢのマグロの刺身でもええかア」

「なんでもええいうてるやろウ、ど阿呆!! どうせもうすぐ地球もグジャグジャになって、のうなってしまうんやどオ、ＰＣＢもへったくれもあるかい!!」

「地球がグジャグジャて、ほんまか?」

「ほんまにきまっとるわい、おれが嘘ついたことあるかア?」

「おまえは嘘ばっかりや」

そうだ、あの町へ早く行かなくては。地球がのうなったらいかれへん。

P・O・W（捕虜）から

敗戦にて兵長進級

敗戦と同時におれたちは、もっと正確にいうと、あの年の八月十五日の午後から楠林橋駐屯の日本軍兵士たちは、自動的に捕虜となり、この独立歩兵大隊本部も、自動的に捕虜収容所となった。捕虜か。

――生きて捕虜となるが如き恥を晒《さら》すよりも死ねッ――と、上官殿から親切に教えてもらってたけど、上官の将校も下級の兵隊もみんな一斉に、どっと捕虜になってしまったんだから、恥を晒すも、死ねッも、へったくれも、ありゃあしない。ナマケモノのおれにとって捕虜になることは、それは、何もしなくてもいいような気になり、スガスガしくてエエ気持であった。同じ飯を食ってる戦友諸君も、おれとおんなじ気持だったらしい。顔を見れば分る。みんなすこやかな明るい表情でニコニコと笑っていた。戦争に負けることが、捕虜となることが、こんなにもウレシイことなのか。だったら始めっから戦争なんかやめて、始めッから捕虜になってればよかったんだ。みんな、みんな阿呆じゃわい。

日本帝国の敗戦が悲しいからと、涙をポロポロ流してるような戦友には、おれはヒトリもお目にかからなかった。で、あるが故に、天皇のいるという東の空に向って、切腹をするとか、手榴弾で自爆するとか、そんなケッタイな奴がいるわけがねえ。切腹や自爆はニコニコと笑いながらはできないよ。できる奴はキチガイだ。おれたち兵隊に、捕虜になったら死ねッ、と教えてくれた将校たちにも、そんなことをする奴はヒトリもいなかった。この捕虜の集団は旧帝国にとっては、不忠者の烏合《うごう》の衆だわ。切腹なんかするより生きてるほうがいいけどね。そうだろう大将!!　大将!!

おれは事務室勤務の兵であったから、連日のように朝から晩まで、軍関係の書類をせっせと焼却した。功績名簿や考課表や軍隊手帳や、通信隊であるから暗号の乱数表や、どんどんと天の焦《こ》げるが如くに燃した。上からの命令だからだ。おれが独断で勝手にやったのではない。暗号の乱数表といっても、３２８とか７６４とか三ケタの、どうでもいいようなもんだけどね。功績名簿なんて今となっては、功績なんか無いほうがいいにきまっとる。〈某年某月某日、某方面の討伐において、八路軍との小戦闘あり、某一等兵は敵兵二名を射殺せり、その功や大なり〉その功が大であってはイケナイのだ。分りきったことだ。こんな書類はどんどん燃す。功なんかいらん。

手柄なんか立てませんでした。何もしないでポラポラしてたのであります。蔣介石万歳!! 毛沢東万歳!!

世にも不思議なことに、敗戦後になってから、おれは兵長に進級した。ああおかしい。少尉から中尉になった将校もいる。ポツダム進級というやつだ。だからポツダム兵長とかポツダム中尉とか呼んだ。どうして、こんな不可解なことをしたのであろうか。日本帝国陸軍は壊滅してるんだぜ。存在しない軍隊の階級なんてのは、ヒイヒイと泣きたくなるほど笑わせる。ジャリの兵隊アソビみたいなもんや。ああおかしい。白けてしまって、折角おれが兵長になったのに、トノヤマ兵長殿と呼んでくれる奴は、ひとりもいなかった。孤独な兵長よ。お蔭さまで今に至っても孤独である。

［略］

哀しい食生活の捕虜生活

部隊の中に設営されてた慰安所に、四、五名の朝鮮ピイがいたんだけど、これが敗戦の翌日に姿を消してしまった。それは煙の如くにふわあッと消えてしまった。その慰安所の経営者というか責任者というか、人相風体かんばしからぬ、日本人の中年の夫婦者がいたんだけど、この巡査上がりみたいな夫婦も、ピイと共に見えなくなってしまった。みんな銃殺されたという噂が飛んだ。「そういえば銃声を聞いたぜ」なんて言う兵隊もいた。朝鮮ピイたちは将校専用といってもいいくらいで、われわれ兵隊は時どき遠くからチラチラと、そのナマメカシイ姿を見かけるだけだった。何が慰安所だい、ふざけやがって。それにしても、何も銃殺することはねえと思うんだけどな。朝鮮へ帰してやればいいじゃねえか。可哀相だよ。おそらく不法拉致《らち》してきた女たちにきまってる。深く考えると滂沱《ぼうだ》と涙が出る。戦争というものはヒドイものだ。ヒドイものです。だからですね、日本国は武器という武器はみんな捨ててしまいました。そして、新しいのをどんどん買っております。もう一度やるつもりなのよ、ヨ・ロ・シ・ク。その日本人中年夫婦者は、軍の物資を横流ししたというのだ。噂である。しかしこの連中の姿が見えなくなったのは事実である。何がどうなってたのかサッパリわからん。おれなんか自慢じゃないけど、現在のニッポン国がどうなってるのかもサッパリわからん。わからん。

おれたちの給与の悪いのは敗戦前からであった。昭和十九年の暮あたりからどんどん悪くなっていった。どこまで悪くなるのか楽しみだったぜ。大豆や高リャンの入ってる主食は言うに及ばず、副食ときたら朝昼晩と、日本陸軍糧秣廠で発明された、固形醤油で味付けされた一汁だけ。マズイのなんのってミシンのような味がする。ミシンは食べ物じゃないんだよ。布などを縫う機械。戦争は発明の親ともいうけど、ダレだッこんなものを発明しやがって。死ねッ!!　この固形醤油の悪臭には、炊事場の中国人クーリーが横を向いて仕事をしてたくらい。捕虜になったらどうにかなると思ったけど、つまり国際法によって改良されるのではないかと、希望を持ったんだけどね、どうにもならなかったわ。明けても暮れても小便汁ばっかりや。飯盒の中に汁と飯をぶち込みオジヤにして食べた。薪がその辺に一ぱいあったのが、せめてもの仕合せ。毎食オジヤでありました。この時のオジヤのクセがついてしまって、今でもすぐおれは、オジヤにしろッ‼　と怒鳴る傾向あり。人間の経験というものが、その人間にあたえる影響というものは、実に大きなものがありますね諸君。

そんなオジヤだけでは不足、なんだか四六時中空腹感があった。今までにがめておいた軍靴や靴下やシャツや袴下や、袴下とは股引キのことや、何でもかんでも部落へ持って行っては売っ払い、そのカネでマンジュウやソバを食うのはきまりきったこと、オジヤ用の玉子を買ったりした。玉子はアヒルの玉子、ヤータンという。ニワトリの姿は見かけたけど、不思議にニワトリの玉子は売ってなかったな。どうなってたのだろうか。ヤータンばっかりや。ヤータンは大きいけど味が悪いんだ。玉子はニワトリにかぎるぜ。員数外の品物なんて甘ッちょろい。そんな物がいつまでもあるわけがねえ。しまいには員数として、オノレが持ってなければいけない品物までも売っ払った。兵隊ではなくて捕虜だから、それほどうるさくもなかった。何もかも売った。自分の体も売りたかった。魂も売りたかった。食うことが大事である。食うことは生きることだ。衣食住とよくいうけど、あれは順序が狂っとるわ。食衣住やがな。東京へ帰ってきたときおれは飯盒をイッケだけ持っていた。

部落の人たちのおれたちに対する態度が、八月十五日を境にしても、それはちっとも変らなかった。まるで同じ。八月十五日は存在しなかったみたい。それは親切というのではなくて、なんというのかな、そうだ、無関心であったのだ。無関心ぐらいウレシイものはないよ。外国の人間に対して、それも敵国の兵士に対してだな、これほど無関心でいられるというのは、これはよほどの国家であるぞ。グレート国家だ。おれはコセコセした小さな日本人だ。恥ずかしい。

［注］

捕虜収容所の「父帰る」

「キミ、おおキミ兵長になったのか、これはおどろき、とにかくキミ、集めなくちゃあ、なあキミ、どうするウ、だれか知っとるか、だれでもいいよ、集めなくっちゃあ。楽器はな、あるんだよ、これこれ、ヴァイオリンとな、これ知ってるか？　おお知っとるのか、バンドネオンだ、うん、これを弾ける奴はいねえだろう、おれはダメなんだ、ハーモニカだけだハハハハ、とにかくキミ集めなくっちゃあ、なア、部隊長命令を各隊へ出してもらうか、そうしよう、なあキミ、ええとオ、兵長!!　キミは台本を書いてくれ台本」

「台本？」

「うん、芝居のな、台本だ」

「自分は役者なんですけどね」

「役者だから書けるだろうキミ」

「いやいや役者だから書けないんですよ軍曹どの」

「そんな嘘ついてもダメだよキミ、楽器はどう、ヴァイオリンは？　ダメか、バンドネオンは？　これはむつかしいな、クロウトでもうまく弾けないってんだから。ねえキミ、だれかやれる兵隊を集めなくっちゃあ」

「そのヴァイオリンやバンドネオンはどうしたんですか」

「うん、うん慰安所においてあったんだ、前からあったそうだよ」

「へええそうですか、バンドネオンてのは珍らしいなア。ところで、ピイ屋のオヤジたちは、どしたんですかね軍曹どの」

「ええ、いやあ、知らんなあ、とにかくキミ、集めなくっちゃあ、なあキミ」

部隊長命令を出してもらったら、これが意外と集まったんだ。やっぱり大隊ぐらいの集団になると、いろんな人間がいるもんだね。おどろき。林は本部直属の通信兵で、地方にいたときは紙恭輔のバンドでギターをやってた。日活多摩川のスター姫宮接子の弟で、そんな関係で、おれが転属してきたらすぐ話しかけてきた一等兵であった。ギターは公用で漢口へ行ったときに、古道具屋で買ったというのを持っている。野上というヒョロヒョロした三十すぎの補充兵の上等兵は、川崎の鉄工場の事務員で、これはヴァイオリンが弾けるという。ちょいと弾いてもらったら、その音色のキイキイとシロウトばなれしてること。うっとりする。「キミいいぞおキミ」演芸隊長の関軍曹は叫ぶ。松崎は山口県からきてる現役の若い一等兵で、作曲家大村能章の甥だそうで、アコーデオンならやれるというんだ。専門家の林一等兵が、バンドネオンが弾けるように仕込むという。林くんのことは、この演芸隊の件をきいたとき、おれの頭に一番に浮かんでいたのだ。たのむよ。

中村というヘナヘナした一等兵もきた。「あたしねオペラ館で、浅草のオペラ館よ、タップを踊ってたのヨ」半分オカマみたいだけど、これが器用な男で、オカマはみんな器用だけどさ、そこらへんの物を叩いては音を出す。パーカッションだな。ドラムが無いんだから丁度いい。参加してくれよ。「いいわヨ、あたし何でもやるからね、タップじゃないのだって踊るのヨ、芝居だって女形だったらできるんだからア」おねがいします。「まかしといてエ、あんたオトコらしい顔してるわね」ああありがとう。

役者はやめたんだけど、前進座で役者をやったことがあるという上等兵や、本職は深川の八百屋だけど、芝居が死ぬほど好きだという江戸っ子の伍長さんや、この調子なら芝居のほうは、演《だ》シ物によってそれぞれの役者が集まりそうだ。「関軍曹どの!!」「なんだ兵長」「稽古をやりましょう、まず楽団の練習をやりましょう」「うん、やろうキミ、みんな集めろッ」

軍曹が交渉して本部の一室を借り、ブカブカジャンジャンとおッ始めたら、みんな本職みたいなもんだから、松崎のバンドネオンもどうにかエエ音が出よるし、その調子のいいこと。部屋の外には兵隊が一ぱいになってしまった。なんせアナタみんなヒマな人間ばかりだからね。のこのこと中へ入ってくる奴もいる。稽古だから出て行ってくれ!! 「湯島の白梅」や「赤城の子守唄」や「湖畔の宿」と名曲ばかりだ。唄い出す兵隊もいた。——湯島通ればア思い出すウ——楽団のほうは大丈夫だ、成功だな。芝居はどうするべえ。楽団演奏だけでは時間的にいっても無理だ。どうするべえ。考えながら歩きまわってたら、部屋の隅っこにベチャンと岩波文庫が一冊、捨てられたようにおいてある。手にとって見たら、菊池寛の「父帰る」であった。信じてもらえないかもしれないけど本当なのだ。夢かと思った。これはうれしい。これをやるべえ。天佑とはまさにこのことだぜ。おい、みんな集まってくれ!!

おれが帰ってくる父親をやり、タップの中村が妹、前進座が兄をやり、そんな役はイヤだという八百屋伍長を、無理矢理にくどいて母親をやらせ、とにもかくにも「父帰る」を上演したんだ。楽団演奏のあとにやったんだけどね。好評だったのなんのって、やんやの拍手喝采はひきもきらず。こんなことを自分で言うのはテレるね。恥を知れ。仮設の舞台裏でイイ気持になってたら、演芸軍曹がハフハフと飛んできた。

「おいキミ、いや兵長、部隊長殿がな、お前を、お前を呼んでるんだ、すぐきてくれ」

「はいはい」何か褒美《ほうび》の酒でもくれるのかな。おれはそわそわと部隊長の前へ行ったんだ。

「ああご苦労であった、うん、良かったぞ、うん良かった。わしは泣けて泣けてなあハハハハ、明日な、あのツヅキをやれ、うん、ぜひ見たいぞ、あのツヅキをやってくれ」

「はッ何ですか、ツヅキですか」

「そうだ、うん、父親のお前が出て行ったあと、弟が兄に言われて追っていくじゃろうがア、あれからお前は帰ってくるのか、うん？」

「いや、あれはですね、そのオ――」

「いやいや話しを聞くよりも芝居で見せてもらおう、うん、明日ツヅキをやれ、二幕目ちゅうのかな、やれ!!」

菊池寛先生不朽の名作といわれる一幕物「父帰る」の二幕目を、どうして三文役者のおれ如きがやれるのだ。バカにするなッ!!

『三文役者あなあきい伝　PART2』

最後の鉄腕から

復員列車シュッポッポ

復員船のLSTから眺める山陰の、海や、島や、本土は、いやンなるほど青かった。昭和二十一年八月か。敗戦から丁度一年だわい。戦争に負けたらさ、兵隊さんが引揚げてくるのに、時間がうんとこさかかるってのを、当局のヒトは知らなかったのかね。シベリヤに四年も五年も、抑留された兵隊さんもいる。おれたちなんかグッドのほうだ。国破れて山河あり、か。笑わせやがらア。この山河の、この青さは、何だというのだ。国破れたのなら、おれたちは、流浪の民となるべきである。山河の青さなんかが、のんびりと、目にとまってはいかんのだよ。上は天皇から下は乞食にいたるまで、日本国民全員は、流浪の民となるべきであったのだ。日本は狂っとる。ニッポンは今でも狂ってる。もしかしたら日本という国家は、神代の時代から狂ってたのではなかろうか。

仙崎港に上陸したら、役人みたいな、軍人みたいな、不可解な野郎が待っていて、おれたち復員兵に、二百円だか、三百円だかを、ハイヨ、ハイヨ、と手渡してくれた。そしておれたちは、山陰線の仙崎駅から汽車に乗った。シュッシュッポッポの汽車だった。汽車の切符は、さっきの不可解野郎が、カネと一緒にタダでくれたんだ。汽車に乗った瞬間、これで完全に日本軍隊とは縁が切れたという気がした。日本軍隊なんかきらいや。だからほのぼのとうれしかった。駅前でスピイカアが、ごくろうさんでした、ゴクロウサンデシタと、叫んでたような気がする。だれに頼まれて、そんなこと叫んでやがったのだ。

下関駅の構内で、九州方面や山口県在住の戦友諸君とアデュウする。何しろ転属兵ばかりで形成する、寄せ集めの独立歩兵大隊だったからね、いろんな地方の兵隊がいたんだ。

「元気でなア」「頑張れよッ」

何年間か苦労を共にした、この戦友諸君とは、その後、だれとも一度も会っていない。不思議なことではないか。死んだ奴がいるかもしれん。生きてる奴もいるかもしれん。生者必滅会者定離。オーイ!! おれは細く細く生きてるぜ。みっともねえ。関東や甲州地方在住の戦友諸君の何人かとは、二年ほど前の秋に、だから二十数年ぶりで、箱根温泉は湯本の旅館で再会した。世話人から召集があったのだ。おれは出かけた。兵隊当時の上級下級の別はなく、大声で談笑し、みんなくっきりと面影を残しており、ひどく愉快ではあったが、おれは、何か、ちがう世界の人間と会ってるような気がした。どうしてなんだ？　戦友なんだぞ‼　考えてみれば、おれは小さな役者の世界に、何年も何年も住んでるんだもんな。

下関から山陽本線に乗換えて一路東京へ。鹿児島か長崎の、知らない土地へ行って暮してもよかったんだけど、とにかく一度は、苦楽を共にした女に、会わなければいかんと思ったのだ。純情だったのよ。今だったら帰らねえけどな。帰るもんか。

通過していくヒロシマの、その荒涼たる光景は、真夏であるのに、おれに月世界の冬を思わせた。なんでもっと早く、カンニンカンニンと手を上げて降参しなかったのだ。戦争を始める前に降参してもよかったのに。阿呆やなア。ほんまに阿呆やなア。阿呆らしすぎて涙が出た。風景を眺めて涙を流したのは、アトにもサキにもこのときだけ。

おれの乗った列車は、復員兵や、まだ戦闘帽の復員くずれや、薄汚れた顔で敏捷に立ちまわる、チャリンコといってもいい戦災孤児たちや、モンペの老若の女たちや、人相風体尋常ならざる普通の日本人たちを、はち切れるほど満載して、東へ東へと走った。

俺の、俺の荷物が無いぞッ!! 盗まれたア!!

遠くで叫ぶ戦友の声もきいた。わざわざ苦労して、それこそ死ぬほどの苦労をして、支那大陸から運んでくることはなかったのに。おれは、飯盒《はんごう》一ケしか持ってないオノレを、オリコウサンだと思った。その後、現在まで、一度もオノレをオリコウサンだと思えないのは、どういうわけだ。盗む奴にも、盗まれる奴にも、無関心だった。人間は、何か、余計なものを所有するからいかんのだよ。たくさんの複雑な問題は、ここから出発する。

これを書いてる時点で、テレビで、ある国の首相が、孫子《まごこ》の代のことを考えない政治はない、と、しゃがれたような大きな声を出していた。おかしな政治家が存在するもんだな。マゴコなんてどうだっていいじゃねえか。関係ないよ。なんでマゴコの代なんて、何十年も先の余計なことを、二年か三年さきも洞察できない政治家が考えるのだ。おれは子供や孫の犠牲になるのはいやだぜ。こんなことを書いたのは、余計なことを考えるということは、何か余計なものを所有することと、似ているからだ。似てねえか？　数学的にいうと似てることになるんだけどな。

その日暮しの闇屋渡世

山形県新庄市に疎開していた女は、たくましくも闇屋をやっており、「生きるためには何でもやるんだよ」と励まされて、おれも一緒に闇屋をやった。米が専門である。せっせと東京へ運んだ。生きなくっちゃァ。米の闇屋は重いのが難だな。重労働だ。おまけに時の官憲のうるさくて、東北線の大宮駅で一斉をくらって、荷を窓から投げ捨てて逃げたことも何度かある。くやしい。今でもくやしい。あの時の、あのオマワリを、殺したいくらいだ。オマワリを殺しても仕様がねえのか。元凶はだれだ。おしえてくれ。

もし、新庄に疎開してなければ、女もおれも、何か他の事をやってたかもしれない。世の中ってそんなもんだ。なんで新庄なんかへ来たんだよ、と女にきいたら、なんでも遠縁に当る人物に、雪の研究をしている黒田という学者がいて、その人が世話してくれたんだと言った。そういえば、積雪研究所とかが新庄市にはあった。その後、一度だけ、その雪の博士さんにお会いしたけど、なんだかモダンボーイくずれの、遊び人みたいな学者だったのでビックリした。学者にもいろいろあるもんだ。おれみたいに、昔の中学中途退学だと、自分の頭の中に、学者というイメエジを作ってしまうからいけねえんだな。

銀座五丁目の西側のすぐ裏通りに、昔は西仲通りといったとこだけど、生さぬ《な》仲のオフクロの弟が、つまり、早くいえば叔父さんだけど、店を出していて、この店も戦争のずっと前に、おれの親父が援助して出さした、おでん屋の店であるが、戦後もすぐ開店していたので、おれは新庄から運んだ闇米を、もっぱらこの店で捌《さば》いた。人見知りで内気なおれが、知らない他人の家を訪れて、米を買ってくれなんて言えるわけがねえ。この叔父なる日本人が、ナンバー・テンの世にもひでえ野郎で、その後の昭和二十四年ころだけど、親父が遺《のこ》した銀座四丁目にあった土地も、てめえ自身の店も売っ払って、ドロンドロンしてしまった。いくら兵隊検査前から家を飛び出して、役者稼業をしてたからって、親父の遺した物には、長男として、おれにも、何割かの権利があるはずだ。おれは行方を探した。そして、芝の金杉橋にいるのが判明したから行ったんだ。オフクロもいやあがった。姉弟仲良くいやあがるのよ。オフクロも共謀だというのを知った。おれは叔父野郎に詰問したんだ。「おれの分け前をどうしてくれるんだい!!」

「あんたは役者をやってるんだからさ、金儲けのことは、わたしに委《まか》しなよ、ねえ、悪いようにはしないからさ」と、ぬけぬけと言ったんだ。そしてそのまま。今に至るもそのままである。土建屋をやったり、やっぱり手なれた飲食店がいいと、再びおでん屋をやったり、何をやっても駄目の字で、どんどん転落していったのを、おれは人づてに聞いた。今は練馬区のどこかに住んでるそうだけど、おれは他人のつもりでいるから、オフクロにも、この叔父野郎にも、それから以後、会ったことがねえ。よく世間さまでは、生みの親より育ての親というけどさ、おれには当てはまらない。このごろでは仕合せなことに、この二人のことは思い出しもしねえや。もっとも、向うも、思い出しもしないだろうけどね。縁あって母となり子となっても、人間てのは、どこでどうなるか分からんもんだ。

おれたちの二階借りをしていた、新庄は万場町の呉服屋、大石さんていうんだけど、この一家の人たちには、わアわアと泣けるほど親切にしてもらったな。東京へ運ぶ闇米の世話をしてくれたり、一斉をくらって、米を捨てて帰ってきたときは、その日ぐらしの闇屋渡世だから、無一文の空ッけつとなり、行動再開のための、資金や汽車賃を貸してもらったり、女と差向いで、メシに塩か醤油をぶっかけただけで食ってたら、「これを食べろや」と、オカミサンやコドモが、二階まで御数《おかず》を運んでくれたりさ、人の情が身にしみたのなんのって。おれは戦前もそうだけど、戦後は特に、血筋の人間と縁の薄くなったせいか、そのかわりのように、他人さまにひどく親切にされる傾向がある。ありがたいことだ。アリガタイことだと思う、その甘ッたれた精神がいかんか。いかんぞうッ!!

松竹大船撮影所の人々

「あんた、あんた、ずっと闇屋をやるんならべつだけど、役者をやるんだったら、一度は大船の撮影所へ、顔を出したほうがいいんじゃないの」と、女に言われた。もうとっくに秋になっていた。分かっとる。おれは役者だい。女に、こんなことを言われなくても、さっさと撮影所へ行くべきであるのに、おれは何となく、おっくうであったのだ。闇屋が面白かったわけではない。面白いわけがねえ。ただズルズルと新庄と東京を往復する以外に、何もする気がしなかったのだ。敗戦直後の混乱と歩調を合せて、おれの頭も混乱してたというべきか。これではイカンと思った。そうだ、おれは、役者という本業をやらなければいかんのだ。そう自覚してたときに、女から忠告されたわけ。分かっとる、分かっとるんだ、言うてくれるな。

十月も半ばになってから、おれは、新橋から横須賀線に乗り、始めて大船の撮影所へ行った。戦争前に、おれの所属していた、内田吐夢、田坂具隆、小杉勇の諸先輩を主軸とする興亜映画は、「母子草」「鳥居強右衛門」「海軍」などの映画を製作したが、戦争末期に解散してしまった。どんな理由で解散したのか、おれは知らない。外地で軍服を着てたのだから知るよしもない。そして役者としての籍は、同じ資本系統の松竹大船に移動してたわけだ。大船駅から徒歩十分。撮影所はあった。今でもある。山の中腹にコンクリート製の大きな観音さんの見える、その駅前には、ゴタゴタと品物を並べ、通行人に声をかける闇市や、赤いチョウチンや小さなノレンの飲み屋のバラックや、ニッポン全国どこでも同じような、駅前風景が展開していた。いずれこの辺の酒の店で、うだうだとお世話になるのだと、おれは予感がした。

どういうものか、撮影所の門の守衛というのは、どこの撮影所にしても、昔からウルサイものと相場がきまっており、まだ所員証なんか持ってないおれは、あのう――ですね、戦地へ行ってる間にですね、京都の興亜映画から大船に移籍になってる役者なんですけどウ、と、守衛のオッサンに説明した。「あんた、役者?」「そうです」「ふーん、ふーん、まアいいでしょう、通りなさい」「はい」おれは門から中へ入った。「俳優部はどこか分かりますか?」「いいえ分かりません」始めての撮影所だもん、分かるわけがねえ。ああ行って、こう行って、と教えてくれた。「どうも有がとう!!」あんたア役者? は気に入らなかったな。気に入らねえ。

とにかく俳優部へ出頭して、部長だったか、課長だったかに、そうそう、ここの俳優部は、部といっても、一番エライのは課長だったんだ、復員してきましたからよろしく、とアイサツをしたら、ごくろうさまでした、と言われ、この日を機に大船撮影所へ通うようになったのだ。通うといっても毎日ではない。しかし月給日には必ず出所したけどね。その月給だけでは食えないんだから、闇屋をつづけてやらなければならない。毎日のんべんだらりんと、通えるわけがねえだろう。俳優兼闇屋だ。闇屋兼俳優か。月給がイクラだったかは忘れた。忘れたけど、当時、インフレをおさえるための新円発行で、月給の五百円は現金でくれるけど、あとは封鎖預金てのをされていた。東京都の人口は四百万余の時代である。〈米よこせデモ〉なんてのがあった。「自分こそは南朝の子孫で正統なる皇位継承者である」と、マッカーサー元帥に陳情書を提出した熊沢天皇てのもいた。おれは、天皇がワンサワンサと大ぜいいても面白いと思うけどね。ふふふふ不忠者!!

松竹大船は、佐野周二、上原謙、佐分利信、田中絹代、高峰三枝子、水戸光子のスターがおり、若手スターには、山内明、原保美、大坂志郎、空あけみ、幾野道子、井川邦子が活躍しており、わが敬愛するバイプレーヤーに、河村黎吉、日守新一、飯田蝶子、笠智衆、三井弘次の諸氏という時代であった。映画の世界も戦後の混乱期ではあったけど、やがてあの黄金期を迎えようとする、上昇の機運にあったといえる。だれ一人として、それこそ映画製作の首脳陣だって、映画館のモギリ嬢だって、市井の映画ファンだって、テレビの出現や、斜陽なんてことを、夢にも考えなかったのではなかろうか。

この撮影所で、おれの知ってる人間というのは、俳優部の山内明、脚本部の新藤兼人、この二人は興亜の移籍組だから、知ってるのは当然であり、撮影部に亀山松太郎、中村喜代治、脚本部に中山隆三、という銀座のダチがおり、美術部に森幹夫という新築地劇団の同期生がいた。それだけ。あとは知らない人間ばかり。これだけ知ってれば充分か。

役者としての空白時代

昭和十年前後に、松竹蒲田の脚本部見習いの中山や、ペエペエのカメラ助手の亀山や中村と、毎夜のように銀座をうろうろと歩き、ダンスホールや安物の酒場で、分かったような分からないようなことを、ワイワイとわめき合った。花の青春時代だ。その時代は、オンナを待合か旅館へ連れ込んで、フウスカとイッパツやってると、臨検!! 臨検!! と、デカがどたどたと、部屋の中まで踏込んでくれた時代。記念すべきよき時代よ。おれは臨検専門の刑事になりたいと思ったな。こんな場合、オンナは売春の現行犯で検挙されたけど、男はなんでもなかった。もっとも赤だったら御用!! と検挙されるよ。中山隆三は今は映倫の仕事をしており、亀山も中村も大船で再会したときには、イッポンのカメラマンになってたけど、両人とも、そうだな、十五年ぐらい前に死んでしまった。

新藤さんや山内明は、仕事のないときは撮影所にはいないし、美術部というのは、セットの図面を画いたり、大道具や小道具との打合せで、大抵毎日のように仕事をしているから、おれは撮影所へ行くと、森幹夫のいる美術部の部屋にばかり行っていた。森は役者の加藤嘉と、慶応商工の同級生であり、その関係かどうか知らないけど、新築地にも一緒に入団してきたのだ。加藤が森をジャン公ジャン公と呼んでるので、なんでジャン公なんだ、ときいたら、背が高くて半鐘を盗めるからだ、と言った。なるほど、半鐘はジャンジャンか。うめえ仇名だな。それでおれたち同期生もジャン公と呼ぶようになった。このジャン公は、映画界がおかしくなってから、大船から東映大泉へ移ったけど、五年ばかり前に、手遅れの喉頭ガンで急死してしまった。死んでいくダチの多くて、おれはそぞろに人生の晩春を感じるぜ。長生きも芸のうちというけど、こんな希望の持てない社会に長居をしてもなアア。アンタならどうするウ？

美術部にいても、べつにすることはないのだから、おれは片隅で、備付けの世界美術全集ばかり見ていた。そして、ピカソがどうの、古賀春江がどうのと、声を出していたのであるが、みんなセクション・ペエパアに線をひくのが忙しくて、おれの言うことなんか、だれひとり聞いてなかった。つい去年のことだけど、大船で森崎東組の仕事をしとったら、美術部の古いアンチャンがセットにいて、これはこれは、と声をかけられたけど、アンチャンからもうオッサンになっていた。そして、「あのころのトノさんの講義は勉強になりました」と言ってたけど、きっとお世辞だな。それにしても講義だなんて、うれしくなるじゃないのウフフフ。

美術部にばかり入浸ってたせいでもないんだろうけど、おれは、俳優部の幹事というか、責任者というか、そんな位置にあった奈良真養《しんよう》さんに呼ばれて、「あなたアア仕出しはやらないんですかアア」と言われた。仕出し？　奈良さんは松竹蒲田で鳴らした往年の二枚目で、おれにとっては大先輩である。いくら言われた相手が大先輩でも、仕出しなんかやりたくねえな。興亜映画でだって、いや興亜の前の南旺映画でだって、それは、ちゃんと役をやってたのであり、ヒトはどう思ってたか知らんが、自分では中堅の下ぐらいのとこではないかと、自負してたのであるから、中堅の下で自負てのはおかしいかな、とにかく今さら仕出しはやれないよ。おれの自尊心が許さない。それでおれは、南旺や興亜での、自分でやった仕事の説明をして、「仕出しはやりません」と言ったんだ。「ああアそうですか、わかりましたアア」と言ってくれた。俳優部での、おれに対する風当りが変化するのかと、それでもいくらか心配したけど、どうってこともなかった。俳優部も、風当りも、おれとしては、美術部にばかりいたのだから、その実体は、おれにはさっぱり分からないの。

知ってる監督さんがいないんだから、キャスティングにものらない。仕出しもやらない。これではまるで仕事をしないことになる。雀の涙ぐらいのささやかな月給であるから、仕事をしなくても、ちっとも悪いという気がしない。美術部で美術全集をペラペラとやるばかり。それも闇屋のヒマな日に出かけるだけだ。今から考えても、役者としてのあの空白な時間は、まったく奇妙でおかしい。

大船の撮影所の門前にも、いずこの撮影所前と同じように、数軒のメシ屋があり、その中に三笠というレストランがある。カツドウヤ相手の食堂としては、高級なほうであるが、新藤さんもジャン公もこの店を利用していたので、おれもこの店でメシを食うようになり、そして馴れ馴れしくなった後日には、ガボガボと酒を飲むようにもなった。今でも仕事で行ったときは利用している。所長等の撮影所の幹部クラスや、プロデューサーや監督諸先生を、常連にしていた店で、闇屋兼業の役者がくるような店ではないと、おれは察知したけど、闇屋のことは黙ってれば分からないのであるから、何も気にすることはねえやアと思った。おれはオドオドと気の小さいとこもあるけど、その反面、馬鹿図々しいとこもあるんだ。時どき自分はどんな人間なのだろうかと、深く考えるときがある。結論としては、人間は不可解な動物だ。

［略］

安城家の舞踏会から

［略］

「安城家の舞踏会」

「安城家の舞踏会」は吉村公三郎監督の、戦後では二本目の作品である。吉村さんは昭和二十一年に、タイのバンコクより復員してすぐに、「象を喰った連中」という喜劇調の映画を作っている。そのころの吉村さんは、おれにとっては、もうただただ、おそれ多い高名な監督さんであった。ある日、三笠でジャン公とランチをパクパクやってるとき、「あれが吉村監督だよ」と、離れたテーブルで、だれかと物凄いスピードで、大きな声でしゃべっている吉村さんを教えられ、おれはその顔を見て、おもわず、はッとおどろいた。おどろいたのは、吉村さんが、あまりにも六代目菊五郎に似ていたからだ。おれは六代目には実際に会ったことはないし、歌舞伎のプログラムや演芸画報のグラビアで、見てるだけなのであるが、そのあまりにも似ているのにはビックリこいたのなんのって。ジャン公にそう言ったら、そんなことはみんな知ってるよ、と軽く言われた。

吉村さんの戦前の作品である「暖流」には、おれはほんまに感激したな。今でも「暖流」は、吉村作品の傑作のヒトツであると信じている。徳大寺伸と水戸光子の会話の流れの中で、背景がポンポンとカット毎に変化する手法には、おれはウーム!! とうなるほど度胆を抜かれた。忘れられぬ。映画というのは、スイスイと全部忘れてしまうような映画もあるけど、一生忘れられぬような強烈なシーンを、胸の中に残していく映画もある。

「安城家の舞踏会」は、混乱した世相をバックにして、没落した無気力な旧華族と、たくましい生活力をもつ元お抱え運転手との対比を、テーマとしたものであるが、新藤さんの野心的なシナリオ、吉村さんの大胆で派手な演出、と、それが好評で、昭和二十二年度キネマ旬報ベスト・テンの第一位になった映画だ。ついでだけど、この年の同誌の外国映画の第一位は、ヒチコックの「断崖」である。ケーリー・グラントの出たやつや。グレース・ケリーも出てたわ。ちがうかな。

不世出のスター・原節子

おれの推察では、新藤さんはチェホフの「桜の園」にヒントを得て、このシナリオを作ったのではないか、と思うんだけど、こんなことを言ったら、新藤さんは気を悪くするかな。おいおいあれは俺のオリジナルだ、と、おこるかもしれない。新藤さんが日本の海軍に召集されてから、日本にきまっとるか、宝塚の図書館勤務となり、海軍がどうして海の無い宝塚にいたのかね、勤務のかたわら世界戯曲全集を全部読んでしまったぜ、なんてことを聞いたからいけねえのかな。しかし、まアいいや、同じ近代映画協会の仲間なんだからカンベンしてもらおう。

おれの役は、その旧華族の家令で、「桜の園」のフィルスのような役であった。原節子、森雅之、滝沢修、神田隆のメーン・キャストで、たしか、撮影所に、どこかの組へバレーを教えにきていた津島恵子が、吉村さんにその美貌を望まれて、この映画でデビュウしたんだ。この「安城家」が契機となって、その後の大船映画に新劇の役者連中が、ぞくぞくと登場するようになったのではないかと、おれは記憶する。

原節子さんとは、戦前に南旺映画で、今井正監督の「結婚の生態」で、お付合いをしたことがある。お付合いをしたなんて、よく考えると、おかしな言葉だな。そそっかしい奴は、同棲でもしたんかいなア、と思うじゃねえか。すいません。一緒に酒を飲んだことも食事をしたこともありません。原節子主演の映画にホンの脇役で出たというだけのはなしなのよ。

原節子というスターは、いつの間にか、引退してしまったような感があるけど、おれは、日本映画界での不世出のスター女優だと思うけどね。そのエレガンスといい、その品格といい、これだけのスター女優は、今までの日本映画の歴史の中で、原節子ただヒトリだと思うよ。

おれは女優のハナシをしているのではない。スターのハナシをしているのだ。男優で、おれが、これぞゆるぎなき日本映画のスターであると信じているのは、尾上松之助、阪東妻三郎、長谷川一夫の三人だけである。文句があるなら言ってみろッ!! 何もケンカを売ることはねえか。

吉村さんも三笠の常連であった。用意、ハイッ!! カット!! の声を、ロケやセットで連日のようにきくと共に、ご一緒に、駄べりながら、三笠で食事をするようにもなり、おそれ多い高名な吉村監督が、日毎に、それほどおそろしくはなくなった。おれが、すぐ馴れ馴れしく図々しくなる性格であるのは、そうか、もう書いたな。わが国の映画監督には、おどろくほど博識のヒトが多いが、吉村監督は博識もだけど、雑学博士でもあるから、そのハナシは、無学なおれにとっては、とてもとても勉強になった。吉村さんもたしか、大学は出てないはずなんだけどな。

［略］

愛妻物語から

［略］

「肉体の盛装」製作中止

吉村公三郎監督も新藤さんも逗子の住人であった。今でもそうである。おれは今は東京のゴタスタとした街の中に住んでいる。腰の落着かない人間なんだな。だけど海の好きな気持に変りはない。どうして逗子を離れるようになったのか、これもいずれ書くことになるけど。

昭和二十五年の春、吉村監督は松竹京都作品として製作すべく、「肉体の盛装」を準備中に、会社のエライさんから呼ばれたのである。準備中というよりも、すでに新藤さんのシナリオは完成し、キャストもきまり、今や撮影開始という状態にあったのだ。何ごとだろうと、歌舞伎座の裏にあった製作本部に出かけてみたら、担当の重役から「肉体の盛装」を中止しろと言われたのだ。「なんでエ中止せんならんねん」と、吉村さんはきいた。吉村さんは滋賀県生れだから、言葉の半分は関西弁である。それで、重役の中止の理由は、祇園の芸者を主人公にした「肉体の盛装」のシナリオの内容が、リアルすぎて客うけはしないだろう、と、いうのである。それもあるが、前年の「森の石松」「真夏の円舞曲」「春雪」などの、いずれも新藤さんのシナリオであるが、これら吉村作品の興行成績がかんばしくなかったのも、重役はんの頭にはカチンときてたらしい。重役はんの気持も分からんこともないけどね。おれがそんなことを言ったらいかんか。ごめんなさい。要するに会社首脳陣の目的は、「肉体の盛装」の製作中止によって、吉村・新藤コンビの解消にあったのである。吉村監督の師匠である故島津保次郎監督の残した言葉に、「監督はよいシナリオ・ライターと組んでいたら絶対に失敗しない」と、いうのがあるそうで、吉村さんはそんなことも思い出し、コンビの解消なんかとんでもないと、自宅の近所の新藤さんを訪れて夜更けまで話し合ったのだ。新藤さんは、会社というものは一本の作品の興行成績が少しよいと御機嫌でちやほやしてくれるが、一、二本ちょっと客の入りが悪いと、その客観的条件も考えないで、すぐこんなことをいい出すのでは、自分達の多少ともやりたい仕事を続けては行けない、いくらかでも芸術家としての自由を獲得するためには、一つの会社に専属になっていては都合が悪い、この際思い切って松竹を離れてフリーになろう、と言って、吉村さんもそれに賛同し、退社するべく決意したのである。

近代映画協会の設立

おれは、三笠でランチをチャプチャプやってたら、テーブルの上に人影がしたので見上げたら、それが新藤さんで、

「いいのか?」「どうぞどうぞ」

新藤さんは、おれの向いに坐ってコーヒーをすすりながら、以上書いたようなことを説明してくれて、「どうだ、キミも参加しないか」と誘ってくれたのだ。新藤さんは一流のシナリオ・ライター。吉村さんは一流の監督。おれだけはやっと名前の売れかかったくらいの貧弱なバイプレーヤー。この撮影所をおん出たら、その前途はどうなるのか、果して仕事はあるのだろうか、見通しは真ッ暗だったけど、おれを誘ってくれた新藤さんの、その声がうれしくて、死ぬほどうれしくて、だから、おれもズルズルと退社を決意した。女には相談しませんでした。オノレの仕事のことを女に相談するなんて、そんな理不尽なことをしたら、地獄へ行ったときにエンマさまに叱られるウ。

大体おれは、ダラダラやズルズルが好きなんだ。人生というものはダラダラと始まり、そしてズルズルと終る。そうあれかしと思ってるくらいだ。シマラナイ人間の特徴かもしれんな。大船へ通い始めたころに、美術部のジャン公から、おいタイジ、革

命はもうすぐそこにきてるぞ、入れヨ入れヨ、とすすめられて、ダラダラと共産党に入党し、生意気にも、細胞会議に出席したりして、ピーチクパーチクとやったり、やらなかったりしたのであるが、この退社を機にズルズルと脱党してしまった。吉村監督から、「タイチャンが赤ッてのはおかしいよ、あんたはピンクだろう」なんて言われもしたけど、おれみたいな呑んべエの助平のダラシナイ人間が、コムミニストであってはならないと、深く反省もし考えるところもあったのだ。おれは転向者でもなければ、党から除籍されたのでもない。ただズルズルとヤメタだけや。つまりズルヤメや。転向者とちがうどオ。ほんとなのよ信じてくれ。オマエの言うことは何もかも信じられへん。

余計なことやけど、そのころに一回だけ、衆議院選挙の投票をしたことがあるわ。それ以後おれは、ただの一回も投票なんかしたことがないわ。あんなもんキライや。だれが何と言おうとキライや。あんなもん非国民のすることとちゃうか。投票する奴が非国民やったら、立候補する奴は何やろな。国賊か？　イヒヒヒヒあおかしい。人間、たまには笑わんとなア。なんやよう知らんけど、もうすぐ参議院とかの選挙があるそうやな。それでな、そのことやけどな、ニッポン国の全員が立候補者も含めて、みんな投票を拒否したら、どないなことになるのか、そんなこと考えたらオモロウテおもろうて、夜も寝られへんわイヒヒヒヒアハハハハ――いつまでも笑ってる人間は、それはガイキチである。

松竹京都のプロデューサーであった絲屋寿雄氏も退社して参加し、元東宝の演技課長で、当時は第一協団のマネージメントをやっていた山田典吾も参加して、わが近代映画協会は発足した。昭和二十五年三月二十二日である。仮事務所は東銀座八丁目のコンテという喫茶店であった。近代映画協会という名称は、吉村さんの言葉によれば、日本の社会の近代化をその理想にしよう、と、いう位の意味なんだそうである。もっと後日に百万ドルのエクボの乙羽信子が参加することになる。第一協団というのは、河津清三郎・菅井一郎・浦辺粂子ｅｔｃの俳優の集団。

絲屋さんはカツドウヤというよりも、いやカツドウヤにちがいはないんだけど、近代史の歴史家で、特に大逆事件の専門家であり、その著に「幸徳秋水伝」や「管野すが」などがある。カツドウヤ兼学者やな。カツドウヤ兼闇屋よりウンと上品や。学者がカツドウヤをやってはイケナイという法律はない。一昨年、ＮＨＫの毎朝のドラマ「藍より青く」に出とったら、赤木春恵くんから「絲屋さんはお元気ですか？」と、聞かれた。「ああ元気だよ」と言ったら、「よろしくお伝えください」と言われたので、どうなってるのかよく分からないから、「あんた、なんでエ、絲屋さんを知ってんねや？」と、きいたら、「あれは昭和十五年ごろだったかしら、わたしが京都の松竹へ入ったときに、絲屋さんは、俳優研究所の所長さんをしてらっしゃったのよ」と言われた。へええそんなこともしてたのかいな。そらア知らなんだわ。

山田典吾という男は、この男のことは余り語りたくないんだけど、途中から近代映画協会、略して近映協より片足を抜いて、山村聰さんをアタマとする、現代ぷろだくしょんというのを設立したり、そして、山村聰監督の「蟹工船」や今井正監督の「夜の鼓」などのプロデュースをやって、一時期は好調の波にのったのだが、どんな原因があったのか、おれはよく知らないが、いつからともなくアチラコチラに不義理をするようになり、そして、いつからともなく行方不明みたいになって、おれたちの世界から煙のように消えてしまった。カツドウヤにもいろんな人間がいるわな。三年ほど前かな、東京駅の新幹線のホームで顔見知りの役者に会ったから、どこへ行くんだ？と、きいたら、岡山へ行くと言う。「岡山？　なんの仕事や」「典吾さんの仕事でね、行くんですよ」典吾さんと言われて、この役者が、かつては現代ぷろに所属してたのを思い出した。「山田典吾が何かやっとるのか」ずいぶん長い間、その名前を聞かなかったような気がする。「映画を作ってるんですよ」「映画!!　ふーん、映画ねえ、やっとるのかア、監督はだれや？」「典吾さんですよ」「えッ、カカ監督をやってるのオ？　どうなってるんだい」「それがですね、京都の西本願寺とか、そこはよく分からないんですがね、そこの娘さんの主演で撮ってるんですよ」「ふーん、ええとこの娘をつかまえたもんやな」「まアそんなとこですね」そこはかとなくインチキな臭いもする。しかし意外とマジメにやってるのかもしれない。「どんな映画や、宗教映画か」「いいえ岡山の伝説みたいなハナシですよ」「ふーん」それ以後その映画のことをだれからも聞いたことはない。

独立プロ第一号の出発

ところで昭和二十五年には、金閣寺の炎上や、帝銀事件の平沢さんに死刑の判決や、平沢さんはどないしてはるやろなア、朝鮮戦争や、いや朝鮮動乱というのか、そんな恐ろしいことがあり、そやそや、秋にはレッド・パージの嵐が吹き荒れた。あのままずうッと松竹大船にいても、おれはこのレッド・パージでクビになっとるかもしれん。ダグラス・マッカーサーのあほんだら‼　あの野郎はほんまに態度がでかかったな、尊大ってのか、おれはあの元帥野郎の笑顔のフォトを見たことがねえ。今となってはどうでもいいか。十一月三日の文化の日に「君が代」が復活しとるから、わが祖国ニッポンは、このあたりから右旋回を始めたのかね。早すぎるのとちがいまっかア？　どうこれもどうでもいいけど、とにかく、大日本帝国万歳‼　や、万歳‼　万歳‼　どうにも普通の精神状態では読んでられへんなア。

朝鮮の動乱でアメリカの兵士たちが、どんどん朝鮮へ行ってしまい、残された逗子周辺のオンリーたちは生活に困り、売るために、そのポン引きが逗子の駅前にも立つようになった。オンリー売春だ。笑いごとではない。だれも笑っとらへんか。おれもポン引きに案内されて、同じ逗子でも知らない町の、しもた屋の二階や離れを訪れた。いくら知らない場所でも狭い逗子のことであるから、オンナを求めてポン引きとふらふら歩くのは、身に危険が迫ってるようでスリルがあった。スリルよりもこれはオンリー救済事業である。やらねばならぬオッカサン。そのころは、おれのアルコール・エイジであり、ショートのつもりがクウクウと寝てしまい、朝になって目がさめたら、おれは白や黒の混血の幼児を抱かされ、オンナと川の字になってることもしばしばであった。ウチでも川の字、ヨソでも川の字、川は人生流れるものよウフフ。当時このオンリーの売春は、ショートで五百円ぐらいではなかったろうか。

近映協が発足してからすぐに、「肉体の盛装」を企画、脚本、監督のセットで、映画会社へ売ることにした。

そこで大映へハナシを持って行ったら、当時の製作担当重役であった川口松太郎さんから、「おいおい、今どき、芸者ものなんか流行《はや》らないよ」と、にべもなく断わられた。だけど東宝ではホイホイと買ってくれたんだ。それで山田五十鈴さんを主演にして、砧《きぬた》撮影所での撮影がおッ始まり、セットを二ハイあげたところで、京都へのロケーションに行った。そのロケ先で、突然、製作スタッフの連中が馘首されたんだ。それから第何次かの東宝争議が開始されたわけ。これでオジャンや。「肉体の盛装」

の製作は中止になってしまった。そのとき、東横映画のマキノ満男さんが、うちで引き受けてやろうか、と言ってくれたのであるが、そのころの東横で、この「肉体の盛装」のような大作をやるのは無理であった。ついでだけど、東横映画が東映となり大川博社長で発足したのは、翌昭和二十六年である。

そんなこんなで、「無謀にも独立プロなんかやりやがって——」と、吉村さんや新藤さんに対して嘲笑の声もあった。おれはチンピラ役者だから、嘲笑の対象にもならなかった。

ところが、そこへ、大映からハナシがあったんだ。「肉体の盛装」のことかと思ったら、これが、大映の京都太秦《うずまさ》撮影所で撮っていた、黒沢明監督の「羅生門」がオープン・セットの羅生門を中心にしての撮影なのであるが、何しろ夏の京都は天候が変りやすいから、その撮影日数がどんどんとのびてしまって、上映プログラムに穴があくから、その穴うめに何か一本やってくれないかというのであった。OKOKと、新藤さんのストックのシナリオである「黒い花」というのを「戦火の果て」と改題して、これを吉村監督は一カ月足らずでスイスイと撮り上げてしまった。

「戦火の果て」は、滝沢修・水戸光子・森雅之の主演で、おれも出たんだけど、どんな役だったのか、それに、これはどんな映画だったのかも忘れてしまった。吉村さんの書いたものにこんな文章がある。「この〈戦火の果て〉には〈安城家の舞踏会〉以来のなじみの民芸や俳優座の俳優さん達が協力してくれた。作品は大した出来ばえではなかったが、割合いに手軽に処理する職人仕事が大映に気に入られ〈近代映画協会〉として改めて年二本以上の契約をしようという。表面はやや尊大にかまえて見せていたが、内心私は有難いことに思いとびついて承諾した。ただし二つの条件を持出した」

この二つの条件というのは、吉村監督作品「肉体の盛装」と、新藤兼人監督作品「愛妻物語」を、撮らせるということである。

「肉体の盛装」が「偽れる盛装」とタイトルが替って、大映京都でクランク・インしたときには、先にこれに反対した川口松太郎専務は、外遊中で留守であった。もし外遊中でなければ、この映画は実現しなかったかもしれない。山田五十鈴さんが急病でたおれ、主役も当時はまだ新人の京マチ子に替った。この京さん扮する祇園の芸者君蝶てのはよかったな。素晴しい演技であった。藤田泰子・河津清三郎・滝花久子・進藤英太郎・小林桂樹・村田知栄子・菅井一郎の諸氏も出演した。藤田泰子はアーニー・パイルのダンシング・チームの出身で、たしか吉村監督が使って、松竹大船からデビュウしたのであるが、スターになりかかるところでエクランから消えてしまった。おれの役は、君蝶に絞りとられる馴染み客の美術商。落ち目になったおれが、どんぐり橋のたもとで屋台を出しているところへ、君蝶が通りかかるというシーンがあり、芸者に絞りとられたら大抵は落ち目になるのは常識や。そのロケを、実際のどんぐり橋のとこでやっとったら、どんぐり橋というのは四条大橋の下流にあり、宮川町と木屋町をつないでいる。ロケ見物の小学校一年生ぐらいの坊やに、「おっちゃん何ちゅう名前の役者やア?」と、きかれた。坊やにきかれて返事をしないのも悪いから、恥ずかしかったけど、おれはオノレの名前を小さな声で言ったんだ。そしたらその坊やはオトナみたいな表情をして「ふーん知らんなア」と言ってくれた。ええもう、腹の立つ、このガキ!! 翌日、撮影所でみんなにそのハナシをしたら、菅井のオッサンが、「俺もなア、さっき南座の前でバスを待っとったら、中学生の男の子に、そいつ野球のバットを持ってやがってな、そのバットで俺のケツをポンポンとたたきやがって、こいつ役者やでエ、こいつ役者やでエと吐《ぬ》かしやがんねん、ほんまに腹の立つガキやでえ」と言った。どうも京都方面には可愛げのないガキが多いようだな。もっとも二十年以上も前のハナシだけどね。最近はガキにも相手にされないから、よく分らない。

「愛妻物語」秘話

この「偽れる盛装」は一九五一年度のベスト・テン第三位であり、毎日映画コンクールで、監督賞・吉村公三郎とシナリオ賞・新藤兼人と主演女優賞・京マチ子と受賞した。

新藤さんが第一回の監督作品「愛妻物語」を、宇野重吉・乙羽信子の主演で大映京都で撮影にインしたのは二十六年の夏である。おれの役は、宇野・乙羽夫婦の隣家の西陣の下絵描きであった。この映画は、自叙伝的というか私小説的というか、今までの日本映画にはない、作者が内側をさらけ出した、画期的な映画であった。思い出す。重ちゃんとおれはつながって、酒ばっかり飲んで歩いた。そして画期的な悪いことばかりしていた。どんな悪いことをしたのか、それは書くわけにはいかない。このトシになって重ちゃん先生に叱られるのはいやや。

新橋の伯母さんだけどね、お忙しいとこ突然こんなことを申し上げて恐縮、何年かはスキヤキ屋をやったんだけど、うまくいかなくて、とうとうしまいに店を売っ払ったんだ。その売った相手というのが、南田洋子の親御さんなんだ。おれはあとで知ってビックリしたのなんのって、世の中ア狭いのは分っとるか。だけど伯母さんは今でも、新橋の烏森のはずれで、小さな牛メシ屋をやっている。牛メシだからスキヤキとつながりがないとはいえないわな。この伯母さんに会うと今でも、「アキチャンは元気かい?」なんて言うもんだから、おれはバシン界隈はうろつかないことにしてるんだ。あんまりお会いしない女のことをきかれても、おれとしては返事に困るよな。

この五月上旬のある日、おれは大映東京の撮影所へ行った。新藤さんの次回作「わが道」の衣裳合せがあったのだ。大映の撮影所で衣裳合せをやっても、これは再建されるとかいう大映作品ではない。大映のスタジオを借りるから、そうなっただけのこと。近映協の製作でつまり世にいう独立プロの映画やな。「わが道」というのは、出稼人の人権無視を訴えた川村事件をテーマとしたドラマで――これから作る映画のことをうだうだ言っても仕様がないか。そのとき新藤さんに、「書いているかア？」と言われた。書いてるかアというのは、この〈あなあきい伝〉のことなんだ。「書いてるんですけどねエ」と、おれはつぶやくように言った。オノレのヘナチョコ文章に関して、だれからでも何か言われると、おれはその場所のいかんを問わず、隅っこのほうへ芋虫のようにうずくまりたくなるのだ。これはウツ病ですかね。近所の町医者に相談してみたら、あんたみたいな図々しい人間にウツ病はないッ、と言うんだけどね。七十歳の老医者だから信用できねえな。

「どんなこと書いとるんだい？」と新藤さんは言う。おれのウツ病を知らないから、その声の大きいこと、気絶しそうになる。

「そそそうですね、われらが近代映画協会の出発のとこあたりですよ」

「あのころか、あのころは、ぼくは松竹で愛妻をやっとったなあ」

「えッ松竹で愛妻を、〈愛妻物語〉は大映でやったんじゃないのさ、いやだよ新藤さん」

「うん、そうなんだけどね、あのとき、松竹の重役のOKをとったあと、うるさい助監督会の許可もやっと下りてなあ、監督を一本やってもいいってことになってね、それで、厚田雄春カメラマンを連れて京都へ行ってな、実景や、吹替を使ってのロングなんかを、そうだな、あれで、二千フィートもまわしたかな」

「へええ、それは知らなかったなア、そんなことがあったんですか」

「そうなんだよタイチャン」

「へええ、おどろいたなア、それで、その厚田さんの撮ったフィルムはどうなったの？」

「だから大映でやったときに、そのフィルムをくれッて松竹へいったら、駄目だッてくれなかったんだアハハハハ」

「そうかア、そうだったのかア、あのとき新藤さんは、監督で一本やれるのを棒に振って、松竹をやめてしまったのかア」

新藤さんは、おれの言葉に何も答えないで、おれの次に衣裳合せをやってる戸浦六宏のそばへ行ってしまった。新藤さんは小柄だけど、その後姿は、おれには巨人のように大きく見えた。

わが町から

［略］

川島雄三のギョロ目

おれが大船撮影所在籍中に、一緒に飲んで歩いた監督さんは、川島旦那ひとりだけである。何しろ最初の出会いが、松尾食堂で安酒を中にしての睨めっこだったんだから。おれの目玉は出目金で眠そうに大きいけど、川島旦那の目玉はパッチリとしてギョロギョロと大きかった。死ぬまで大きかった。泣けてくる。睨めっこから出発して、敗戦直後の新橋や新宿を飲んで歩くことになったわけだけど、飲んで歩くといったってアナタ、別にしんみりと仕事や身の上のハナシをするわけではなし、シッシッシッの笑い声の他には、それはちがうッ!! バカモン!! 消えろッ!! うるさいッ!! 無礼者!! そんな簡単なセリフばっかりなんだ。おれはそんなショッキングなセリフを聞いてるだけ。おまけに川島旦那は、電車の中だろうと、歩行中だろうと、酒場だろうと、やたらに千円札の束をポトン!! と落っことすんだ。そのころ万札はなかったからね。それを他人に拾われないうちに、おれは素早く拾ってポケットへ入れねばならず、おれのポケットではない、旦那のポケット。気が気ではないのよ。酒場で便所へ立つときなんかさ、川島旦那は右手と右足が小児マヒで不自由だったから、女給さんがすぐ手を取ったりしてかまうだろう。そんなことをすれば旦那は無礼者!! と、手を振りはらって怒鳴るのにきまってるから、おれは理由もわからずに怒鳴られる女給が可哀相でもあり、当時まだホステスと称さずに女給、だからおれは、旦那がオシッコに立つなアと思ったら、それより前に、介抱するであろう女給に、介抱できないようにしなだれかかり、おかげでスケベエ!! とおこられたりして、とても忙しいのよ。だけどおれは、一緒に飲んで歩きたかった。どうしてなのか、自分でも分からない。好きだったんだ。理由なんかどうでもいい。泣けてくる。〈川島旦那がシッシッシッと笑っている〉

そんなこんなで、おれは監督オビエ病も忘れて、なれなれしく川島旦那と呼ぶようになったのかもしれねえ。そのころ旦那はすでにイッポンの監督であった。助監督ではない。旦那は昭和十九年に第一回監督作品として、「還って来た男」を残している。昭和十三年に大船に入社して助監督となり、十九年に監督に昇格というのは、十年以上の経歴を持つ助監督がごろごろしていた大船撮影所においては、異常に早かったのではなかろうか。古い助監督をたくさん知ってるおれには不思議である。やっぱりその才能がモノをいったのだろうか。それとも戦争で監督がいなくなったのとちゃうやろかヒヒヒヒ。余計なことだけど、映画監督というのは、助監督をやらなくても、できる仕事ではあるけどね。ニッポンには、助監督を長くやりすぎると、監督になれないという説もある。アメリカでは、助監督と監督とは、全然別種の仕事であるという説もある。フランスや中国のことは知りません。まアそれはそれとして、川島旦那があの不自由な身体で、助監督が、つまりですね、セットから俳優部屋へ、大道具小道具や美術部へ、あるいは事務関係へと、走って走って走りまわらなければならない助監督の仕事が、無事に務まったのであろうか。おれにとっては、それも不思議である。ノホホンと遊んでる助監督は存在しない。川島組の助監督であった今村昌平さんが、おれには何もしてないように見えたけど、何かしていたのにはちがいないのだから。ああまたしても、またしても〈川島旦那がシッシッシッと笑っている〉

助監督修業の哀歓

過日、吉村公三郎監督に、川島旦那のことをきいたら、こう語ってくれた。

「川島君かア？　彼はやな、ぼくが島津保次郎監督の〈浅草の灯〉をやってる時に、そうや上原謙主演や、高峰お三枝さんとな。川島君は明治大学を卒業してやな、助監督として大船へ入ってきて、それでやな、島津組についたんや。ぼくがチーフ・アシスタントで、ぼくの下に木下恵介君や中村登君がおって、その下についたわけや。島津監督は音にきこえたやかましいオヤジでな、チーフのぼくもガミガミといわれとったぐらいやから、新入りの川島君は島津オヤジに、怒鳴られては走り、怒鳴られては走りで、あのころの彼はよう走り廻っとったでえ。瘦せた川島君の痛々しい姿が目に浮かぶわア」

走りまわっとった？

川島旦那が走りまわっとった？

信じられん。それでは、あの小児マヒは、戦争末期か戦後すぐに、発病したのであろうか。泣けてくる。あの川島旦那が、川島旦那が走りまわっとったなんて——信じたくない、嘘だッ!!

しかし冷静に考えてみると、大船撮影所では、大船だけではなく、どこの撮影所だってそうかもしれないけど、普通に助監督をやらなければ、いや普通以上にやらなければ、なかなかイッポンの監督にはなれねえもんなア。それに助監督会のウケも良かったのかもしれない。助監督会というのは勢力があった。なんせ大船撮影所で、質と量ともにあれほどのシナリオを書いた新藤兼人でさえ、助監督会の反対で監督をやらされなかったのだから。川島旦那はきっと助監督会でも人気者だったんだ。ああうれしい。山村聡、宇野重吉、菅井一郎、斎藤達雄ｅｔｃの俳優の諸先輩が、企業の中で監督をやったのは、それは特殊なケースである、と、言っていいのではないかと、おれは思っている。ぐじゃぐじゃとめんど臭いこと考えんでも、自分でカネさえ持っておれば、どんな映画でも、自由に勝手に作れるけどね。それが完成して、入場料を取って大ぜいの人間に見せたいとなると、いろいろと複雑な問題も出てくるけど、人に見せたくなければ、フィルムのカンをそのまま押入れの中にしまっといてもかまわない。ハナシのコースをそれたようだな。ハナシのコースがそれたと分かるとこなんか、おれも精神異常ではないようだウフフフフ。

吉村巨匠はつづけて語ってくれた。

「昭和十四年にぼくはやね、蒲田の女塚にあった東郷アパートというのに住んでてな、その時に〈暖流〉を撮ってさ、これがベストテンにも入り、自分のクチから言うのもおかしいけど、若手監督のホープということになったんやアハハハ、それで昭和十五年に〈西住戦車隊長伝〉を、うん、上原謙や、その撮影中に結婚することになり、このアパートのぼくの部屋はエンギがいいというので、あとを中村登君にゆずったんや。そしたら登さんは十六年に監督になった。ほんまにエンギのええ部屋やでえ。ところが登さんは遊びすぎで首がまわらなくなり、アパート代も払えんようになったので、浅草馬道の実家へ帰ることになって、エンギのいい部屋をもったいないというので、そのあとへ川島雄三君が入ることになったんだ。これが〈還って来た男〉で昭和十九年に監督になった。こんなおかしなことも世の中にはあるもんやね。ところでタイチャン、〈還って来た男〉は織田作の原作やろう。川島君はこれをキッカケに織田作と友だちになってやな、彼の、あの一種の、破滅型の生き方ちゅうのは、織田作之助の影響とちがうかア？　ええ、タイチャンどう思う？」

織田作之助と破滅型

おれも、その意見に反対ではない。残された川島旦那の言葉にも——織田作之助とは、これを機会に、つきあいはじめ、僕は得をしました。反面、この破滅型作家とのつきあいで、こちらも多少影響を受けてしまったのですがね——とある。確かに織田作之助との交友による影響はあるだろうが、しかし、それだけではないのではないかと、おれは思うんだ。川島旦那は、その故郷青森県の風土のことを、そこに住む肉親のことを、だれにも語らなかった。その語らなさは異常なほどであった。おれの憶測ではあるが、川島旦那は、そんなものから逃げようとしていたのだ。その逃避が、酒で明け暮れる破滅型への、都会的なモダニズムへの、突入になったのではなかろうか。太宰治の短篇に、津軽出身の男が、飲み屋で江戸前の通ぶりを発揮し、「あんた、青森じゃないの」と、少女に言われる、というのがあるが、そんな主人公にはなりたくない、という意識を、川島旦那は日常的に持っていたのではなかろうか。大庭秀雄監督の書いたものにこんなのがある。

「川島君が助監督として僕の組についたのは勿論本人の希望だったとは思いません。

恐らく偶然のめぐり合せであった。然し川島君が多少でも僕の組に興味を持ったとすれば、それは何か、強いて言えば僕が都会人だったことではないかと思っています」

考えさせられる言葉である。おれと飲んで歩いたり、おれの家へ泊りにきてくれたのも、おれが東京人だったからなのか。泣けてくるゥ。青森も東京もあるもんか。おれはキラキラとした友情の波の中で溺れていたのに。旦那!! 川島旦那!! そうだろう? 友情だろう? 〈川島旦那がシッシッシッと笑っている〉

途中で申訳ありません、帰ってきたのです、例のノウテイの小セガレが。小学校へ行くのはいいんだけど、きまって帰ってきやがるんだから。きょうはバアサマは日本橋で小唄の会。おれがオヤツのことなど心配してやらねばならない。なにせアナタその日暮しの役者渡世なもんですから、女中、いや失礼、お手伝いさんをおくこともならず、ああ一日も早くお手伝いさんか執事でもおけるような身分の役者になりたいと、遠い遠い芸の道をとぼとぼと歩いております。よろしくご指導ご鞭撻のほどを——たのむわア。

「おい坊主、そこにミート・パイがおいてあるぞ」

「わかってるヨ、見ればわかるんだから」

「ミルクはな、冷ゾウ庫の中だ」

「オレはバカじゃないんだからね、ミルクがどこにあるかぐらいわかってるヨ」

「わかってればいいんだ」

「ムシャムシャ、うめえやア、いってきまアーす」

「おい坊主、どこへいくんだい」

「自転車に乗るんだヨ」

「自転車？　きょうは英語だろう」

「オレ、英語へいきたかねえなア」

「ふーん、そうかア、いきたくねえか、英語なんかやめてもいいんだぜ。中津燎子ってヒトの〈なんで英語やるの？〉って本を読んだらよ、普通の塾でやってる英語なんかいいかげんなものらしいぜ。本当はな、ABCのアルファベットを大きな声で読むだけで、三カ月から半年もやらなきゃならねえし、英語には破裂音てのがあってな、この発声がニッポン人にはなかなかできないらしいんだ。五千円の月謝も無駄だしさ、おい坊主、英語なんかやめてもいいんだぜ——おい、こらッ、どこへいくんだい!!」

「オレ、やっぱり英語にいってくらア」

「コノ野郎!!」

川島旦那は次のような監督作品をこの世に残している。


「幕末太陽伝」

松竹では——「還って来た男」「笑う宝船」「追ひつ追はれつ」「深夜の市長」「追跡

者」「オオ！　市民諸君」「シミキンのスポーツ王」「夢を召しませ」「女優と名探偵」「天使も夢を見る」「適齢三人娘」「とんかつ大将」「相惚れトコトン同志」「娘はかく抗議する」「こんな私じゃなかったに」「明日は月給日」「学生社長」「花吹く風」「新東京行進曲」「純潔革命」「東京マダムと大阪夫人」「お嬢さん社長」「真実一路」そして「昨日と明日の間」を最後として、昭和三十年に日活へ。

日活では――「愛のお荷物」「あした来る人」「銀座二十四帖」「風船」「洲崎パラダイス・赤信号」「わが町」「飢える魂」「幕末太陽伝」

この代表作ともいうべき「幕末太陽伝」を最後として、東宝といってもいいような東宝系の東京映画へ移ってしまったのだ。昭和三十三年だ。この時点から、仕事の上では、おれは川島旦那とアデュウしたことになる。泣けてくる。その当時のおれは東京映画とは無縁の役者であったのだ。

東京映画では――「女であること」「暖簾」「グラマ島の誘惑」「貸間あり」「人も歩けば」「接吻泥棒」「夜の流れ」「赤坂の姉妹・夜の肌」「縞の背広の親分衆」「特急にっぽん」「花影」「青べか物語」「箱根山」「とんかつ一代」「イチかバチか」

この「イチかバチか」が最後の作品である。昭和三十八年だ。その死の年である。

そしてこれらの東京映画での作品の間に、大映にもその監督作品を残している。

大映では――「女は二度生まれる」「雁の寺」「しとやかな獣」

川島旦那には独立プロの作品は一本もない。結局、企業内の監督であった。だからといって、ヘエコラヘエコラと会社の言いなりになっている、単なる御用監督であったかというと、おれみたいな三文役者には、不可知なことではあるが、どうもそうではなかったような気もする。だから、そこに、川島旦那の魅力があったのだ。それと、企業内での監督であったからこそ、ヤリタイモノを素直にヤレナイとか、その他のいろんな不満みたいなものがウッ積して、破滅型へとつながったのではなかろうかと、おれは推察するのだ。

〈川島旦那がシッシッシッと笑っている〉

「幕末太陽伝」が川島作品の代表作ということになっているが、川島旦那自身としては芝木好子原作の「洲崎パラダイス・赤信号」が一番好きであったらしい。新珠三千代・三橋達也の主演であった。この作品群の中で、おれの、仕事として大きく関わりを持ったのは「追跡者」と「わが町」である。

で、あるがゆえに、映画としても好きである。こんなことを言うのはおかしいか。おかしいな。好きであると言うよりも印象が深いと言うべきか。「追跡者」はそのデキが悪く、不評であり、これによって川島旦那は、助監督に逆戻りしたとか、しかかったとかの、記念？　すべき映画なのであるけれど。

「わが町」は織田作之助の原作で、だから川島旦那は織田作の物を二本やってることになる。そうそう思い出した。「還って来た男」撮影中に、旦那は召集を受けて故郷の青森県むつ市へ帰ったが、徴兵検査官の軍医に、「お前は軍隊で御国のためにつくすよりも、銃後にあって映画製作によって国家のために働きなさい」と言われ、即日帰郷になったというハナシを、おれはだれかに聞いたことがある。むつ市は昭和三十五年に大湊田名部市が改称して、むつ市となったのであり、川島家は田名部町にあった。今でもある。すぐ帰ったから撮影に支障はなかった。国家の危機は別にしてメデタイことである。川島旦那の兵隊姿なんて、いくらおれのノウズイをもって想像しても、どうにもサマにならない。中学だか大学のときには、教練の時間は休んでばかりいたというのも、おれはだれかに聞いたことがあるな。教練の時間をずるける学生なんて、これも国家の危機は別として、おれは大好き。接吻をしてやりたいくらいだわい。ゆえに川島旦那も好きだったという方程式が成立する。わかってください。

〔略〕

葬式はどうする？

一度も桜田門は来なかった。

昭和三十八年六月十一日の朝、わが川島旦那は、芝の日活アパートの自室から、前の晩に酔って帰り、本を読みながらそのままの姿で、天国へ行ってしまった。死因は心ゾウ衰弱。大正七年生まれの四十五歳であった。

八重司夫人と今村昌平監督は、その遺骨を、むつ市田名部の川島家に届けた。川島旦那の生家は、酒類小売販売兼食料品店の川島商店である。

［略］

川島旦那は、「骨は飛行機でまいてくれ」と言っとったのに、骨は帰りたくなかった故郷の墓地の中へ入ってしまった。

「死ぬのも気に入らんのとちがうか」

「えッ、いや、そんなことはないねんやけどな、むつかしいねやがな」

「何がむつかしいねん」

「うるせえッ‼」

骨は、その辺のドブへでも捨ててもらおう。墓なんかいらねえや。「葬式はきらいだ」

これも川島旦那の言葉だけど、おれは気に入ってんだこの言葉。葬式もいらねえぞオ。

なんだか、おれは、川島旦那のボウレイを追って生きてるみてえだな。ミナサマには聞こえないだろうけど、おれには聞こえるのだ。〈川島旦那がシッシッシッと笑っている〉

裸の島から

シゴキにシゴク今村監督

〔略〕

新藤兼人監督の言葉によれば、私は瀬戸内海の海辺近くに生まれ、少年の日をそこで育ち、瀬戸内海の風物には憧れをもっており、底深くのぞきこめるようなあの澄んだ海の美しさが忘れられない。そうした郷愁が「裸の島」を書かせたのだ、とある。おれは、そのころ、つまり「裸の島」のシナリオを読んでからだけど、この映画を作るということは、イギリスの記録映画作家であるロバート・フラハテイの「アラン」の影響があるのではないか、と思い、新藤さんにそのようなことを質問したことがある。新藤さんがどんな返事をしたのか、忘れてしまっている。若気のいたりで、若くもねえか、阿呆なことを言ったものである。ザンキにたえない。穴があったら入りたい。今からでも遅くはない。フラハテイはフラハテイ、新藤兼人は新藤兼人である。「裸の島」は、その最少のスタッフの編成、トーキー時代におけるノー・セリフの映画、製作費の約十倍以上の利潤、そういう観点からしても新藤さんは、ニッポンの独立プロ運動における、エポック・メーカーのひとりであるといえる。スタッフは監督、助監督、カメラマン、カメラ助手、照明部、製作部の十一名。役者は乙羽信子とおれの二名だけ。おれたちの子供として地元の少年二名に出演してもらったけど、これは番外としていいだろう。製作費は五百万円の予算でスタートをきったのであるが、結局は約七百万円かかった。つまり東京から行った全員は十三名ぽっきりである。

昭和三十五年一月二十日の夜、東京駅発の急行安芸号に乗った。全員三等寝台。寝台を利用したのは、翌日すぐ撮影をしなければならないからだ。普通なら寝台なんかフンパツしない。地味なものよ。予算を切りつめなければ。乙羽くんは行かない。おれヒトリだけの冬のシーンを撮るのだ。今回は全員八名。衣裳はおれがボストン・バッグに入れて持参。ドサ廻りである。ポケット・ウイスキーをガボガボとやり、アラン・バロック「アドルフ・ヒトラー」を読んでるうちに寝てしまった。

翌日の正午に三原に着いた。三原港から、巡航船というのか定期船というのかに、約一時間乗って佐木島に着く。佐木島の沖合に、スタッフの連中は何度かきているけど、おれとしては始めて見る裸の島があった。こんもりとした恰好《かっこう》のいい島だ。本当の名前は宿禰島という。どうしてスクネ島というのかはよく分からない。ポンポン船で島へ渡る。波は静かだけど風が冷たい。一月だもんな。一月は瀬戸内海でも冬である。島のたった一人の住人である村上さんに初対面のアイサツをする。こんなところでヒトリポッチで生活してるわりには、おれが想像してたような哲学的な顔をしてない。ガッカリする。勝手に想像したらいかんわい。どうでもいいか。こっちは映画を作ればいいのである。関係ない。おれがアイサツ代りに駅弁を差出したら、これは二等弁当か三等弁当か、と言われた。これにはビックリしたね。村上さんは敗戦直後にひょう然と流れてきて、この島に住みついたというのだけれど、本気で駅弁に二等三等があると思ってるのだろうか。不可解。おれが、「二等弁当ですよ」と言ったら、ニコニコと機げん良く笑ってくれた。

入院三カ月の重病

宿屋のない佐木島で、これからのロケ隊の宿舎のことなど、いろいろと相談にのってもらっている堀本さんに、麦踏みのやり方を教えてもらい、おれが手拭で頰かぶりをしチャンチャンコを着て、麦踏みをやってるとこを撮る。三カットだけである。この三カットで今回の撮影は終了。このためにだけわざわざ十何時間も汽車に乗り船に乗ってやって来たのだ。映画というのはほんまにカネのかかるようになっとる。帰りがけに村上さんの小屋の方をチラッと見たら、小さな檻の中で猫が一匹、きいッと歯をむいていた。ブルブルっとする。

三原へ引返して岩藤旅館に泊る。この旅館は撮影隊の連絡場所みたいになっている。夕食を食う。一泊三食つき五百円だそうだ。三食つきだよ。ずうッと一カ月いても一万五千円じゃねえか。いくら昭和三十五年でも安すぎて、おれの目からポロポロと涙が出た。翌日の急行安芸号で東京へ帰った。

東京へ帰ってから、他の映画や、テレビの仕事をしとったら、ノドがかわきすぎたり、小便が近すぎたり、どうも体の調子がおかしいので、知ってる病院で診断してもらったら、ひどい糖尿病だからすぐ入院しろッと言うので、すぐ入院したら、今度は肝ゾウもひどく悪いゾッと言われ、一カ月の入院予定が三カ月にもなり、お陰でムチャクチャの火の車、とにかくアッチとコッチの問題もあるからね。ややこしいのよ。入院というハップンがなくても働かねばならんのに、拍車をかけて働くことに相なり、松竹京都で吉村公三郎監督の「女の坂」に出とったら、「裸の島」で、どうしても麦刈りのシーンをやらなければならんというので、季節的なことがあるから、ウンもスンもないのよ、六月の初旬に一日だけ裸の島へ行き、また堀本さんの指導で、乙羽信子とふたりの麦刈りのシーンを撮り、急いで京都へ帰り吉村組のつづきをやったり、それから東京へ戻り、東映大泉の小石栄一組の美空ひばり主演「続々べらんめえ芸者」に出たり、そんなこんなで、おれが「裸の島」に正式に参加したのは、ええと、六月の下旬からであった。そして着いたすぐその日から、櫓をこぐ練習やら、重い水桶を腰を使ってかつぐ稽古。つくづく役者も楽な商売じゃないと思った。商売に楽なものはないか。ごめんごめん。そして新藤監督は、「おいタイチャン、禁酒だぞッ禁酒だぞッ!!」と叫ぶ。言われなくても禁酒しとるがな。いつもいつも島の酒屋の前はジェット機のように走り抜けた。酒屋の九十八歳のバアサマはおれのことを、「あのひとは働き者じゃ」と言ってくれた。うれしかった。働き者じゃと言われたのは、この世に生をうけて初めてだ。酒好きのカメラマンは、おれにかくれて飲んでいた。いじらしい。そこまで気を使ってくれんでもええのに。とにかく酒を飲まないんだからすることがない。酒だけが趣味道楽だったの。台本のはしっこに何となくメモをしはじめたのだ。日記なんてそんな上品なものではない。MEMOである。それをミナサマにお目にかけよう。ごめいわくかしら。暗号と、自己流の英語と、奇怪なるニッポン語で書かれており、そのままでは難解なので、チャンとした文章に直しました。オマエにチャンとした文章が書けるとは信じられない、やってみんさい。

「裸の島」ロケ日記

七月十六日

午前五時すぎに尾道に着いた。小石組のアフレコをやりに東京へ行ってきたんだ。三原の岩藤へタクシーを飛ばす。マダムが起きて待っていて、氷の入った梅酒の水割りを出してくれる。オレに惚れてるのだろうか。禁酒中なることを説明するのもめんどうなので飲んでしまう。ウマイまったくウマイ。おかわりをする。オレは情けないやつだ。死んでしまえ!! 午前六時三十分発の巡航船で佐木島へ。船中、松本清張「帝銀事件」を読む。オレは昔から平沢貞通氏は真犯人でないと確信している。船が着くと、食後らしきカントクとカメラマン、海に向ってタバコを吹かしながら、オレの顔を見てヤアヤアと言う。オレもヤアヤアと言う。信頼せる友はペチャクチャと言葉を多く交さぬものなり。食堂へ入りメシを食う。食堂と宿舎と船着場が密着してるから便利なり。朝食の献立、豆腐の味噌汁とハムエッグス。カントクが午前中はいないから寝てなよと言うので、宿舎へ帰って寝てしまう。二時間ばかり寝た。眼がさめてフラフラと外へ出たら、入江の道で正月のシーンを撮影中。実写だから役者はいらない。それにしても乙羽信子の姿が見えない。製作にきいてみたら、東京映画の豊田組できのう帰京したという。それでは当分オレひとりのシーンが多いな。オレの留守中は乙羽くんがたっぷりとヤラレタらしい。ふたりしか出ない映画だから当り前か。昼食の献立、イカの煮たのにホウレン草のごま合え、肉のよく見えない肉と野菜のスープ。この地方、肉は高くて質も良くないと、炊事担当の製作の言葉なり。午後から曇ってきたのでカントクの部屋にて麻雀。毛沢東はあの〈赤い星〉の遠征中も、延安でも、麻雀をやって英気を養ってたと、中国研究家のカメラマンが強調するので、麻雀はますます盛ん、英雄気取りで盛んなり。喜ばしき現象である。夕食は鯛のさしみと吸物、鯖の煮付。食欲旺盛なり。瀬戸内海の鯛だからそのウマイこと。大体において副食は魚が多いんだけど、東京で恐れていたほどアキないから不思議。学校の試験が終ったのか、島の少年少女たちゾロゾロと食堂前の海岸へきて泳ぎはじめる。満足に歩けないような小さなジャリまで、バタフライやクロールをやっとる。古老のハナシによると、大体この島はスポーツの盛んな所らしい。今度のローマ・オリンピックにも女子の体操選手が、二人もこの島から出てるそうである。食堂の隣の雑貨屋のオッサンなんか、カミサンに叱られながらも、カープの応援に広島市まで出かけて行くくらいだ。カミサンは亭主の後姿を見ながら、「女はつまらんけえ」と言うだけである。女房族の質のいい島でもある。夕食後、昼間からのツヅキで十一時まで麻雀。「アドルフ・ヒトラー」下巻を少し読んで寝る。

七月十八日

朝食は生玉子とわかめの味噌汁。食後、宿舎へ帰ってウンコをしたら、船が出るゾオ‼という声にあわててる。ウンコだけはゆっくりしたいな。これが団体生活のつらいとこ。ゼイタクを言ってはいけない。午前七時ロケ隊チャーターのポンポン船スタンバイ三原へ行く。オレが東京から持参したラッシュを文映という映画館で見るためなり。この小屋は東宝と日活を一緒に上映しておる。東京の場末の映画館の感じ。雨のシーン、キズがあると言ってたけど判らないくらいである。助かる。撮り直しはイヤだよ。時間もフィルムももったいない。終って〈田園〉へ行って、みんなでコーヒーを飲む。この店のオカミサンも処女のような顔をしている。三原には処女系のオカミサン多し。午前十一時に帰島、早目の昼メシのあと島へ出発。メシはおにぎりとキユウリとカニカンの酢の物。長男が急病になり医者を迎えにオレが家を飛び出すシーンをやる。家の前に今までは無かった柵があるので、撮影の邪魔になるし、柵といっても細い丸太をただ地面に突きさしてあるだけなので、あとでさし込んでおけばいいと思い、スタッフが抜いていると、村上氏が家の中から飛び出してきて、そんな事をされては困ると怒鳴りだし、しまいにはスタッフを愚連隊呼ばわりする仕末なので、あまりおこった顔を見せないカントクもムッとした表情になって、帰ろウ帰ろウと言う。村上氏は漢文調の大言壮語はするし、ナマケ者らしいところもあるし、オレはキライだ。佐木へ引上げてから、製作に交渉に行かせる。この製作は村上氏の大のお気に入りで、時どき泊っていけと言われるくらいその信任があつい。カマをホルかホラれるかしてやればええのんとちがうかア。製作はすぐ帰ってくる。機げんはなおったとのこと。しかしそのときに夕立模様となり撮影中止。夕食の献立、鰺の天ぷら、ハモのてり焼、はるさめと野菜を中国風に炒めたの、カレーの味のするスープ。どうしたんだ、誰かの誕生日かいな。メシ四杯を食う。午後八時よりトランジスター・ラジオでプロ野球をききながら麻雀。

七月二十一日

朝食、もやしの味噌汁、生玉子、ハムと野菜の炒めたやつ。朝から食欲あり。禁酒のせいもあるのかな。午前七時三十分島へ出発。坂道を水桶をかついで上るシーン。フーフーとアゴを出す。畑を耕してるシーン。親子四人で飯を食べてるとこ。ドラムカンの風呂へ入ってるとこ。フリチンになる。ヨーイ・ハイッ‼　ＯＫ‼　ヨーイ・ハイッ‼　ＯＫ‼　と、カントクも早い早い。乙羽信子がオレにそっとささやく。「麻雀のパイを捨てるのも、あのくらい早いといいんだけどね」昼食は佐木から運んでくる。みんな海辺へおりて岩の上で食う。いわし、さば、かつお、のカンヅメと梅干のおにぎり。じつにウマイ。しかし、海を眺めながら、魚のカンヅメでメシを食うのはおかしな気持のするもんだな。食後、パンツのまま海へ飛び込む。水泳パンツとちがって普通のパンツは、泳いでるとぬげそうになるものなり。大発見。人目につかぬ所にあがりパンツを干す。見られてもかまわないけど。六時まで撮影を続行。夕食後、風呂へ入ったらクタクタになったけど、麻雀はやる。毛沢東だ。きのう池田内閣発足す。関係ねえか。池田勇人はこの島の対岸にある忠海の出身なるも、それほどざわざわという声を聞かないのはうれしい。

撮影と麻雀

七月二十五日

午前八時巡航船に乗って、船上でロケをやりながら尾道に向う。やっぱり大きな船はオレたちのポンポン船よりスピードがあるな。当り前のことに感心したりする。瀬戸内ボケや。尾道でのロケは、夫婦と子供が鯛を売るため町の中を、それがなかなか売れなくてうろうろと歩いたり、やっと売れたカネで買物したり、千光寺山のロープ・ウエイに乗ったりするシーン。尾道は暑い。むせるように暑い。おれは戦争中にいた中支の漢口を思い出した。漢口は雀が焼けて天から落ちてくる、と人口にカイシャされてるぐらいの所なんだ。それにロケを見物する群衆がわんさわんさと、町の中はオンナとコドモとオトコの洪水だ。乙羽信子が軽い日射病みたいになり、そばにあったカマボコ屋の二階で休ませてもらう。カツドウヤはどこの家にでも平気で入り込む癖あり。医者を呼んで注射してもらったり、心配したけど大したことはなかった。やれやれ。とにかくロケは無事に完了する。

［略］

人間から

［略］

「人間」

「人間」は昭和三十七年度の新藤作品である。昭和三十七年にはどんなニッポン映画があったのかというと、ええと、そおうか、これはキネマ旬報のベスト・テンを見たほうが早いな。

①市川崑「私は二歳」②浦山桐郎「キューポラのある街」③小林正樹「切腹」④市川崑「破戒」⑤黒沢明「椿三十郎」⑥が「人間」でありまして⑦勅使河原宏「おとし穴」⑧小津安二郎「秋刀魚の味」⑨今井正「にっぽんのお婆ちゃん」⑩吉田喜重「秋津温泉」と、こうなっております。この中でおれの出た映画は「人間」と「キューポラのある街」と「にっぽんのお婆ちゃん」と「秋津温泉」や。書かでものことを書きやがって阿呆!! 大島渚「飼育」羽仁進「不良少年」黒沢明「用心棒」小林正樹「人

間の条件・完結編」が、前年の昭和三十六年度の作品ということになっております。これらの映画のタイトルを見ただけで、おれはウーン!!　となった。ひとつひとつの作品に対して、それぞれに万感胸に迫る思いもあるのですが、それよりも、それよりも最近のオノレが、あまりにも映画を見なくなったことに、ウーン!!　となってしまったのだ。おどろき。この正月の一カ月間にどんな映画を見たのかと申上げますと、ちょいとＭＥＭＯを見てみますれば、ピーター・ハント監督「ゴールド」と、足立正生・松田政男・佐々木守ｅｔｃ共同監督「連続射殺魔」、この二本だけであります。おどろき。昭和三十五年ごろまでは、いや四十年ごろまでかな、ニッポン映画も外国映画も、全作品を見たといってもいいくらいだったのに。だから毎日のように映画館や試写室に行っていた。それから徐々にペースが落ちたんだ。おどろき。おどろいてばかりいていいのかよ。その原因というか理由というか、急いでじっくりと研究しなくては。遅いよバカ!!　遅すぎるよバカ!!　「連続射殺魔」はお茶の水の日仏会館ホールで見たのですが、この映画は、役者はひとりも出ていなくて、永山則夫くんの生まれ育ち行動した場所の風景ばかり。足立正生の短いたどたどしいようなナレーションが、ときどき入り、そのたどたどしいようなとこが、いかにも効果的であり、全篇に富樫雅彦のドラムと高木元輝のバス・クラとテナーの音が流れていた。そして、観客は超満員であった。おれは人と人にはさまれて通路にべたッと坐りこんで見た。

そしてENDになってから、おれの胸の中には、たくさんの言葉と、深い沈思とがあった。「人間」は三十七年の五月初旬に伊豆の松崎へ行き、そこで約四カ月を費やして製作された。その間、スタッフも役者も全員、ずうッと松崎に滞在したことになる。こんなことがあって、わが家を平気で出てられるから、カッドウヤはやめられん。アオヤマと読んだらあかんで。海上のシーンはもちろんのこと、船上や小さな船室のシーンも、海岸へセットを建てて撮影した。原作者の野上弥生子さんの言葉に、「ある冬、東九州の海岸町に近い漁村から出かけた船が、途中で暴風雨に逢い、ついに太平洋に追いやられて、漂流する間に食べものがなくなり、それがもとで船長とそのオイの外なお二人いた船員が二派にわかれてにらみあった末、他の二人組が船長の若いオイを殺した。その肉を喰うのが目的であった。しかし、さすがにそれは果しえないままに救われて帰ってきたという実話が、私の小説〈海神丸〉の素材になっています」とあり、この〈海神丸〉をベースとして、シナリオ〈人間〉を書いた新藤兼人監督の言葉に、「四人の平凡な人間を連れてきて極限状態においた。太平洋を漂流する小船が世界だ。一切の背景を断ちきり人間ただひとりの無粉飾な原始像におく。環境と人間。生命力とたたかい。神と人間のつながり。人間という生きもののプライド。等々の周辺をめぐりたい。極限のなかでただひとりになった人間の裸心を実験室的な客観で描き出してみようと思う」とあります。

それで、その四人の人物は、いや、役者はか、いや、やっぱり人物か、佐藤慶と山本圭と乙羽信子と殿山泰司であった。

野上さんや新藤さんの言葉をきくと、何となくみんな一所懸命にやったように見えるが、すいません、お許しを、みんなは確かに心をこめて一所懸命にやっておりました。しかしおれは、仕事のないときは、夜も昼も、酒ばかり飲んでいた。アルコール時代の真最中や。松崎町青年団の集会所みたいな三省社というのが、わが撮影隊の製作本部であり、食堂であった。三省社というんだから、三ツの反省のことをいってたんだと思うんだけど、青年団の諸兄姉が何を三ツも反省していたのか、おれは忘れた。おれはひとつも反省しなかった。撮影隊二十数名のみんなは、町の中のアチコチにパラパラに民宿しており、民宿なんて言葉がもうあったかな、そういえば真夏には海水浴の客がたんとたんと来とったわ。全員毎朝三省社に集合して、朝メシを食い、海上や海岸へ出かけて撮影をやり、昼メシは現場で弁当を食ったり、ときには三省社へ帰って食うこともあり、魚は新鮮でうまかったな。そのかわり牛肉や豚肉はかたくてまるで駄目。腹が立ったから肉屋のオヤジを呼び出して、ドボンで目をむくほど巻上げてやったら、オカミサンが出てきてブツブツぬかしやがるので、おれたちは暴力団じゃねえロケ隊だッと怒鳴ってやった。しかし世にはヤアコウもカツドウヤも同じようなもんだとの説もあり。まことに遺憾の極みなり。心せよ同志諸君!!　同志諸君!!

うるせえなアおまえがいなけりゃうまくいくの。キャンキャン‼

飲酒・禁酒・断酒

夜間撮影がなければ、夕食後はみんな各自の宿舎へパラパラと散っていった。佐藤慶は今のように大酒飲みになるとは夢にも信じられない時代であり、山本圭はまだコドモだったから、おれは大抵ひとりで酒場へ行き扉を押して中へ入った。扉を押したくなければ裏からも入れた。


「ヤマさん、ウイスキイ？」

「あなたと呼べッ」

「あなた、ウイスキイ？」

「酒だらショウチュウでもドブロクでも何でもええ」

「ショウチュウはウチではおかないの、ドブロクは酒屋でも売ってません」

「売ってなければ作れッ」

「密造はできません」

「おれに惚れてて、どうしてドブの密造ができないんだ、そのわけを言えッ‼」

「惚れてません」

「ウイスキーの水割りをください」

「はい、もっと素直になんなさいよ」

「はい」

この酒場は、おれと無駄な会話をしていた、さわっただけでも孕《はら》みそうな十八、九のケツのでかい妹がホステスで、漁師にも見える兄がバーテンの兄妹経営であり、オヤジとオフクロは隣でラーメンや氷アズキや親子丼を売っていた。大衆食堂やな。下田方面へ行く道路に面しており、この横丁のすぐ裏に三省社はあった。おれの宿舎は、この酒場からは千メートルぐらい離れていて、堂ケ島方面へ向う街道の松崎町のはずれを左に入った海岸べりにある廃業したばかりの旧小料理屋で、六十ぐらいのガラガラ声をして太った、いかにもクロウトという感じのオバハンの主人がひとりで住んでいた。二階には新藤監督と慶さんと製作部の若イのが二人ばかりおり、おれは階下の十何畳という広い座敷にひとりでいた。酔っぱらいだから敬遠されたんだ。畜生!!　いつも深夜おそく帰るもんだから、主人のオバハンに怒鳴られてばかりいた。うるせえッ怒鳴るなッ!!　と言ったら、役者と角力取りは怒鳴らないと良くならないんだから、とガラガラ声で言ってくれた。感謝しなければ。せまい海岸町だから映画館は一軒。二軒あったんだけど一軒になったそうだ。ときたま映画を見に行くと客はいつもヒトケタであった。映画界はいよいよ本格的な下降期に入っていたといえる。慶さんも行くべき場所がないから、この酒場へやってきては、コークを飲みながら三橋美智也の唄ばかり唄ってた。三橋美智也のレコードをかけさせては、他の客のめいわくをもかえりみずレコードと一緒に唄ったりもするんだ。こんなことになったのは、じつはおれの責任である。松崎へ着いたばかりのとき、慶さんが〈哀愁列車〉を鼻唄でやってたもんだから、三橋美智也の〈哀愁列車〉は小節まわしなんか三橋より慶さんのほうがうまいねエ、とおれは冗談のつもりでホメたのがいけないんだ。ジョークなんか通じないマジメな役者だからねフフフ。マジメの重症だ。それ以来、おれは三橋美智也の唄を聴くとすぐ松崎町を思い出す。パヴロフになってしまったわい。映画「人間」が完成したあと発行されたパンフレットを、この際だからピラピラとやったら、おれのこんな文章があったんだ。イヤだろうけど読んでもらいます。

「――オレは〝人間〟のロケで、新藤さんに、禁酒を命じられた。暫くはオレも辛棒してたけど、そうそういつまでも辛棒できないので、新藤さんの寝静まったころを見はからって、ノコノコと町の酒場へ出かけた。その内、見破られたけど、何も文句を言わないので、オレは急いで酒場の二階へ引越した。情ない。――」

思い出した思い出した。当初は禁酒してたんだ。そうだったかな。いやそんなこたあねえな。禁酒なんかしなかったはずだ。そうそう撮影の初日に、岸壁から船に渡るシーンがあり、酔の残った体で細長いシナシナする渡し板の上を、綱渡りのような格好でフラフラと歩いた記憶がある。パンフレットを面白おかしくするために、禁酒を命じられるなんて書いたのかな。ちッとも面白くもおかしくもねえか。何を言っとるんだ。酒場の二階へ引越したのは事実である。ケツデカすぐ孕みの妹やその兄貴が、どうせあいてるんだから越してきなよ、と言ったから、いろいろと便利だからすぐに実行したんだ。そしたらさ、どういうわけだか、どこでどうなったのか知らないけど、佐藤慶も山本圭も、その二階へ引越してきちゃったんだ。その時のおれの生活は酒ばかりで、オンナがからんでなかったからよかったけどよ、もしそうでなかったら、どうするウ？　もっとも見せてやってもいいんだけどね。男性三人の共同生活が始まったわけなのよ。

ポコチン哀話

ある朝、目がさめたら、おれはポコチンも出しッ放しの素ッ裸で、畳の上にじかに寝てたんだ。フトンはアチラにあった。どうなったんだ？　しかし、いくらなんでも、先輩のこのおれさまを、生まれたままの姿にしておくなんて、薄情にもほどがあるよ。風邪でもひいて、それがこじれて、肺炎にでもなったらどうするんだ!!　そうだろう？　慶と圭のダブル・ケイに、おれは文句を言ってやったんだ。あんまりじゃねえか!!　そしたら、圭チャンは下を向いてヒクヒクと笑い、慶さんがおれに、おごそかな声で、

「そんなこと言ったってさヤマさん、夜中にね、そこの洋服ダンスをあけて小便したんだよ小便、便所とまちがえたらしいんだ、便所へいく夢エ見た? それが馬のションみたいに、いつまでもジャアジャアと出るんだ、洪水だよ、もし下へポタンポタンともれたら大変だからね、もう泊めてもらえないからさ、圭チャンとふたりでバスタオルやなんかで、右往左往してカバーしたんだよ、ヤマさんのパジャマもツンパもオシッコだらけだから、そんなの着てたら体に悪いから全部ぬがしてさ、大騒動なのよ、ねえ圭チャン、うんうん大丈夫、下の連中は気が付かなかったらしいよ、えッ? チンポ? そんなもの、ごめんなさい、ヤマさんのは毛で隠れてるから誰にも見えないよ」

おれの陰毛が長いのか。ポコチンが短小なのか。そんなことはどうでもいい。本当にご迷惑をかけて申訳もありません。若き友よ。ボクを見捨てないでエ。それからというものは、佐藤慶と山本圭の前へ出るたびに、おれの精神は何となく萎縮するんだ。これもパヴロフと関係あるんですかね。

［略］

II

『三文役者の無責任放言録』

銀座と親父とオレと《1963・1》

その頃の銀座は全く静かな町であった。空にはツバメや雀が飛んでおり、地上では柳が風に吹かれていた。表現が古いなあ。お恥しい。

オレたち子供は銀座通りで遊んだもんである。鬼ごっこをしたり隠れん坊をしたりしてたのである。お医者さまごっこはしなかった。お医者さまごっこは家の中でやるべきものであるという事は、銀座の子供はカシコイから知っていたのである。もっともその頃は、オトコとオンナが手をつないで歩いてるだけで、オイコラッとお巡りさんに叱られた封建時代であるから、いくらトシハもゆかない子供でも、路上でお医者さまごっこなどをしておれば、どんな事になったか想像を絶するに余りある。おかしな言葉を使うな。

今のように西洋人も余り歩いてないし、第一洋装のオンナも少なかったな。この間その話を、つまり当時の銀座には洋装のオンナが少なかった事を三国連太郎にしたら、そりゃタイチャンその頃はね、ズロースが発明されてなかったからだよと言うんだけど本当かな。そしたらあの頃時々歩いていた洋装のオンナはズロースをはいてなかったのかね。ズロースなんてイヤな言葉。パンティと言って貰いたいわ。だったらつまりノーパンティだったのかしら。信じられない。オレは自分の気持に正直に信じられないと言ったら、三国連太郎は、だったら亭主のサルマタでもはいてたんだろうと軽く言いやがるんでガッカリした。そんな簡単な事を考えられなかったオレのノオズイに対してガッカリしたのである。

パンティが発明されていたかどうかハッキリしない時代であるのに、それでも時々ズボンをはいて歩いてるオンナがいたな。今のスラックスの様なスッキリしたものではない。ダブダブのズボンである。それでもオレたち子供はビックリしてあとを付けて歩いたな。助平な気持からではない、オンナがズボンをはいて天下の大道を歩くなんて事は信じられなかったからである。今でも時々ズボンのオンナのあとを付けて歩く事はあるけど、それはもう単に助平な気持からだけである。そこまで正直に書かなくてもいいんじゃないのかな。判らねえお前の気持が。

その頃の銀座は人間も少なかったけど、今の様にバアも喫茶店もハンランしてなかったな。ポツンポツンとカフェーてのがあった。カフェーてのは、白いエプロンをしたオンナが居て酒を売ってた。今から考えると不思議なんだけど、そんな店でメシも売ってたな。オレの親父は時々オレをそんなカフェーへ連れて行った。オレの親父のことだから、きっと好きなオンナがそんなカフェーに居て、手前1人で行くのは具合チョウが悪いもんだからオレをダシに使ったにちげえねえ。ふざけた野郎だ。オレは子供の頃から早熟だったから、早くオトナになって洋服を着て、カフェーへ行って赤や青の酒を飲んでオンナを喜ばしてやりてえと胸に秘めていたんだ。そんな純情な子供の気持を踏みにじりやがって、親父はオレをノコノコとカフェーへ連れて行きやがったのである。大きな声でオッカアに、オイこいつを連れてメシ食ってくるからなあと怒鳴りやがるんだ。そしたらオッカアは、子供のオレでさえ解ってる親父の腹の底が読めねえもんだから、ハイハイ行ってらっしゃいなんて言いやがるんだ。情けねえな。

オッカアてのはオレのお袋のことである。親父がオッカアオッカアと呼んでるので、オレもオッカアオッカアと呼んでたら、お母さんと言いなさいと叱られた事がある。何を言ってやんでえ、おたんこ茄子。親に対して罰が当りますよ。もう当ってるからこの有様だい、うだつの上らねえ悲しい三文役者よ。泣かせるねえオジサン。

それでカフェーへ行くと親父は白いエプロンの姐ちゃんに酒を注文し、オレには洋食を注文しやがんだ。親父が酒を飲みながら姐ちゃんとウジャウジャしてる前で、可哀相なオレは黙々と洋食を食ってたのである。洋食ったってその頃の洋食だから、オムレッツとカツレッツ位しかありゃしない。カツレッツがナイフでスーと切れる様になったのは、歴史的にいって相当後年のことである。その頃のカツレッツなんてものはナイフで相当ギイコギイコやっても簡単には切れなかった。オレは子供心にも山奥の樵夫《きこり》の生活を想ったもんである。さすがに白いエプロンの姐ちゃんが見かねて、坊っちゃん切って上げましょうとか言いやがって切ってくれるんだけどこれも簡単にはゆかない。しまいには親父と協力してギイコギイコやってやがんだ。ふざけるない、そんなカツレツが食えるかい。オレは胸の中で叫んだ。大正時代の銀座にはソコハカとなき文化の風が吹いていたけど、子供には冷たい風であった。

去年の暮、オレが時々ウイスキイを飲みに行く新橋烏森の洋酒亭《あらすか》で、敬愛する十朱久雄師匠に会ったので、十朱師匠はお江戸の人だから、あの頃の洋食はオムレッツとカツレッツ位しかなかったでしょうと聞いたら、そんなこたあありやせんよ、うめえ洋食がありやしたよ、と言われてガッカリした。本当にうめえ洋食なんてあったのかな。オレは食ったこたあねえ。親父が自分のカフェー通いで忙しくて、オレをそんないい洋食屋へ連れて行かなかったのか、オレの記憶がどうかしてるかである。人間の記憶なんてものは実にアヤフヤなもんである。昔の東京なんてオレにはどうでもいいけど、あと30年も経ったら、昔の東京を知ってるという事が、何かの役に立つのではないかとオレは思ってるんだ。本当を言うと実はメシの種にでもなるのではねえかと思ってるんだ。イヤシイ根性だと笑わば笑え。

だからオレは時々あらすかのマダムや十朱師匠と昔話をする事にしてる。だけど他にお客の居る時はしない事にしている。キザだからよ。それに人間には今日と未来しかない事をモットーとしてるオレの信用にもかかわるからな。ここのマダムもお江戸の生まれである。普通のバアのマダムを想像してはいけないよ。東山千栄子さんをどうにかした様なクチウルサイ婆さんである。東山千栄子さんがクチウルサイという意味ではない。どうも日本語の文章はムツカシイな。オレはいつもこの婆さんに叱られないように気を使い乍ら、1人静かにウイスキイを飲んでいる。遠い昔、親父の連れてってくれたカフェーで、親父の前で黙々と洋食を食ってたオレと同じ心境である。地球なんぞ回転しないと叫んだ坊さんが奈良の方に居たけど、オレもそれを信用したい。ガリレオ・ガリレー氏よ静かに冥《ねむ》れ。どうもお前の文章は高踏《こうとう》的だな。

オレの家は服部時計店の裏にある小さなおでん屋であった。《お多幸》というおでん屋はオレの親父が創《はじ》めたのである。その頃の銀座はとに角食べ物屋の少なかった時代だから繁盛したのである。今の様に食べ物屋が多かったら直ぐつぶれてしまったのではないかと、オレは信じている。今おでん屋によくあるネギマとかフクロとかキャベツ巻きとか、あんなのはみんな親父の発明である。偉大なる親父と言いたいけど、子供の眼から見た親父は酒飲みの助平のクダラナイ親父であった。オレは腹の底からケイベツしていた。しかし今では腹の底から尊敬している。オレ自身が親父の死んだ年頃になって、アチラコチラのオンナに苦労するとつくづく親父の気持が解るのである。

隣の家が火事になっても、神明町あたりの芸者とウジャウジャしてて帰って来なかった親父、オレを生んでくれた母親を離別しやがって、手前の妾を母親にして、オレにお母さんと呼べと言いやがった親父。エレエよ親父、オレは尊敬してるぜ。今のオレは親父の真似をしてはアチラコチラのオンナから叱られてばかり居る。死ぬ程情けない。男の生きる道ってキビシイもんだね。

オレは手前のウチのおでんがキライであった。屋台を押してくる1銭のおでんの方が好きであった。だからオレは屋台のおでん屋が来ると、1銭か2銭を握っては駆け出したもんである。あとで親父に、手前があんなおでんを食ってるとオレん所のおでんがいかにマズイかって証明になるじゃねえかと、アタマをドヅかれた事がある。ドヅかれたと言うのは関西弁だけど仲々いい言葉だね。阿呆。

確かオレが小学校へ入った時に、今民藝に居る名優信欣三氏が卒業して行った。だからつまりヒッチャンは、ヒッチャンと言うのは信欣三氏のことである。オレにとっては6つちがいのお兄さんである。オレがこの話をするとイヤがるイヤがる。あのシワクチャの顔をもっとシワクチャにしてイヤがる。オレが京都の仕事で加茂川辺の宿屋で静かに寝てると、午前4時頃ヒッチャンに起こされる。一緒に酒を飲もうというのである。オレは大先輩だと思うからオトナシクついて行く。いくら観光都市京都でも午前4時ともなれば宮川町の場末ぐらいしか店は開いてない。オレは静かにカウンターで酒を飲み、ヒッチャンはカウンターの上で胡坐《あぐら》をくみオレの事を叱咤《しった》勉励するのである。オレは後輩が先輩を尊敬する美風を失くしてはイケナイと思うから、黙々と叱咤勉励に応《こた》えて酒を飲んでるのである。ヒッチャンよ、頑張ってね。

オレが小学校5年生から6年生になる時に、6年生の奴等は卒業して行った。当り前だ馬鹿野郎。その時今慶応大学の先生である天金の息子の池田弥三郎氏が、卒業生総代か何かで校長先生の前へ行って何か貰ってたのをオレは昨日の事のように覚えている。オレもあんな成績優秀な子供になって、オンナの子の見てる前で校長先生から何か貰いたいと思った。だけどオレは、オレのノオズイの限界を知ってるからサビシく諦めるより仕様がなかったのである。可哀相なタイチャンね。

大正は遠くなりにけり。遠くなったの明治じゃないのお馬鹿さんね。申訳ない。

オレがやっと中学校へ行くようになってから、喫茶店なるものが出来はじめたね。オレは胸が躍ったよ。とに角いいオンナがいやがるんだ。今では相当な山奥へ入っても発見出来ない様な手廻しの蓄音機の前で、若えいいオンナがニッコリ笑って立ってやがんのよ。オレは中学校へ行くのは止めて、ずっと喫茶店へ通いたいと思った位である。その頃の喫茶店はコーヒーか紅茶かソーダ水かそんな物しか売ってなかった。恥しいけどオレは、その蓄音機の前に立ってるオンナに惚れて貰いてえと思って一生ケン命に通った。だからその頃のオレの肉体にはコーヒーか紅茶が溢満していた事になる。だらしねえよ全く。政府が許してくれるならたとえ未成年でも、その蓄音機のオンナと結婚したいと思った位である。オレが余り勉強が出来ないので親父が心配して、帝国大学の学生を家庭教師につけてくれた。オレはその家庭教師をくどいて一緒に喫茶店へ通ったね。暫く通ってるうちに、その家庭教師と喫茶店のオンナが出来てしまいやがるのよ。ビックリしたな。飼犬に手をかまれたって言葉があるけど全くその通りだったな。その家庭教師は今では化学の方面で相当な人物になってるんだ。此の間銀座通りでバッタリ会ったからね。オレは奥さんはあの時の人ですかと聞いたら、当り前ですよと言われたんでガッカリした。よくガッカリする男だな。

今も銀座は生きている。オレも生きている。しかしオレの親父も、野良犬が雨に打たれている銀座裏の風景も昇天してしまった。

だけど資本主義のキビシイ風は、昔も今も変らず銀座を吹いている。お前の文章は全く人間の心を揺がすぜ。有難うよ。

《鬼婆》の世界《1964・11》

病院のベッドで、本田創造『アメリカ黒人の歴史』を読みながら、日本の部落民の宿命に就て、悪いアタマを回転させたら、事務所から電話があって、早急に千葉県の安食《あじき》ってとこへ行ってくれと言う。新藤さんの映画『鬼婆』の撮影現場である。行かざあなるめえ。糖尿は不治の病であるが、この五十日間の入院で大分治ってきている。大丈夫や。

院長先生にコレコレの事情で退院したいんだけどなあと言ったら、うんソロソロ退院と考えてたんだけど、君注射が打てるかね。誰に打つんですか。イヤ君が君に打つんだよ、やっぱりインシュリンの注射は毎朝続けた方がいいからね。自分で自分に注射をするなんて、そんな恐ろしいことは出来ません。

しかし君はNHKの馬六ナントカという連続テレビで医者をやってるじゃないか。あれはだって役者としてやっているのであって、本当の医者ではないんだから、注射なんて恐ろしいことは出来ないよ、本当の医者らしく見せるとこが芸のツライとこなのよ。そんなもんかねえ、しかし弱ったなあ。

そこへ丁度乙羽信子の番頭さんである村氏が現れて、注射なら乙羽信子が打てるから、心配しないでロケ現場へ行きなさいよと言う。助かった。乙羽信子は男マサリだからあれだけの女優になれたんだね。

この前の退院の時は、お祝だと言って銀座のBARに直行してウイスキイをやったけど、今度は肝ゾウも悪いからと、厳重に禁酒を宣告されてるので、止むを得ず赤坂の事務所兼アパートに直行する。オレは酒を飲まないぞ。時々オレは酒を飲まないぞと叫んでないと、不安である。帰ったら尾頭つきの鯛と赤飯がおいてある。どうしたんだい、ウチへ出入りする娘っ子でも、アンネの世話になるようになったのか。何を言ってんのよキタナラシイ、退院祝よ。どうもオレの側近は古臭くていけねえ。

翌朝上野駅へ子分の荒と一緒に行く。荒も『鬼婆』に一寸出てるのである。常磐線の切符売場へ行ったら、窓口にボール紙を立てかけて、中で制服を着た人間が金勘定をしてやがって切符を売ってくれないので、自動販売機で入場券を買って電車に乗込む。国鉄よ、金勘定しながらでも切符を売れる人間を養成しろ。

我孫子《あびこ》で乗換えて、午前9時すぎに安食へ着く。案外近いんだな。安食　アジキと呼ぶ。アンショクでもなければヤスグイでもない。どうも日本の地名てのは読み方がムツカシイな。北海道や九州には、普通の日本人では読めない地名がある。この沿線にも木下て所があるから、キノシタだと思ったらキオロシだと言う。ふざけるのもいい加減にしろ。

製作部の桑氏が迎えに来ている。もう直ぐ乙羽さんと吉村実子の乗ったクルマが来るから、それに乗ってロケ現場に直行してくれと言う。駅前の食堂にて待つ。オレは牛乳を飲み、荒は氷あずき。この店のマダムらしき50歳位の太ったバアさんが出て来て、あんたも糖尿だってね、わたしも糖尿よとニッコリ笑う。オレの糖尿はそんなに有名になってるのか。しかし50ババアのニッコリ笑った顔は、余り気分のエエもんではない。

ブカスカと音を立ててクルマがやって来た。それでも自動車か、ポンコツ寸前のダットサン。後部の座席に乙羽信子と吉村実子が乗っているので、オレは実子の隣へ坐り込む。クルマも汚えけど2人の衣裳も汚えなあ。走り出したら足の方からホコリが舞上ってくる。ドアが突然開くかも知れないから手で押えててくれと言う。ブレーキはきくのかブレーキは。余りききません。何しろ小さなクルマだから、オレの膝と実子の膝がピッタリくっついて離れない。暫く辛抱してたら乙羽信子が、実子ちゃん気を付けなさいよ、このヒト手が早いんだからと言う。手が早いってオレのことか。そうよ。冗談じゃねえよ、オレはガキは相手にしねえんだ。ガキとは何よ、私21歳よ、オトナよ。実子ちゃんに叱られる。叱られてもかまへん、若え女にピッタリくっついてるのは、エエ気持のもんや、ウヒヒイイ。ああ気持わるい。

　わがポンコツは自動車の通れないような道をつっ走りやがって、田圃のはずれの小さな丘が現場であった。直ぐに仕事だというので、早速メーキャップにかかる。オレは普段余りメーキャップをしない役者であるが、ハナシが大昔の物だからしねえわけにはいかねえ。眉毛を付けたりヒゲを付けたり、長島の3倍もある胸毛を付けたりする。これはヒドイ、人間じゃなくて熊だよと新藤さんに言ったら、カントクの俺がいって言うんだからいいだろうと言われる。文句ありません。オレは弱きには強いけど、強きには弱えんだ。

　小さな洞穴があって、そこがつまり映画の中でのオレの家である。狭いからカメラの位置を定めたり、ライティングが大変である。若いカツドウヤ諸君が右往左往してよう働きよる。エライ役者のオレが来たので、みんな緊張して一生懸命に働いてるのかと思って、カメラマンの黒氏に聞いてみたら、いつもこの位に働きよるでという返事であった。それにしてもウマイ具合の洞穴を見付けたもんやな。昨日まで乞食が1人住んでたんやけどね、話して今日から借りたんや。乞食はどないしたんや。うん成田の方へ行って商売する言いよった。エライ。乞食から物を借りる位でなくてはアカンぞ、独立プロの前途は洋々たるものである。

この機会に少し愚見を言わして貰うならば、今後映画というものは、アメリカやフランスもそうであるが、独立プロ製作になるのではないかね。それによって映画本来の芸術性を取戻し、映画の楽しさを、本当に楽しませる映画が生まれるのではないであろうか。大資本に依存する紙芝居的映画がいくら生まれても、それは映画の発展のためにも、観客の精神の糧にも、少しも寄与するものでないとオレは信ずる者である。テレビがどうのこうのと言わなくても済むのである。いい映画は茶の間を離れて見に来るもんだぞ。安心して映画の道に進め。このニッポン人時々エエこと言いよるな。

軽三輪で昼めしが運ばれてくる。このロケ隊の機動車は、さっき乗ったダットサンとこの軽三輪だけである。昼めしはオニギリと竹輪と里芋の煮たの。お椀におつゆをくれたので飲んでみたら辛い辛い。何んだいこれは。あっ、ウドンをつけて食べるおつゆです。なんだウドンもあるのか。みんなオレの身体によくない食物であるが、腹が減ってるからオニギリを2コも食ってしまう。広い田圃に向って、おれは酒を飲まないぞと叫ぶ。2カ月前にはメシ時には必ずウイスキイを飲んでたのが夢のようである。何をデッケエ声を出してるんだと、新藤さんに言われる。酒を飲まないように、自分で自分に言い聞かせてるんだと言ったら、ダラシのねえ、それじゃ中学生が机の前に、勉強と書いた紙を張ってるのと同じようなもんじゃねえか。

食後も洞穴を出たり入ったりして撮影である。佐藤慶がぶらりとやって来る。今日は彼は撮影がない、ヒヤカシである。ヒゲもじゃで真黒い顔をしてやがる。彼とは去年の夏広島で別れて以来だ。この前東京へ帰る電車の中でね、土方風のがそばへ来て何だかんだと言うんですよ、よく話を聞いてみたら同業と間違えてるらしいんですね、それで映画の話でもすれば諦めてくれると思って、同行の連中とライトがどうのこうのと話してたら、又そばへやって来て、兄さんヨル専門かいときましたね。彼が後日調査した所によると、土方の人達というのは、同業の人間と会うと、お互いの現場や仕事の状態などについて、意見の交換をするんだそうである。本当か嘘か知らないけど、意見の交換をするとこなぞ気に入ったね。労働者よ団結せよ。

午後5時。又もやガタガタと揺られて宿舎に帰る。川のそばの埋立ての原っぱの中に、大きなプレハブ住宅が2軒建っている。遠くに印旛沼が見えて見渡す限りすすきの原っぱである。ニッポンにこんな広い所があったのか。ここは水資源ナントカの所有だそうであるが、何んのために埋立てたのかオレにはサッパリ判らない。

風呂場も男と女の2つある。便所も男と女と別になっている。男の小便するとこがないから、どうすればいいんだと聞いたら、その辺でやってくれと言う。食堂にはカツドウヤでないオバハンが2人居てメシを作ってるし、テレビや電気冷蔵庫もある。だけど雨が降ると、とに角埋立てだから床下まで浸水するという。しかしそのために、水をかい出すモーターを備え付けてあるというので安心した。風呂から上って宿舎の表に立っていると、遥かなる地平線に赤い夕陽が沈み、初秋の風が、オレの頰から涙を振りはらっていた。なんで涙が出たんやろうな。

夕めし。エビと玉ねぎのかき揚、たこ酢、あさりの味噌汁、デザートに梨。この梨は、オレと中支の戦線で苦労を共にした戦友が、今日突如ロケ現場に現れて置いていったのである。20年振りの再会であった。近所の町で食料品屋をやってると言う。歳月が流れたわりにお互いに余り変らんなあ。戦友には誰とも会わんけどアンタどうかね。オレもサッパリ会わんなあ。そうだろうな現実は小説とチガウからなあ。元気でやってくれと戦友は忙しそうにモーターバイクに乗って帰って行った。オレはバイクが丘の陰にかくれるまで見送った。

オレは食後ロケ隊全員を集めて、南ベトナムの情勢について解説しようと思ったのであるが、みんなイヤな顔して、麻雀のほうがエエというので、多数の意見に従ってオレも麻雀をやることにした。

オレのそばへ吉村実子が来やがってグズグズ言うもんだから、麻雀さっぱりツカねえ。何べんも言うようだけど私オトナなのよ。判ってるよ。私にお金うんとくれたら麻雀をやってもいいわ。誰がオマエにお金をやって麻雀をやらせなきゃならねえんだ。アラこのパイ私達お豆腐て言うのよ。それじゃパイパンだってこと判っちまうじゃねえか、ガキはアッチへ行ってな。ガキじゃないって言うのに。オレの背中をドーンと叩きやがったもんだから、その反動でオレのパイが前に倒れてテンパイがバレちまいやがった。ヤレンナア。

寝る前に乙羽信子の部屋へ行く。何よこんなに遅くレディの部屋に。泣かせるねえ、レディメイドと間違えてんじゃねえか。あんなあ、これ明日の朝注射してくれ、と注射器とインシュリンを出す。そうだインシュリンは冷しとかなきゃいけねえんだ。乙羽個人用の小さな冷蔵庫を開けたら、コカコラが入ってやがるから1本飲んでやった。そんなら明日の朝くればええやないの。それがなあ、オレの寝てる内にこの注射器をやな、熱湯で煮沸せなアカンねん。なんでそんな苦労を私がせんならんの。そんなことオレが知るかいな、キリストの神様にでも聞いてみてえな。

表へ出たら星がキラキラとしてて、スカスカとした気持になる。この辺は空気が乾いとるな。小便してオレの部屋へ帰ったら、荒の野郎がオレのふとんでグウスカ寝てやがる。生意気な。チンポコを引っぱったらウーンと言って直ぐ起きる。便利なもんやな。おいオレのふとんに寝るな。センセエのふとんそっちですがな。そうかそうか済まねえ直ぐ寝てくれ。

青い月光に照らされたすすきの海の中で、《鬼婆》の小さな世界は静かにねむる。

オニイサン、オヤスミナサイ。

乙羽信子抄論《1964・12》

オレはレストランの2階の窓から、大好きな黄昏の銀座を眺めながらウイスキイをガブガブとやる。

一寸オネエチャンもう1杯くれ、いいかタムブラーに氷を入れてだな、それからウイスキイと同じ分量の水を入れるんだぞ、判ったな。行きつけのBARだったらよく判ってんだけど、レストランじゃどんな水割を作るのか心配で仕様がねえ。判ったな。ハイ。判ったら返事ぐらいしろ。しております。早う持って来い、グズグズしてるとお尻さわるぞ。

アンタ。うん。聞こえてんのかいなタイチャン。聞こえてるから返事してんじゃねえか。ウイスキイはホドホドにしてゴハンにせなあかんで。判ってる。さっきから何べんも判ってる判ってるて言うけど、チットモ判ってへんらしいな。彼女はメシの入った皿をオレに押付けやがる。ハイお食べええ子やし。食べりゃいいんだろう。そうや食べたらええねん、ええ子やなエライエライ。

エライエライと褒めてくれたのは乙羽信子であり、褒められたタイチャンて奴はオレのことである。デパートの食堂で何か食ってる母子みてえでイヤだなあ。みっともない、恥ずかしいよ。オレはおカジと別れたあとで、おカジてのは乙羽信子のことである、1人でどこかのBARへ行って、オンナの子をナヤマセテやるつもりだから、メシなんかそんなに食ってられねえ。半分も食ってああ腹一ぺえだと言ったら、アカンアカンごはん残したらバチが当るでえ。

オレは随分昔に同じようなセリフを聞いたことがあんな。そうだオフクロだ。こっちをガキだと思いやがって、いい加減なことを言いやがんのよ。ゴハンを残してもオカズを残さねえほうが、よっぽど身体にいいよな、判っちゃいねえんだ。

ニッポンはミズホの国だから、ゴハンツブを残したらバチが当るんだって。何がミズホの国だい、戦争負けやがって。どうしてバチなんか当るんだよ。大人になってからゴハンが食べられなくなりますよ。ゴハンが食べられなくなったらどうなるんだい。死んでしまうんだよバカだねこの子は。こんなツマラネエ世の中死んだほうがましだい。

まあ何んてこと、お父さん一寸お父さん。こんなオフクロだから親父も親父なんだ。似たもの夫婦てんだな。オメエみみずに小便ひっかけるとチンポコがハレるぞなんて言いやがるんだ。だからオレあ田舎の方へ遠足で行った時に、丁度みみずが出て来やがったから小便ひっかけてやったんだ。何んともねえよ、嘘つき、極秘のハナシだけどよ、あん時チンポコがハレててくれたほうが、其後の人生に於て幸せだったな。

さあタイチャン帰ろうか。いいよオレあ1人で帰るから。とに角BARへ行かなくっちゃあ、オンナがオレを待ってるんだから、クセになるから少しぐらい待たせてやるか。何をゴチャゴチャ言うてんねん、さあ帰ろう、お土産を、お土産て何んだい。スポンジや。スポンジて風呂場で身体を洗うアレか。違うがなあれはゴムや、何も知らへんねやな、スポンジケーキ。

気が付いたらオレの前に子分の丹が立ってやがる。どうしたんだオメエ。わてがなチャンと電話してクルマ持って来い言うて呼んだんや、気がきくやろ。それじゃオレは予定の行動が行動出来なくなるじゃねえか、畜生。おカジはオレのクルマの窓へ首をつっ込んで、帰ったら早よ寝かしたりいや、グズグズ言っても途中で降ろしたらあかんで。テメエが丹にグズグズ言ってやがる。発車オーライ。乙羽信子のクソババア。

ツラツラと考えてみるに、ニッポンの著名な女優さんにはどうしたわけか独身が多いね。

今、オレの頭に浮んだだけでも、山田五十鈴、淡島千景、京マチ子、水谷八重子、森光子、山本安英、東山千栄子の諸先輩がおられる。乙羽信子もそうである。これは何かニッポンの風土と関係があるのかね。イヤラシイ国だからね全く。ニッポン人はテメエの事だけでも色々と忙しい筈なのに、他人のことに関心を持ちすぎるよ。男でさえ40、50までヒトリで居ると、あいつはアルべき所にナイんだとか、男のくせに男が好きなんだとか。そんなことどうだっていいじゃねえか、自由にさしてやんなよ。ましてや女である。それも大女優だ。

オレも風の便りにイロイロなことを聞くけど、それは噂である。噂は事実ではない、噂は信ずるには足らない。たとえ事実であってもそれが噂であるならば、それは単なる噂であって事実ではない。ややこしい言葉つかいやがるな、こいつニッポン人やろか。

ヒロシマの夏は暑い。道が白くてザラザラしとるんじゃ。カネが欲しい。貧乏人のタイチャンになってしもた。アッチコッチに電話や電報をしたんじゃけど、ちっとも送って来よらん。みんなバカタレじゃ。橋の上でバッタリと乙羽信子に会う。原爆ドームの見える橋の上じゃ。

何処へ行くんかのう。銀座へ行ってくるねん。カネ持っとるんか。東京へ送ってくれたらええのに、大正製薬がこっちへ送って来たんや。ああコマーシャルで噴霧器持ってシュウシュウやっとるあのカネか。そうやがな、一寸まとまっとるさかい銀行へ持っていっとくねん。丁度ええとこで会うたもんじゃのう、カネ少し貸してくれ。何んぼ要るねん。30万ばかりでええわい。何んに使うねんそんなカネ。それがのうBAＲの支払いや、それからとに角わしは可哀相な人間や。アカンアカンあんたと一緒に歩いてると恐ろしなるわ。

幸か不幸かそこへタクシーが来やがって、それに乗ってブーブーと行ってしまいやがった。乙羽信子のクソババア。やれんなあ、映画でも見るか。赤バスに乗って街へ出る。広島には赤バスがある。昔、湯河原に赤ペンと青ペンと言って、オンナとアソバせるとこがあったな。人間てヘンな時にヘンなこと思い出すもんだな。

宿舎へ帰ってドタバタと2階のオレの部屋へ上ったら、机の上にウイスキイが置いてある。ホワイトホース、これは本物の舶来じゃ。又ドタバタと階段を降りてオカミサンに、わしの部屋に誰か来たんかのうと聞いたら、さっき乙羽信子さんが見えられましてのう、2階へ上られて直ぐ帰られましたがのうと言う。

物を貰うたらお礼を言わにゃあいけん。ウチに電話がないから角の八百屋へ飛んで行き赤電話をかける。モシモシわしじゃがのう。ああタイチャン。うん今帰って来たらのう、そのなんじゃワシの机の上にのう。タイチャンあんた大分前に雑誌に私のこと書いたやろ、色気のないオンナや、あんなのと一緒に寝ても何もせえへんて。いやそれはやのう、あの時はそのなあ。今日座談会へ出たら何処かの奥さんがそう言うとったんや、トノヤマタイジが色気がないと書いとったけど、色気ありすぎるがなと言うとったえ。そうかほんなら良かったな。良かったわ安心したわ。ガチャン。

ウイスキイのお礼を言うのを忘れてしもうた。もう一度かけてもええけど10円損するから止める。手前のことばかりしゃべりやがって。乙羽信子のクソババア。

オレたちオトコの俳優はよくこういうことを言う。オンナはいいよ、いざとなりゃ結婚すりゃいいんだからな。つまり女優として芽が出なければ、結婚と言う逃げ道がある。オトコはそうはいかない、いつもギリギリのとこで勝負してなければならないと言うんだな。

そうは言ってもギリギリのとこで勝負してない野郎は沢山いるけどね。

しかし結婚や其他の理由で、映画や舞台の世界から去って行った女優さんは、オレの知ってるだけでも数え切れない位である。やる気があれば、結婚しようがしまいが、金があろうが無かろうが出来る筈である。自分の素質に限界を知ったのであろうか。余りにも忍耐と努力をしなければならない世界にアキレ返ったのであろうか。

夢だけではどうにもならないことは、普通の常識があれば解り切ったことである。

次から次へと若い人達が現れ、次から次へと煙のように消えて行かなくても、キビシイ言い方をすれば、消えて行ったと同じような人生があるだけだし、そして小さな灯をともしながら、イツノ日カキット私ダッテ、と胸の匕首《あいくち》を磨きながら待って待ってそして待つだけである。

千葉の夏も暑い。草いきれでムンムンする。どうして新藤兼人カントクは夏が好きなんだろうな。瀬戸内海の島も、西伊豆も、広島もみんな夏だった。オレがビーチパラソルの下で裸になって風を入れてたら、昼めしを運んで来た若エのが、オレにハイと言ってビンをくれる。

何んだいこりゃ醤油か。いいえ乙羽さんからコーヒーですと言う。糖尿だから砂糖の入ってるもんはオレは駄目だぜ。あのサッカリンで甘くしてあるそうです。眼の前の風景が急に揺れて、胸から熱いもんがこみ上げてきやがる。乙羽信子のクソババア。女優さんの結婚というのはイロイロな意味で大変ムツカシイもんだと、オレは若い頃から信じているが、今でもそう信じている。お粗末な男のために、メシや洗濯の心配して何んのプラスがあるというのだ。自分の仕事を守るために、何の支障もない亭主を持つことが一番いい方法であるかも知れないが、そんな辛抱強い男は仲々いないだろうし、いたとしても本質的にグウタラな亭主であれば、むしろ孤独の嵐と戦っても、自分の城はやはり独りで守ったほうがいいかもしれない。

これはニッポンのイヤラシイ風土とは関係なく、非凡な女優の非凡な生き方かもしれないのではないかと、オレは暗澹たる思いである。芸術の神様に魅せられた報いかも知れない。神様は恐ろしい。おカジさんにはオレは一度言ったことがある。どうや結婚する気ないか。めんど臭いがな。

夕方、仕事を終って宿舎へ帰ったら、おカジさんは洗濯物を取入れている。わりと働くオンナやな。コーヒーのお礼を言わなくちゃいけない。オレは言葉を沢山言えない性分だから困っちゃう。あんなあコーヒーうまかったぞ。そう良かったなあ。洗濯物を抱え背を向けてスタコラ小屋へ入ってしまいやがる。乙羽信子もオレと同じで、言葉の数の少ないオンナだな、しかしその後姿に人間に対する信頼が溢れているのをオレは知っている。オレは慌てて河原へ駆けて行き顔を洗った。オレの涙が河の水と一緒に流れて行ったのを、乙羽信子は知らない。

オレは乙羽信子個人に就て少しばかり書いたようである。ニッポンの裁判所様よ。こんなヘナチョコ文章でも提訴されれば、プライバシーの侵害とかで、罰金を払わなければならないのでしょうか。

三島由紀夫氏の『宴のあと』では、人間に就て、政治に就て、沢山のことを教わった。オレは有田八郎氏個人には何の関心もない。オレは借金をしてまで税金を払ってる阿呆で善良なる市民である。罰金を払う余裕なぞ一文も無い。提訴なんかしやがったら承知しねえぞ、乙羽信子のクソババア。

オニイサンノクソジジイ。

河原林の《悪党》《1965・10》

8月のあのキラキラする太陽がイケナイんだ。亀岡盆地のあの暑い太陽がイケナイんだ。オレのせいじゃない。太陽の阿呆!!

宿舎から700米もある酒屋へオレは走って行った。

オバハン焼酎くれ。へいへい。氷を入れてくれ。あの冷ゾウ庫が、電気冷ゾウ庫の氷でっせ。ああそれでいいよ入れてくれ。へいへい。オレはグビグビと飲んだんだ。

店から見える座敷で勉強していた中学生の女の子は、オレの顔をジッと見て何処かへ行ってしまった。もう1杯くれ。

あのうもう氷があらしまへんねやけど。なかったらええわい、もう1杯くれ。

何んぞ缶ヅメでもあけまひょうか。そんなもんいらんわい、もう1杯くれ。

オレのアタマの回転がオカシクなってきた。焼酎のためにオカシクなったのである。アルコールが入ってない時のオレのアタマは、大体正常であるとミンナから言われている。

畜生!!　太陽め。お前なんか死んでしまえ!!

フランスの誰かの小説で、出だしから太陽のことを書いたのがあったな、確かアルジェリアかなんかの話だったな。忘れてしもうた。小説というのは読んでる時はオモロイけど、直ぐ忘れてしまうな。それでエエもんであろうか、それで悪いのであれば、やっぱりオレのアタマがどうかしとるんじゃゃな。

オバハンもう1杯くれ。もうやめときなはれ。そうか、ウチの側近ババアもよくそんなセリフを言うぜ、まあええがな、もう1杯くれ。ほなもうこれだけどっせ。アタマの回転がますますオカシクなる。オカシクなるなんて自覚してるうちはオカシクないのかな。クタバレ太陽!!

京都へ行こう、そうだ京都へ行こう。

オバハン電話してタクシーを呼んでくれ。あのウチに電話あらしまへんねん。ドコにあるんだい。農協へ行ったらあんねやけど。なら農協へ行ってかけてくりゃいいじゃねえか。

へいへい、あのう撮影隊の宿舎へ帰られるのやね。イヤ京都へ行くんだ!!　へいへい。

気が付いたら四条河原町の横丁にある、オレのなじみのBAR《ルニイ》のカウンターにいた。タクシーの中のことはまるで覚えてない、タクシー代はチャンと払ったのかな。

古狸の知ってるオンナが来てオレの隣の椅子にデッカイおいどを乗せる。タイ先生ジンフィズの砂糖抜きやな。きまってるわい。

何杯も砂糖ヌキをガボガボとやったらしい。よく覚えてないんだからラシイと書くより仕様がない。

デンパのブンに電話しろ‼　オレの友達である。もうしたがな、会社におらへんねん。ウチへ電話しろ。まだウチへ帰ってえへんねん。あの野郎ドコかで飲んでやんな。酒ばかりくらいやがって、仕事もマジメにやれと言っとけ。ハイ。

おまえ旦那と早く別れろ。別れたらタイ先生メンドウみてくれるか。何んでオレがお前のメンドウをみんならんねん。ほなハナシが合わへんやんか。ハナシが合うくらいなら、どうしてオレが旦那と別れろなんて言うんだ。どないなってんねん、コラアカンワ。

その次に気が付いたら、南座横丁の川端の《芳子》であった。

芳子さんとはオレは10年来の仲である。仲といってもガッカリするほど清い清い仲である。ほんまにガッカリするわ。ココでオレは何を飲んだのかサッパリ覚えていない。

畜生‼　キラキラする太陽め。もう夜だというのにどうして太陽を思い出したのであろうか。太陽が犯人だ、オレは知らない。

オレの尊敬する宮口精二氏に会ったようであった。いや確かにお会いしたのだ。霧のような会話を交したのをかすかに覚えている。宮口さん、酔いどれのバカタレを許して下さい。太宰治の言葉ではないけど、ツライのです死にたいのです。キザなこと言うな‼

眼が醒めた時、オレはオレの定宿のフトンの中にいた。バアサンよビールをくれ。そりゃもうえらい酔いかたどっせ、芳子はんが連れて来てくれたんどす。どないしはりましてん、ナニかあったんどすか。

太陽だよ。太陽‼　まあ何んでもええから早うビールを持って来てくれ。

誰が来ても電話があってもオランと言えと言わはったからその通りにしましたえ、なんや若い人がな、何べんも来はりましたけどな。嘘つくのつろうおまっせ。

もうええ、早うビール持ってこい。

冷たいビールを3本つづけざまにやったけど、オレの神経はどうにもならない、ますますヤリキレなくなる。バアサン‼　ジンを買ってこい。

ビールの中にジンを入れて飲む。いくらか気持が楽になる。あのう朝御飯の仕度できてますけど。そんなもんいらんわい。猫にでもやれ‼　この宿には猫が5匹もいる。

へいへい、どないしはったんやろなホンマに。

バアサンの置いていった新聞をチラチラと見る。ベトナム、選挙違反、交通事故、殺人、下品な政治家共のフオトレ。そしてヒロシマ被爆の娘さん、貧乏、白血球、盲目。

生きてる間はね、タノシク生きてゆこうと思っています。でもどうにもならなくなったら、自分で自分を始末するつもりです。

やはり被爆された男の言葉。

もう一度アノ日が来て、そして何もかも無くなればいいと思います。

ニッポンてのは情けない国だな。ポロポロと涙がグラスに落ちる。

誰が、この人達に、どんな言葉が言えるのだ。ヒロシマのあの日のために、苦しみながら静かに死を待つ人たちよ。オレはアナタ達に同情しない。普通の人間としてニッポン人として、日常的な会話を交したいのです。

一緒に町の喫茶店でコーヒーを飲もうよ。

馬鹿!! ケロイドなんか気にしねえで公園を散歩しようじゃねえか。

お前は眼が見えねえんだからオレの手をジッと握ってろって言ったろう。

今日はカネがねえからよ、ラーメンにするべえ。

用事があるからココで別れるぜ、バイバイ。

そんな会話をオレはアナタ達と交したいのだ。オレを非情な人間だとケイベツする奴はケイベツしろ!! そう言うテメエッチをオレは腹の底からケイベツしてやらあ。

再び眼が醒めた時、部屋の中に2人の青年が居た。

映画『悪党』のスタッフである、長氏と桑氏であった。2人共オレの好きな青年なのだ。何も言わねえでニヤニヤしてやがる。何んとか言え。

今朝からオレがいないから、今日の撮影は中止になったのである。それはオレはよく知っている。

貧乏なプロダクションで1日仕事が無駄になれば、経済的に言ってもどれだけの損失になるか、それもオレはよく知っている。

灼熱の太陽に責任はない。全部オレの責任である。神様だけは知っててくれる筈だ。オレが弱い人間だということを。

オレは不逞のヤカラ、いや役者だから、『悪党』からオロして東京へ帰すか。

冗談じゃありませんよ、そんなことしたら映画ができあがりませんがな。

とに角一度新藤さんに会って下さい、お願いしますよ。

それがツライねやがな。オレと新藤さんとの間柄は、普通の映画カントクと俳優というだけのもんじゃねえからな、オレの人生の大半は新藤さんのお蔭で生きてたようなもんだってことぐれえオメエ達だって知ってるだろう。

そんな大げさな、だからとに角新藤さんに会って下さいよ。

オレは死にたい!! 二日酔のあの死にたくなるような気持は、二日酔の人間にしかわからねえからな。

ボク達だって死にたいですよ、ねえ親分!! 帰って下さいよ。

親分とはウレシイね、それじゃ帰るべえか、どうせ帰りゃなきゃどうなるもんでもねえ。そうですそうです、帰りましょう。

屠所にひかれる羊だな、イヤな気持だぜ。畜生!! あの太陽の野郎奴。

ゆうべ使い果してクルマ賃ねえぞ。アリマスあります。

じゃあドコかでビール飲んで行くか。もうやめて下さいよ親分。

正確に言うと、亀岡市河原林字河原尻という所である。いくら14世紀のニッポンの話だからって、よくもこんな前人未踏の田舎を探したもんだな。日本はちっとも狭かねえぞ。ロケ隊の宿舎のプレハブが見えてくる。

誰もいねえじゃねえか。ええ、休みにしたからみんなドコかへ行ってしまったんですよ。成程そうか、オレの責任なんだな。それを言わないで下さいよ。

敬愛する新藤兼人カントクは木陰で椅子に坐って、オレの顔を見て笑う。オレは笑えない、涙が出そうになる。エエ歳をして、太陽と焼酎が悪いんですと言うのか。

どうしたんじゃい。ええまあ、カンベンして下さい。

今日あたりはな、どうせ休みにしようと思ってたんだ、みんなも疲れてるしな。

泣かせないでくれよ新藤さん。乙羽信子が冷たいお茶を運んできてくれる。

タイチャン、また例の病気ね、もうお酒やめたらどうなのよ。ビールあるんだけどね、あげないわよ、ハイお茶。

チェッ、お茶とは情けねえ、これも自業自得か。もうオレ酒やめるからよ、ビール1本だけくんねえか。ダメダメ。乙羽信子はいつの間にこんな冷たい女になったのだ。

新藤さんとオッペンハイマー事件や、実験的演劇の話や、今後の独立プロ映画のことや、オレの見聞してきた南ベトナムの話などをする。

いや、ハナシをそういう話題に向けてくれる新藤さんの心情が、オレの胸を熱くする。

昨日のあの太陽が――畜生!!

黄昏がやってきて、《悪党》がぼつぼつ帰ってくる。照れくせえなあ。さすがに今日は酒屋へ飛んで行く元気もねえや。

長氏がオレのそばに来て、ボクの部屋にウイスキイがありますよと言う。いらねえよ、そのウイスキイで又ドコカへ行ったら、今度は君の責任だぞ。ありません、ウイスキイありません。逃げて行きやがる。

食堂でボソボソと夕飯を食ってたら、《悪党》の元締、小沢栄太郎パパが釣りから帰ってくる。

おいタイジ、酒やめてな、釣りにしたらどうだい、明日の朝から俺が連れてってやらあ、朝の太陽がよ――。太陽はイヤだ。

岸田今日子姐御が京都から帰ってくる。

芳子さんがね。タイチャンのあんなに酔っぱらってんの始めて見たって言ってたわよ、ねえ、お酒やめて麻雀やりましょうよ。

木村功兄いがパンツ1枚でやってくる。

いま新藤さんに聞いたらよ、泣く子とタイチャンには勝てねえって言ってたぜ。

友情の花はかくもヤサシキものなのか。みんな信じてくれよ、オレじゃないんだ、あのキラキラする8月の太陽が悪いんだ。

オニイサン、トニカク酒ハヤメナハレ。

『三文役者のニッポン日記』

三文役者のニッポン日記から

戦争はもうゴメン

新聞で、南ベトナムの問題は話し合いで解決するかもしれないと小さく報道されて、こんな嬉しいことはないとオレは喜んでたら、そのすぐあと、ベトコンの攻勢、アメリカの北ベトナムへの攻撃と、戦線は急変して拡大していったようである。今後どのように展開してゆくか、全く予測を許さないようになってしまった。ああ、戦争はいやだなあ。

オレはよくわからないんだけどね。ベトコンてのは南ベトナムで生まれた人民解放軍だろう。北ベトナムの軍隊ではないだろう。兵器だって、手製のモノかアメリカさんからカッパラったモノだと、新聞やその他の刊行物でも報道されている。

そのベトコンにだね、基地をやられたからといって、北ベトナムを攻撃するのは、どう考えても筋が通らないと思うんだけどね、ベトコンにやられたんだからベトコンを攻めればいいじゃないか。オレはアタマの悪い人間だけど、このくらいの簡単なリクツはわかるよ。まあ一番いい方法は、戦争をやめることだけどね。

ベトコンというのは、軍隊とは言えないような軍隊ではないの。ゲリラに毛の生えたようなもんではないのかね。それがこれほど優勢だというのは、戦争というものは、量や質では解決の出来ないナニかがあるのではないだろうか。そのナニかがなければ、いくら優秀な兵器やたくさんの人民を投入しようが、戦争は勝てるものではないとオレは思っている。

それにしても戦争はイヤだなあ。

ベトナムの風雲が急を告げる時、ニッポンの国会では〝三矢研究〟なるものが、社会党の代議士からバクロされ問題になっている。

この〝三矢研究〟というのは、北朝鮮と中共の軍隊が38度線を突破して韓国に全面攻撃をかけてきた場合、直接侵略の危機にさらされたニッポンはどうするか。それに対して、防衛庁内部で作成された計画書なんだそうである。

三矢ナントカ、サンヤだかミツヤだか知らねえけどよ。防衛庁のだね、いいオトナがきっと何人か集まって作ったんだろうけど、ようこんなアホな研究しよったな。アキレ返ってモノもいえんわ。

その中に防衛作戦計画とか、戦争指導機構をどうするとか、物資や精神動員をいかにするとかの問題もふくまれてるんだそうである。精神動員とは何んのことや。オレたちの精神のことまで防衛庁で心配してくれてんのか。オレたちの精神のことは、オレたちの勝手にさしてもらいてえなあ。第一、まだ戦争する気でいるのかよ。戦争する気があるからこそ、こんな計画書を作る気になったんじゃねえのかね。止めなよ、戦争はもうイヤだよ。オレはこの前の戦争で、貴重な青春時代を5年近くも、中支の戦線を引っぱりまわされ、兄弟二人きりのそのたった一人の弟は、ビルマのマンダレーというとこで戦死してしまった。オレみたいなクダラナイ人間は、弟のかわりに死んでやればよかったと、オレはいまでも思っている。

五人の息子たちが全部戦死してしまって、生きる希望を失って自殺した父親もいる。亭主に戦死され、小さな子供を抱えて生き抜き、やっと高校を卒業させて就職させようとしたら、片親だから駄目だと断わられた母親もいる。戦争がなかったらこんな悲劇は生まれないはずである。オレの胸から、悲しみとイキドオリはまだ消えていない。

ある新聞にこんな記事が出ていた。

〝自衛隊は飾りものではない。国民がお花見酒に酔いしれていようとも、彼らは常に内外の敵を予想し、それに備える準備を持っていなくてはこまる〟

この文章の中にはたくさんの問題を含んでいるが、自衛隊だけが祖国を守るのであろうか。祖国というものは国民全体が守るものだとオレは思っている。国民の一人一人が、自分の国を、自分たちを幸せにしてくれるすばらしい国だと思えば、黙っていても守るものである。武器などは問題ではない。

政治家のミナサンよ。〝三矢研究〟がドコから洩れたかなんてツマラネエこと心配するより、これがオレたちの祖国だと信頼できるような、すばらしいニッポンをつくってくれよ、ナア。

政治はオンナにまかせよう

オレみたいな貧しい三文役者が、政治のことなんか何もいいたかねえけどよ、本当の政治家てのは、その国の人民のためを思って政治をやってくれるのが当たり前じゃねえのか。

半世紀も前に、石川啄木という人が、働けど働けどわが暮らし楽にならざり、なんとかかんとかという歌を作ったよな。その歌がよ、いまでも通用するってんだからオドロキだよ。つまりオレたちの生活は、半世紀も前から少しも進歩してねえんだよな。

そりゃ、遊んでブラブラして、楽になりたいとは思わないよ。本当はそれでもいいんだけどよ、しかし働いたら楽になりてえよな。ヘンな国だねニッポンは。

オレたちがジャリのころはよ、よくオトナが子供をつかまえて、坊や大きくなったらナニになるんだいと聞くと、たいてい、陸軍大将、総理大臣なんていったもんだよな。

いまは陸軍大将はなくなったから幸せだけど、総理大臣なんてガキは一人もいねえよな。いまのガキはね、タクシーの運転手とか、サラリーマンとか、プロ野球の選手とか、もっと現実的なことをいうよ。

子供もよ、総理大臣なんてたいして理想的なもんじゃないってこと知ったんじゃねえのか。

しかしだな、本当は政治を司る人たちは、ニッポン国民のことを真剣に考えて、日夜苦労されてるエライ人たちだと、子供に尊敬されるような人間にならなきゃアカンよ。坊やは大きくなったら総理大臣になるんだといいきれる世の中に、一日も早くなっていただきたいね。タノンマッセ。

都知事の使途不明のオコズカイが4千万円。都議会での議長選挙での贈収賄。東京都は伏魔殿だって言葉が昔あったけど、いまでも伏魔殿だったのか。ああ、知らなんだ。

そうかと思うと、吹原産業事件。政治家がドコまで関係してるのかオレは知らないけど、政治・経済の狂いなんて首相の答弁は、これは答弁にならんやろう。

一国の政治経済が狂ってるなんて、これはエライことだよ。本当に狂ってんなら、早いとこなんとかせんとアカンのとチガイますやろか。

ほんまにオトコはチョロチョロと悪いことばかりしるよな。

どうやろね、諸君よ。この際だな、ニッポンの各都市の議員さんとか、国会の代議士さんとか、内閣の閣僚さんとかをやな、全部オンナの人にやってもろうたらどうやろ。オンナだったら、そんなに悪いことはしねえと思うけどね。安心して政治をまかしてられるんじゃねえか。ねえみなさま、いかがでしょう。そりゃ中には、ヒドク悪いオンナもたまにはいるけど、そんなのは例外だよな。

ニッポンの国民がだよ、政治家さんの人たちが、いつどんな悪いことしはるのか、毎日のように心を痛めないで済むし、第一、枕を高くして寝られると思うがね。

諸外国の政治家や外交官の人たちもだよ、あそこの閣僚はみんなオンナだからと、安心して当たりもヤワラかくなるのとチガイますやろか。

諸外国にもスケベエな政治家がいるはずだから、そんなのがノコノコやって来よったら、なんぼでもウマイことといきよるで。

スカートをちょっと上げるとか、ウインクするとか、甘いセクシーな声を出すとか、そのヤリ方はニッポン男子がいくらでも教えたるで。

これはエエわ、そうしましょう。一刻も早くそうしましょう。

このハナシを友だちにしたら、その友だちは、しかしウチでオトコがいろいろと指図するから、結局はオトコがやってるのと同じことになるんじゃないかというんだ。そやけど、いまどきオトコのいうことをハイハイと聞くオンナが一人でもいるかとオレがいったら、それもそうやな、やっぱりオンナにやってもらうかというんだ。

時代もこれだけ進歩したんだから、いっそのこと、現在オトコのやってる仕事を全部オンナにやっていただいてだな、オレたちオトコはウチへひっこんで、子供のお守りや台所をやってもエエと、オレは思っている。

オレをメメしいやつと笑うやつがいるか。

オトウチャンを返せ、亭主を返せ

農大ワンゲル部の〝シゴキ事件〟てのがあったな。オレなんか大学へ行ったことねえから理解に苦しむんだけど、大学のクラブ活動というのはよ、そのクラブ活動によって心身を鍛錬して、その後の人生に大きなプラスになることが目的じゃねえのかな。そのためには多少のシゴキは必要であるかもしれない。ダラダラさしといたら、心身の鍛錬にはならんし、クラブ活動の目的もオカシクなるよな。それはわかるんだけどよ、シゴキすぎて死んでしまったら、これは殺人事件じゃねえのか。その人間を鍛えるために、本当の愛情があってシゴキをするのもケッコウだろうけど、死んでしまうほどシゴキをする必要があったのか。

ニッポンにはまだ、人間の生命を大切にしない風潮が残ってるのかと、オレはユウウツな気持ちでいたら、6月1日、筑豊の炭鉱がガス爆発をした。そして237人の労働者が、深い思いを地上の人たちに残しながら、暗い地底で死んでしまったのである。冥福を祈りたい。涙が出る。

石炭政策というのかな、ムツカシイことはよくわからねえけどよ、根本的なことを根本的に修正しなければ、今後なんべんだってこんな悲しい事故は起きるんじゃねえのか。

いったいニッポンの政治家はどういうようにお考えになってるのか、その考えをお聞きしたいね。三井三池のときも北炭夕張のときも、今後こういうことのないように保安を完全にするとかなんとか、責任者みたいな人間が必ずいうんだ。そして、その〝今後〟には、必ずこんな悲惨な事故が起きてんだよな。どういうつもりなんだい。無責任は植木等だけでたくさんだろう。

だったらだな、今後も必ず大きな事故は発生しますから、炭鉱労働者の方は十分に気をつけるようにとか、生命を大切にする人には転業のお世話をしますとか、もっと気のきいたセリフをいってくれよな。

炭鉱てのは外国にもあるんだろう。だけど外国の炭鉱の事故なんてのはあまり聞いたことねえな。そりゃ炭鉱の状態にもよるだろうけど、つまりは設備がチャンとしてるから事故が起きないんじゃないの。安い賃金の人間がたくさんいるんだから、設備にカネを使う必要はないという考え方は、むかし、オレたちが軍隊でいわれたように、オメエラは1銭5厘のハガキ代で間に合うけど、馬はそうはいかねえんだ、オメエより馬は大事なんだぞ、という考え方と少しも変わらないね。もっとも働く場所の設備の問題は、なにも炭鉱だけとは限らないがね。お粗末ニッポンというよりないね。

人間尊重なんてデッケエこといいやがってよ、ちっとも尊重なんかしてねえじゃんか。人間の生命を大切にすることも人間尊重なんだぜ、わかってんのかよ、オジサン。しっかり政治をやってくんなよ。つづく炭鉱事故の責任を負って、通産大臣が辞表を提出したと新聞に出てたんだ。オレはその新聞を近所の牛乳屋の店先で読んでたら、牛乳屋のアンチャンが「あと2日もすりゃ内閣改造でどうせ辞めるのによ、いまさら辞表なんてのはオカシクないんですかね」とセセラ笑ってたよ。市井《しせい》のアンチャンから笑われないようにしてください。

オレたち国民は黙って働いて、黙って税金を納めてるのである。哀れな国民よなあ。その哀れな国民の線に沿って政治をやっていただきたいと思います。内閣改造後、佐藤首相は、国民の声を尊重すると言っておられますが、本当に国民の、声なき声を尊重していただきたいと思います。そして、国民の期待する政治をオネガイします。

〝期待される人間像〟という言葉がありましたが、ご自分が国民から期待される人間におなりになるのが、一番の近道ではないでしょうか。暴言多謝。

オトウチャンを返せ。亭主を返せ。ついこのあいだ北海道からこの悲惨な声を聞き、いま北九州から再びこの声を聞く。オレなんか気のヤサシイ人間だから、悲しくてマゴマゴしてしまうよ。

せめて十分な補償をして上げてください。派閥だとか利権のことでお忙しいでしょうけど、よく考えて上げてね。そして、尊い犠牲者を安らかに天国へ行かせてください。オネガイシマス。

犯罪はなくならんなあ

オレは毎日のようにニッポンの新聞を読んでるけど、連日のごとく小さな犯罪や大きな犯罪があるな。世界中どこの国でもこのくらい発生しとるのかね。ソビエトや中共へ行っても、お粗末なチョロチョロした犯罪や殺人事件などが、連日のごとくあるのかね。

犯罪する者とされる者で人間世界が構成されてるなんてのは、考えただけでも不愉快だよ、ナア諸君。

いったい、なぜモロモロの犯罪事件が続々と発生するのか、シンケンに考えてる人間がおるのかね。なんだか一人もいないような気がするな、オレは。犯罪はどうして起こるのか。これは社会問題にもツナがる大きな問題だと思うけど、だれかマジメに考えて、なんとかしろよ。

文明開化のニッポンでだな、娘っ子や子供が一人で歩けないなんて、オカシイよ。オレは夜だけ気をつければいいのかと思ってたら、昼間でも山の中なんかだと、オソワれる娘さんがいるんだね。これで男をオソッてくれる女でも出てくれば、本当に男女平等だと思うんだけどな。

オレなんか一度ぐらい女にオソワれたい、といつも一人でブラブラ歩いているけど、だれも相手にしてくれねえや。人相が悪いから、男までよけて通りやがる。

山の中はともかくとしてだな、暗い道ぐらい電燈でもつけるようにしたらどうなんだ。ずいぶん前から、暗い道でいろいろと犯罪が起きてるだろう。明るくすれば犯罪者の心理もだいぶチガッてくると思うんだけど、いつまでも暗いままにしておく気持ちがわからねえな。

道路に街燈をつけるというのは、ドコの役所でやるのかよく知らねえけどよ、予算が足りないなんていうのは、弁解にもならんと思うけどね。防犯ポスターを何枚も作るより、暗いところを明るくすることによって、変質者や痴漢の犯罪をなくするのが急務じゃねえのか。ソノスジでだな、一般市民より変質者や痴漢のほうが大切であるというのなら、暗い道を暗いままにしといてもいいよ。

人を殺して金銭を奪うなんてのは、一番クダラナイと思うし、犯人自身にしても、損な犯罪だと思うんだけど、殺すつもりはなかったんだろうが、これ以外に方法はないと決断する犯人の心情はアワレだよな。チョイとアタマを使ってクチサキでペラペラとやって、何億もの金をどうにかしてしまう人間よりは、同じ犯罪者ではあるけど素朴であるし、オレはカアイソウでたまらない。

少しばかりのカネのために人を殺すというのは、少しばかりの金があれば人を殺さなくてもよかったのではないだろうか。

つまり、ニッポン中のみんなが貧乏でなくなれば、こんな犯罪は生まれないとオレは思うがね。大きな権力の下で、デッカイ悪いことをするヤツは、オレは一番憎らしいし、ケイベツする。重罪にしろ。

刑務所の中で、殺人犯からワイロをもらって、犯人のためにタバコやいろんな物を買ってやった看守がいる。こんな、映画に出てくるようなイキな看守が、ニッポンにもいるんですかね。

看守も月給が安くいろいろと大変だろうけど、バレないようにもう少しウマクやれよ、カバだなオメエは。オメエがつかまって鉄格子の中に入っちまったら、家族の人間も困るだろうけど、ワイロを出したその殺人犯も不自由するじゃんか。

爆発した山野鉱で、16歳の少年が働いていたというので問題になっとる。だれが働かしたかしらんが、あるいは自分が進んで働かしてくれといったのかもしれないけど、働いてたという事実は、これもやっぱり犯罪だろう。

16歳の少年が暗い地底に入って働かなければ、生きていけないなんて悲しいよな。

13歳の中学生が強盗に入って、相手がシッカリしてて、目的を果たさず逃げたんだけど、追っかけられてつかまっている。アイスクリームを食べるカネがほしかったんだという。アイスクリームぐらい、だれか食べさしてやれよ。

いくら南の国で、お互いが自由の名のもとに殺人ゴッコをやってるからって、あんまり警察のお世話になるようなことをやるなよ。しかし犯罪が多いというのは、ドコかがナニかが、狂ってるのとチガウか。

OKINAWAへの愚察

昭和15年の夏。オレはNAHAの辻町遊廓で、1週間も流連をしたことがある。イツヅケと読んで頂きたい。ナツカシキ言葉である。

オンナも良かったけど、そのサービスの良さについて、公衆の面前で具体的に語れないのは、ほんまに涙の出るほどくやしい。オンナ個人が、二百年以上ものの泡盛を持っており、電気蓄音器まで持ってて、レコードもオレの大好きな、ガーシュインのラプソディ・イン・ブルーまであったんだから、ビックリして腰を抜かしたねオレは。普通のお女郎さんとは教養がチガウよ。そろそろ風雲急なるニッポンへ帰るのがいやで、このオンナと心中しようかと真剣に考えた。だのに今までオメオメと生きてるのは、その頃からオレはシマラナイ人間だったからである。ああ夏の日の思い出よ。今となっては幻の、あの〝守礼の国〟へオレはもう一度行きたい。

さて、現在オキナワに行くには、旅券が必要である。アメリカやフランスやその他の国へ行くのと同じように、戸籍抄本を取り寄せたり、パスポート用のフォトレを作ったり、沢山の書類に沢山の文字を書き込んだり、ほんまに手数がかかるでえ。ソコへ行くために旅券が必要であるというのは、そこは外国である。だから、ミナサンはどう思っているか知らんけど、オレにとっては沖縄はOKINAWAであり、沖縄の人達は外国人である。オレの考え方はドコか間違ってるかなあ。

しかし現実には、オレは沖縄生まれの友達を何人か持っているし、仕事でも沖縄生まれの人や沖縄から来た人達と、一緒に仕事をする場合もある。その人達をオレは少しも外国人だとは思わない、いや思えない、オレと同じニッポン人である。それなのにどうして、その人達の故郷へ行くのに旅券が必要なのであろうか。ワカラナイ。聞くところによると、沖縄の人達はニッポンへ来るのに、いや内地と言ったほうがいいのかな、旅券は不要であるという。ますますワカラナイ。一体どうなっとるんだ。どうしてこういうことになってるんだい。スッキリとワカルようにして貰いてえな。もっとも沖縄のことばかりじゃなくて、ニッポンにはワカラネエことがタクサンあるものな。沖縄のことだけワカルようにしろったってムリかも知れねえ。そうだべ、ニッポン政府よ。いやオレがムリな質問をして悪かった。

それにしても佐藤首相は、何故、オキナワ訪問をしたのであろうか。心から歓迎されると思って行ったのか。日本領土だから行ったのか。それとも沖縄とは関係なしに、アメリカの基地でも見に行ったのか。アメリカの基地なら、何もわざわざ沖縄まで行かなくても、ニッポンにもウントあるぜ。

〝佐藤首相は外国の首相だ〟と言ってる沖縄人もいる。〝われわれは日本人である。しかし日本人として日本政府や外国政府から扱われたことはない。現段階ではわれわれは外国人なのだ〟と言い切っている沖縄人もいる。佐藤さんは、孤独な国を訪れた、孤独な首相であったのだろうか。

そして佐藤首相の沖縄での言葉。〝私は沖縄の祖国復帰が実現しない限り、わが国にとって〈戦後〉が終わっていないことをよく承知しております〟

なるほど〝戦後〟は確かに終わっているとは言えんわな。戦争をやってる国があって、その戦争をやってる片方の国の、沖縄もそして日本も〝基地〟なのである。基地であるための悲劇は、オレたちは充分に体験させていただけるでしょう。だからアナタ沖縄のヒトよ、だからボクたち内地のヒトも、同じ気持ちなのよ。イヤネエ基地ナンテ。沖縄の祖国復帰どころか、ニッポン自体が祖国復帰をしない限り〝戦後〟は終わらないと、オレは言いたいのだ。川原乞食風情が、毎度の如く生意気なことを申し上げて、心から申し訳ないと思っております。

佐藤首相の沖縄でのもう一つの言葉。〝沖縄のみなさんは、これまで20年もよくぞ頑張って下さった。いいにくいことだが、今後もさらに頑張って下さい〟

こんな情ないセリフが、この世の中に存在するのかね。涙が出る。阿呆らしくて涙が出るのだ。今後もさらに頑張って下さいとは、一体何をガンバレと言うのだ。沖縄が、沖縄独自のチカラでガンバルのであれば、ニッポンは祖国でもなければ、トモダチでもない。軍事基地の問題、施政権の問題、復帰問題、それらについての首相のハッキリした言葉を、沖縄の人たちは聞きたかったはずである。オレも聞きたかった。それについて、ハッキリと言えない立場にあるのなら、その言えない立場について、ハッキリと所信を表明すべきであったのだ。そうすれば、午前3時まで路上に坐りこんでいた沖縄人の、そしてアナタが予定のホテルへ帰れなかったような、あの素晴らしい歓迎はなかったはずである、オシマイ。

太陽のような政治がほしい

1964年晩秋のニッポンでは、日韓国会が大きく揺れている。昨年も赤坂でデモを見た。批准反対のデモである。賛成のデモもあるそうだけど、オレは見たことねえ。

新聞で〝日韓国会〟とあるからよ、オレは日本と韓国の代議士が、ゴチャマゼになって、国会をやるのかと思ったら、そうじゃないのね、オモシロクもねえ。日韓批准では、なんだかよく知らないけど、ワカラナイことがたくさんあるらしいからさ、アチラの国会議員さんにも来ていただいて、いっしょに仲良くやったらいいんじゃないの。それが一番スッキリしていいと思うけどなあ。

〝日本と北朝鮮との関係は封鎖された〟

〝李ライン は健在である〟

〝竹島はすでに韓国の領土であり、交渉の対象にはならない〟

という韓国政府の言明だってのを、新聞かなんかで読んだけど、こういう問題をだよオジサン、コチラだけで、ああでもないこうでもないといってみても、始まらないと思うんだけどね。

だからさ、韓国の議員さんによく説明してもらえばいいじゃないの。そうじゃないと、いつまでたっても、ハナシは堂々めぐりするだけよ。堂々めぐりが好きなら、それでもいいけどさ。ダラダラとあと10年も〝日韓国会〟をやっかあ。

国会の始まる前に、テレビで何回も、日韓批准討論会なるものを見たけどさ、思わぬ人がひどく低俗なのにはビックリした。そしてシマラナイ討論なのさ、おまけにいつもハッキリしないままに終わってしまうんだ。つまり水掛論てやつなんだよな。オレたちも忙しい身体なんだからさ、血税を納めるために、日夜働いてんのよ。もっとテキパキ手際よく話合ってくれよオジサン。

モノの考え方がチガエば、一つの問題に対して、別々の意見が出てくるのは当たり前である。出てこなければオカシイ。どちらの意見に賛成するか、しないかは、それはオレたちの自由である。

ベトナムも二つ、朝鮮も二つ、ベルリンも二つ、そしてキンタマも二つ。キンタマだなんて公開の席上でハシタナイことを、お許しあそばせ。

よく考えてみれば、ニッポンも二つじゃないのかえ。これは大変に重要な問題だからさ、こんなところで軽々しくクチにすべき言葉ではにゃあと思うけど、国民のミナサンよ。ようく考えてみなきゃなんねえぞ。

まあそんな根本的な問題はともかくとしてやな、日本と韓国の両国民がだよ、うれし涙にむせびながら、チョウチン行列をやって喜ぶような日韓条約を作って、そして批准していただきたいと、オレは心から思ってますの。

ヘンな帽子をかぶったオマワリサンがいっぱい出て来てよ、同じ国の人間同士が、血を流さなければ成立しないような条約が、本当にオレたちを、幸せにしてくれるような条約でしょうか。アンタ泣いてんのね。そうですオレは泣いております、祖国の運命を思って、泣いちゃっておるんであります。

どうか国会の紳士さま方よ。愛する祖国の人たちの幸せを考えて、アワてないでユックリと国会をやって下さい。

この日韓条約批准を、早急に成立さしてですね、軍事的な面でアメリカさんに協力しなければならない、というのであれば、早急に成立させたいと思う人も、たくさんおいでになるでしょうが、この条約は、そういうことは全然関係のない条約なんだそうですから、国民のみなさんが納得のいくまで、ゆっくりやってください。

アワテル乞食は貰イガ少ナイという諺《ことわざ》もある。ヤッテ出来ナーイコトハーナイ、という歌謡曲の文句もある。頑張れ国会屋ッ。

オレは小市民なもんですから、日韓条約なんて国際的でデッカイ問題よりもですね、国内の問題が気になって仕様がないのです。気の小さい人間なんですね。もっと肝っ玉の大きい人物に生まれてくりゃよかったのになあ。

先日の台風で全滅した福井県の村の人たちは、その後どうなったのでしょうか。そろそろ冬も近づいてまいります。一刻も早く幸せに、いや人間らしく暮らせるようにして上げなくては、イケナイのではないでしょうか。

マリアナ近海の波に呑まれてしまった、二百余人の漁船乗組員の遺族を考えると、オレたちの胸は凍る思いがいたします。

今日の夕刊に、東京足立区で経営者一家六人ガス心中、経営不振で倒産したのを苦にしたらしい。不況に追いつめられた中小企業の悲劇、と報道されております。

〝これまで頑張ってきたが、頑張りきれません。子供を道連れにして死にます〟という遺書があったそうです。悲しいハナシです。ヤリキレない気持ちでこの新聞記事を読まれたであろう、たくさんの中小企業の人たちのことを思うと、オレの胸は再び凍る思いがいたします。どうにかならんのか。

どうにもナランのなら、どうにもナランノヤアとはっきり言え‼

ついでですけど、同じ夕刊に、立川市で夜の女が殺され、国際電気標準会議（ＩＥＣ）総会に、北朝鮮の代表が日本への入国を拒否されております。日本政府にですよ。ドコの国とも仲良くしたいですね。一日も早く世界中の国々が、仲良くなってほしいと思います。きっとそうなると、善良なる日本人のオレは信じております。

夜の女のことを、どうして書いたかと申しますと、売春防止法なんてものを作っても、夜の女は、日本中にいっぱいいるということであります。

売春防止法というのはヨウ、やたらに売春を防止するためにのみ作ったのかえ。春を売らなければ生きて行けない不幸な女性を、そんなことをしないでも、幸せに生きて行けるように作ったんじゃねえのかえ。くわしいことはオレはよく知りまへんけど、どっちでもいいからはっきりしてもらいてえなあ。

政治の貧困。こんな古臭い言葉を書きたかねえけどよ、金沢市で一日内閣をやった時の17歳の高校生の発言を書いておく。

〝ボクは山間地帯農家の長男です。親は金にならない農業をあきらめろと言うが、一生をかけてやるつもりです。しかし多くの友だちが離農していくのを見ると胸がしめつけられる。山間の百姓には希望がない。太陽のような、あたたかい政治がほしい〟

ストをやるのは当たり前だろうか

ある撮影所へ行ったら、せっかく来てもらったけど、今日はスト闘争のため定時の5時でやめるから、アナタの出るところまではとてもやれないので、悪いけど帰っていただきたい、といわれる。

定時が5時なら、5時でやめるのが当たり前であると、一般の人たちは思うかもしれない。しかしニッポンの撮影所は、定時なんてことはおかまいなしに、仕事をやっているのである。定時とスト闘争と何の関係があるのだ。

これは映画の特殊性ということもあるが、しかし外国の撮影所は、定時に始まって朝の8時から始まって夜中の12時までなんてことはざらである。

定時に終わるそうである。労働時間が厳守されているのだ。

どうしてニッポンだけが、こんな状態なのであろうか。本質的にわが国は貧乏であると考えるよりしようがない。オレの友だちのハナシだと、ロンドンの撮影所というのは、朝8時半に始まり午後5時半に終わるそうである。正午にランチタイムが1時間と、午前と午後にお茶の時間が40分ずつあるというんだ。おまけに昼めしもお茶とお菓子も、会社持ちだそうである。昼めしのカネの心配をしなくてもいい。恐れ入りましたね。ニッポンのハナシをするのがイヤになる。どうもニッポンは労働者の天国とは言えない。

ニッポンはアジアの指導的存在であるとか、東南アジアのドコソコの国を開発や援助する義務があるとか、よく新聞なんかに出てるけど、不思議な気持ちがする。ヨソの国よりも、自分の国の労働者を援助する義務はねえのかい。

どう考えても、定時の5時で仕事をやめることが、ストのための闘争になるというのは、なにかオカシイし、少し悲しい気もする。しかしとにかくオレも労働者である。組合の指示に従って、早々に帰ることにする。

あるテレビ局へ仕事に行った。カメラリハーサルを済ませて、そろそろVTRの本番かなと思っていると、突如、2時から5時まで休みますという。

どうして休むんだ。スト決行です。とうとうやることになったのか。ええやります。

組合の指令によるストの時間が終わるまで、オレは静かに待つわけである。

フリーのオレたちとストは関係ないのだろうか。一見すればないようにも見える。しかしたいていの場合、なんらかの形で働く者の側に立っている。オレたちだって、働いておカネをもらう人間にチガイはないのだから。

どんな高名な俳優でも、オレは資本家側だから、ストには参加しないといっても、一人だけではなにも出来ない。もし本気になってそんなことを発言する人がいれば、コッケイでしかない。とオレは思ってるけど、チガイますかねえミナサン。

オレはモノゴコロのついたころから、映画界のしかも俳優という立場で働いているから、一種の世間知らずと言えるかもしれないけど、アチコチでいろんな人たちと会って、それぞれのハナシを交換したついでに、賃金のことなど聞いてみると、全くその安いのにビックリしてしまう。腰がぬけるくらいだ。

そんなカネで生活が出来るんですかね。たいていの人たちは出来ないという。出来ないといっても現実に生きている。どうやってるのだ。女房が内職をする。なにか商売をやってる。自分が会社なり工場なりが終わってから、別の仕事をやって働く。悲しいねえ。

自分の労働だけで、一家の人間が暮らしてゆけないというのは、全くオカシイ。働いただけのカネを取るべきである。一人前の人間が一人前に働いて、生活が苦しいなんて、そんなバカなハナシがあるかよ。どうなってるんだ世の中は、ニッポンは。

資本主義も共産主義もないのである。毎日きまった時間を働いて、それで女房や子供たちと一緒に平和に暮らしてゆければそれでいいのである。どうしてそれが出来ないのだ。出来ない理由があるのか。

このごろはオレの周囲のテレビや映画の世界だけでなく、いろんなところでストライキをやっている。海員組合のストはどうなったかね、要求貫徹したかガンバレよ。働いただけのカネをもらうために、人間らしい労働時間を獲得するために、労働者がストをやるのは、オレは当たり前だと思っている。

資本主義の世界で、労働者がストをやらないのは、かえってオカシイんじゃないの。ストライキならば、ストをやらないでも、労働者が豊かに幸福に暮らせる方法を、資本家は考えるべきである。

自分一人で考えが及ばないのならば、大学の先生方も大勢いられるのだから、ご相談してみたらいかがですか。

オレのところへよくアソビに来るサラリーマンがいる。30歳で女房が二人にイヤ一人に子供が二人いる。月給3万5千円である。

もちろん、これではやってゆかれない。だから女房が家で内職をし、家賃も払わないで済ませるために、親父の家の片隅に住んでるそうである。

自分たち一家四人が、親父の家に住めるだけ幸せである。そんなところがなかったらどうするんだ。なんだか徳川時代みたいな気がするね。

実はこんな形で生活しているニッポン人が、非常に多いのではないだろうか。女房の家がいいからそれでやってゆかれます、なんてのも変則的なんだよ諸君。

男として生まれて来てよ、テメエの稼ぎだけで、女房やガキどもを養ってゆけねえなんてのはおもしろくねえよな、ソウダロウ。

ニッポンの政治をやってる人たちだってさ、だいたい国民がどのくらい生活費が必要か、よくわかってると思うんだ。わかっててトボけてるのか、その気持ちが聞いてみてえなあ。

佐藤首相は日韓国会の中で——私は共産主義はきらいだ。日本が共産化されることには絶対反対することをはっきりさせておきたい——と発言されておられる。

この夏オレは、ストライキをやってるある撮影所で仕事をしたことがあるが、そのとき一人の従業員がオレにこう言った。

働いても食っていかれねえんだ。どうせ食っていけねえんだから、ストライキをやるのは当たり前ですよ。

この一労働者の言葉と、佐藤首相の発言とはなんの関係もないだろうか。

独り言

テレビの仕事で大阪のホテルに居つづけしてたから、マル・ウォルドロン＋菊地雅章にも、高木元輝＋豊住芳三郎のコンサートにも行かなかった。血の涙の出るほどくやしい。スタジオの中で仕事の合間に、クヤシイクヤシイと叫んでたら、オレの倅《せがれ》の役をやってる渡辺篤史が、これを上げるから我慢しなさいよ、と、佐藤允彦のレコードをくれた。詩の朗読の入ってるやつだ。オレは佐藤允彦《まさひこ》には注目してるから、買おうかなと思ってたレコードだからうれしい。親孝行な倅である。篤史よアリガトウ。なにしろ1カ月以上も滞在してたもんだから、新しく買った本やシャツがゴチャゴチャしてて、東京へ帰ったらホテルの部屋のキャビネットの中に、允彦のレコードを忘れてきたのに気がついた。あわててホテルへ電話した。大きなホテルだから要領を得なくて長い時間またされ、やっと遺失物係というのが出てきてアリマシタという。今度オレが行くまでおいといてくれ。ハイハイ。オマエなにをやっとるんだ、レコードより電話代のほうが高くついたのとちがうか、とババアがいってくれた。うるせえッ、オトコのすることにクチを出すなッ！　オレの住んでるとこは、赤坂のゴミゴミした街の中にある。小さなビルの2階の事務所を改造したやつで、人間の住むべき場所ではないから防音設備どころではない。別に近所からイチャモンがついたわけじゃないけど、世の中にはジャズのキライな人も一ぱいいるのだからというババアの忠告に、これだけは素直に従って、このごろはヘッドホーンでレコードを聞いてるんだ。ヘッドホーンてのはあまり好きじゃねえんだけどな。ハゲ頭に似合わねえや。それよりも夢中になってドン・チェリーやチック・コリアを聞いてるのに、アソビにくる近所のガキどもが貸せ貸せといいやがるし、貸してやると本番！　本番！　と怒鳴りやがるんだ。本番！　といわれるとピクッとするがな。三文役者の悲しき条件反射や。大阪から帰った日、スキヤ橋のハンターへ飛んで行き、富樫＋高木の「ISOLATION」を買ってきてヘッドホーン。永山則夫がテーマのやつ。やっぱり富樫雅彦てのはスゲエや。聞きおわってボンヤリしてたら、ババアがそばへきて、今日買ってきたのは何ちゅうレコードや、という。「アイソレーション」や。アイソレーションてなんや英語か。英語や。なんちゅう意味や。そうやなァ孤立ということかな。孤立、オマエのことやな、と、いって向うへ行った。オレは孤立してんのかいな。

（1971.5）

新宿のニュー・ジャズ・ホールへはときどき行ってたんだけどな。オレの気がつかないうちにタバコの煙のように昇天してしまった。惚れてた女が突然姿を消したような気がする。オレはこの場末の倉庫のようなホールで、佐藤允彦や高木元輝や沖至やその他の若いミュージシャンたちを知り、思い出しただけでも胸をえぐられるような彼らのホットなプレイに溺れて、アップアップしながら、五十をすぎたオレにとって新しい人生が開けたような気がしたものだ。アリガトウありがとう。ハゲ頭を下げて心からお礼をいいたい。それにしてもやりきれないほど客の入りが悪かったな。特別興行みたいな8人ぐらいのコンポーザーズや、白石かずこさんたちの詩とジャズの会のときなんかは、満員の盛況を見ることもあったけど、あとはいつも数えるほどの客しかいなかった。どうやって経営してたのか不思議。いつだったか沖至トリオのときなんかお客が3人しかいなくて、3対3、そちらもトリオならこちらもトリオのジャズ・ホールだなんて、オレは何かの雑談に書いたことがあるけど、しかしそのときの沖至の音はゾッとするほどよかった。ポロポロと涙が出た。こんなスゲエ音を聴きにこない奴をオレは呪った。レコードとちがうナマの素晴しさを叩きこまれたな。そしてそれからレコードを買うオレのペースが落ちていった。そのずうっとあと、TOKYOを半年以上も離れてた吉沢元治が帰ってきて出てるというので行ってみたんだ。吉沢のベースと、あとは若いトランペットとドラムのトリオであったけど、そのときの客はなんとオレ1人であった。3対1である。どうするゥ。ジタバタしたいような気もちになった。オレがいなければわざわざ音を出さないですむんだ。だのにトリオは演奏してくれた。身も心もよじれる思いのオレに、音は、ウォンウォンと狼の群れの如くおそいかかったり、のどかな潮騒の中であそばせてくれたり、このときもこのスゲエ音を聴きにこない奴らをオレは呪った。ついでに再軍備と定評のある大日本帝国も呪ってやった。1時間ちかくもの吉沢のオリジナルがおわり、オレはトリオに感謝の手を振り、本当はもっと聴きたいんだけど逃げるように階下の喫茶店に飛び込んだら、さっぱりとヒゲを剃りおとして全共闘の学生みたいに若く見える顔見知りのジャズ評論家がそこにいた。2階へ吉沢を聴きに行ったコレコレだったんだけどアンタならどうするゥ、ときいてみたら、やっぱり逃げるよりしょうがないねェ、といわれたので安心してコーヒーを注文した。しかしなんだか卑怯者のような気がして、オレのアタマの片隅にいつまでも重いものが残ってたな。

（1971.8）

京都なんかでフラフラしてるときは、ついJAZZ喫茶へ入ってしまう。オレはJAZZ喫茶てのはあまりスキじゃないんだけど、どうせコーヒーを飲むのなら、JAZZでもききながら、と、ココロならずも入ってしまうわけである。フラフラしてるときというのは、オレたちのような商売の人間は、ヒマになるときは言語に絶するほどヒマになるからである。町でもフラフラするよりしようがない。ホテルのベッドの中でジィッとしててもかまわないんだけど、オレはガキのころからヒマなときは、町の中をフラフラと歩くことにしている。キチガイかな。山の中や野原は歩かないね。人間がいないからつまらない。人間のわんさかいるとこを孤独に歩くのはたのしい。お粗末なオンナとオネンネなんかするよりずっといいぜ。JAZZ喫茶がスキじゃないのは、簡単にいうとスキなモノがきかれないからだ。生来オレはオタオタと人見知りする性質なので、たとえば店のヒトに、エリック・ドルフィーをかけてくれ、なんてことをいえないのである。ダレかが注文してかけてるらしい音を、黙ってきいてるだけである。京都にかぎらずニッポンの小都会のJAZZ喫茶みたいなとこは、どこでもナジミみたいな連中がいるだろう。よけいに気おくれがするんだ。JAZZというものは、自分で自分のスキなモノをきいてれば、それでいいものなんだから、そんなことはどうでもいいことなんだけど、こういうJAZZ喫茶でたむろしてるヒトたちを見ると、このヒトたちはオレよりもJAZZのことをよく知ってるし、オレの何ばいもJAZZをきいてるんだ、恥ずかしい。そんな恐怖におそわれるのである。そして謝罪するがごとく店の片隅にうずくまり、ああオレはどうしてJAZZ喫茶へ入ってしまったのであろうか、神さまタスケテクダサイ、そんな思いをするのはしばしばである。ついこのまえオレの誕生日に近所の若イ衆からプレゼントされた、チック・コリアの「A・R・C」というのをききながら、以上のような駄文を鉛筆で書いてたら、ババアがやってきて、二兎を追うものは何とかというのを知ってるか、といいやがるんだ。知ってるヨ。知ってたら文章を書くなら書く、レコードをきくならきく、どっちかにしなよ。文章たってオレのは文章にもならねえようなもんだから——。そんなことは分ってるよ。分ってたらいいじゃねえかバカ!! わが家の醜いシーンをお目にかけて申訳ない。ババア立ってるついでにレコード裏返してくれ!!

（1971.12）

11月の末のことだけど、さしたる急な用もなければ仕事もなかったので、フラフラとヒコウキに乗り山陰の米子に行ってみたんだ。天気はよかったけど冷たい風が吹いていた。魚屋の店先にワンサとある蟹の群れをチラチラと眺めたりしながら、あてもなくウツロな気持で歩いてたら「ダンス・ホール」と電飾看板があったのでビックリして足をとめた。ダンス・ホールなんてものがまだ世の中にあったんかいな。遠い昔に連れ戻されたような気がしたぜオレは。戦後しばらくはタキシー・ダンサーのいるダンス・ホールもニッポンにはあったけど、いつの間にか淡雪のごとく消えてしまった。キャバレーやゴーゴー喫茶の時代だもんな。このごろではダンス・ホールなんてコトバはとんと聞かれなくなってしまった。ダンス・ホールとある看板が目の前でかげろうのように揺れ、オレの胸はナツカシサでいっぱいになった。オレのＪＡＺＺへの接触はダンス・ホールにはじまる。昭和もヒトケタ40年も前のハナシだぜ。今から考えるとＪＡＺＺともいえないような甘っちょろいダンス・ミュージックだったけど、ジャズ・バンドといったんだから、やっぱりＪＡＺＺだよな。スイングしながらイイ気分で踊ったもんだ。ダンサーを抱いてウダウダと口説くという目的もあったけど〈セント・ルイス・ブルース〉なんてのはノセテくれて感激だったな。溜池にあったフロリダに8人編成の黒人バンドがアメリカからきたときにはその音のすばらしさに腰の抜けるほどビックリ仰天、親も兄弟も忘れて連夜のように通ったもんだ。忘れようとて忘れられん。ああナツカシイ!!「おっさんチャンと歩かないとクルマにひかれるヨ」自転車に乗った米子のアンチャンに怒鳴られた。スイマセン!! オレはまだ若ェんだから思い出になんかひたってはいけねえんだ。

(1972.2)

クリスマスの夜おそく出かけようとしたら、ババアが、いまごろからドコへ行くんだい、といってくれた。富樫雅彦のミッドナイト・コンサートへ行くんだッ、といったら、オマエまた病気がでてガール・ハントとちがうかァ、なんて抜かしやがるんだ。ふざけやがって。オンナよりＪＡＺＺのほうがよっぽどいい。オンナは恐怖だわい。女のいない国へ行きたいくらいだ。ＪＡＺＺのコンサートもいいけど、ジイサマの客がいかにも少ねえのはツライよな。気にすることはねえと思うんだけど、オレは気が小さいから、若者の群れの中にいるとなんとなく恥ずかしくなる。ときたま植草甚一さんにお会いするとホッとするぜ。野口久光さんや油井正一さんはオレと大してトシはちがわねえはずなんだけど、どうしてあんなに若く見えるのかな。不思議だわい。それでタクシーはキライだから地下鉄で新宿へ出たら、まだ時間が早すぎたので、なじみのスナックへ寄って、とにかく徹夜しなければならねえんだから腹ごしらえをと、ハンバーグとジンジャーエールで夜食をパクパクやってたら、おかしな献立だな、バックから聞いたような声がするので、そおッと振り向いて見たら小中陽太郎さんであった。それもさ、10人ばかりの若ピチの娘ッコにかこまれてピーチク・パーチクと派手にやっとるんだ、畜生くやしい、どうして入ってきたときにオレは気が付かなかったのだ。バカみたい。今夜のコンサートで富樫はどんなプレイをするのであろうか。その期待でオレのアタマはいっぱいだったのかもしれない。去年の春だったかな、いやもっとまえだったかな、ニュー・ジャズ・ホールで富樫がやるというので、胸をはずませて駆けつけてみたら、やっぱり富樫は不参であったのだ。帰りがけに、黙って帰るのもクヤシイから、まだオンナたちとハナシに夢中になってる小中さんに、今晩は！　と声をかけたら、よぅよぅ一緒にやりませんか、と誘ってくれた。10年も前だったらな、ハイハイとそのグループにのめりこんで1匹や2匹はモノにしたのに。ぼく用事がありますからと外へ出た。スケベ人間でなくなったオノレを、オノレはどう評価すればいいのだ。しかしその夜のコンサートは最高にグッドであった。うれし涙がポロポロと出たほどだ。ババアに憎まれグチをきかれながらも、大みそかの、ALL NIGHT JAZZ '71～'72、正月4日のウェザー・リポートと行ったけど、日野、菊地、ナベ・サダ etc. に囲まれた車椅子の富樫がオレにとっては一番強烈であり、近来にない充実したコンサートであった。ウェザー・リポートは意外と軽いんだな。Eric Gravatt の、特に2日目のドラミングが印象に残ったけど、ウェザー・リポートの、その軽さというものについて、オレは文章でもクチでもうまく表現できないのはまことに残念だ。

JAZZをやめてスケベ人間に戻るか！

（1972.3）

東京でダンスホールが開業されたのは関西方面よりはずっと遅い。ときの警視総監が許可をしなかったという説がある。その理由は、首都東京市の風紀のみだれと、学生がダンスに狂って勉強しなくなるのが心配だ、というにある。ところが、そのうち、学生が勉強しすぎて赤くなっても困るというのが心配になり、赤化防止の意味で所信を変更して許可したというんだけどね。ことの真偽はわからない。オレがモノゴコロのついたころは、東京はダンスホールの花ざかりで、猫も杓子も八丁堀や新橋や新宿や人形町やETCにあったダンスホールへ踊りに通ったものである。もちろん昭和10年以前のハナシだ。通常どこのホールでもスイングとタンゴの専属バンドがあって交互に演奏していた。楽隊は一ツであとはレコードという安物のホールもあった。オレはどういうものか、そのころからタンゴよりスイングのほうが好きだったな。1回ダンサーと踊るのが3分前後で、東京のダンスホールは15銭から20銭であった。横浜には10銭のホールもあったぜ。10枚綴りのティケットを入口で買うわけだ。オレの記憶によれば、べつにティケットを買わなくてもアドミッションも取らずに入れてくれたから、音だけきくつもりならタダだったわけだ。JAZZの生演奏がタダ。ほんまだよ。だけどみんな踊ってたな。音だけタダでききにくる奴はあまりいなかったようである。ダンス時代だったといえる。ダンス狂時代だったけどホレス・マッコイの小説〝彼らは廃馬を撃つ〟のマラソン・ダンスみたいに何日も続けて踊るようなことはやらなかったし、おまけにダンスホールでは酒も売ってなかった。どこかで飲んでくるのはいいんだけど、踊ってるうちにどんどん酔いがさめてくることになっとる。ニッポンてのは昔から今に至るまでやることがミミッチイよな。だけどとにかくダンスホールは、オレにとってはJAZZとの接触のプロローグであったのだ。（1972.5）

ある日、沖縄のNAHAのJAZZ喫茶で2時間ばかりねばり、その翌日の夜、京都のわりと昔からあるJAZZ喫茶へいって、やっぱり2時間ばかり音をきいた。沖縄と京都、仕事の関係でそうなったんだけど、オレはおかしなことに気がついたな。京都の店の客というのは、これはいかにもJAZZをききそうな、若い学生みたいな人たちばかりなのに、NAHAの店ときたら学生のようなヤングは一人もいなくて、みんな家へ帰れば妻子のありそうな、そんな年齢の男ばかりであった。おかしなもんだな。両方の店に共通していえることは、オレのように60ちかいジジイは一人もいなかったということである。いつものことだけど、さびしい！ だからアール・ハインズを聴きにいって、植草さんにうしろから声をかけられたときには、それはもう惚れてる女にぱったり会ったごとく、アファアフと声もろくに出なかったくらいだ。奇妙なことに植草さんにお会いしたときに、肝じんのJAZZのはなしをしたことがない。いつもJAZZ以外のはなしばかりする。もっとも植草さんには教えてもらいたいことが山ほどあるもんな。植草甚一、稲垣足穂、深沢七郎、オレの尊敬おくあたわざる

3人のニッポン人だ。菊地雅章+ギル・エヴァンスを聴きにいったとき、インターバルでロビーへ出てタバコをすってたら、オレより年上らしい老夫婦を見かけた。うれしい！　世の中ア広いわい。てめえひとり孤独ぶることもねえんだ。それにしてもスイングならまだしものこと、こんなコンサートには珍らしい。よほどのJAZZファンではあるな、ゆめゆめ油断をしてはならぬぞ！　何をいっとるんだバカ。モシモシと声をかけられた。そのご夫婦だ。テレビや映画でよく見る、あなたのファンだと奥さんにいわれる。オレも役者だからファンだといわれればうれしい。どうもどうもとニタニタしてたら、キクチの親でございます、どうぞよろしく、といわれる。キクチ？　オレの友だちでキクチてのはいねえけどな、キクチ、菊地、えッ！　プーサンのことかいな。あのうプーサンのご両親ですか？　ご夫婦はこっくりしてニコニコと笑顔。恐縮。オレはどうも正式なかたいアイサツはダメな男なんだ。どうもどうも。スイング・ジャーナルにもっとキビシク書いてやってください、と奥さん、いやオカアサンにいわれる。へえースイング・ジャーナルなんか読んでられるのかね。おどろき。だけどオレは単なる野次馬、評論家じゃないんだから、キビシクなんか書けないよ。

（1972.10）

日比谷公会堂のジミー・スミスのジャム・セッションに行ったんだ。新橋で地下鉄を降りて歩いて行く。田村町の交叉点で信号が赤になったから、立って待ってたら、「今晩は」と声をかけられる。見たらダーク・スーツにちゃんとネクタイをした、サラリーマンみたいな若い男だ。だからオレも「今晩は」といった。そしたらその男は、「どうですか、一緒に飲みに行きませんか?」と、いうんだ。ヤングの女のコでも世話してくれるんならだけど、これからJAZZがあるというのに、知らない男と飲んでなんかいられるか。「いやあ、ボクはジミー・スミスに行かなきゃならないから」といって、ちょうど信号が青になったので渡ったら「ジミー・スミスって何ですか?」という声はきこえてきたけど、追ってはこなかった。どんな目的があって、オレに飲もうなんて誘ったのかね。不可解な人間がいるもんだ。

開幕までに少し時間があったから、ロビーでタバコを吸ってたら、白いジーパンの学生さんみたいなのが寄ってきて、「きょう出るのはみんなアメリカ人ですか?」とオレにきくんだ。今回のジミー・スミスのメンバーが、厳密にいってみんなアメリカ人かどうか、オレは知らないけど、まあアメリカ人といってもさしつかえないと思ったから、「そうですよ」と返事をしたら、「そうですか、チェッ!」といって、ガッカリしたような顔をして、向うへ行ってしまった。チェッ! とはどういう意味だ。ジミー・スミスを聴きにきたのではないのか。それにしても、みんなアメリカ人ですか、とはオレさまに向ってオカシナコトをきいてくれたな。ああ不可解。いやァこのジャム・セッション、おかしいのなんのって笑った笑ったオレは。マジメにやってるのは、マジメというのはチョットちがうな、普通にやってるのはだな、ケニー・バレルとアート・ファーマーだけで、あとの連中はジミー・スミスをはじめとして、みんなそのステージ・マナーが、そこはかとなくふんわかとユーモラスで、そのおもしろいのなんのって。だけどそんな音の中で、オレが一番ココロを打たれたのは、やっぱりジミー・スミスの喜びと苦悩をこめたオルガン・ソロであった。

おわってから今度は新橋に向ってぶらぶらと歩く。客の入りが悪かったな。3千円。10ドルだ。入場料も高いのかな。

「JAZZがおすきですね」と、うしろから声をかけられる。赤いスポーツ・シャツに背広の40ぐらいの男だ。「よくコンサートでお見かけしますよ、大変ですね、それじゃおさきィ」と、どんどん先に行ってしまった。大変ですね、とは何だオイ。ジジイのくせにJAZZなんかきいてタイヘンという意味か。こらッ馬鹿にするなッ！　どうも世の中には不可解な人間が多すぎるわい。

（1972.12）

新宿でのマッコイ・タイナーのコンサートは、お客さんが一ぱいであった。入場料が安かったせいかね。いずれにしても満員のほうが、オレとしては気持がいい。プレイも盛り上がるし、客席にも熱気があふれる。客席がヒートするからプレイが盛り上がるのか。人間のパラパラといるところで、JAZZの演奏をきくというのは、死にたくなるほどユーウツだ。そんな寒気がするようなコンサートにも、オレは何度かぶつかったことがある。オノレの存在が恥ずかしくなったりプレイヤーの気持はどうであろうか、などと余計なことを考えてしまう。これがJAZZ喫茶なんかで、レコードをきいてるぶんには、客が1人であろうと2人であろうと、何でもないんだけどね。当り前のことか。マッコイ・タイナーのその夜は知ってる顔にはどなたにもお会いしないなァと思ってたら、帰りに出口でDUGの中平さんにばったりとお会いした。「たまには店にもきなさいヨ」といわれた。あれはサッド・ジョーンズがきたときだったな。狭いピット・インの店でムンムンする聴衆にもまれながら、首を振りながらきいてたんだ。うしろから肩をたたかれたので振り向いたら、人の頭ごしに石立鉄男がホイとコークのビンをオレに突き出している。何しろ身動きできないほどの満員でノドもカラカラ、うれしかったのなんのって。タテよ、すまねえなァとビンをもらったら、「ぼくじゃないんだ中平さんからだよ」と、並んで立っている中平さんを紹介してくれた。そのときが初対面。人間てのはドコでどんなヒトと知り合いになるか分らんもんだ。

東京にいるときには、オレがコーヒーをのむ店というのはだいたいきまってるけど、地方の都市へ出かけたときには、どうせコーヒーをのむんならと、JAZZ喫茶へ入ることが多い。そんな場合いつもヒトさまがリクエストしたレコードを、ついでに聴かしていただいている。どうもオレは気が弱いせいか、チック・コリアをかけてくれとか、アーチー・シェップにしてくれとかいえない。その店にきているお客さんに気がねしてしまうんだ。だからJAZZ喫茶はあまり好きでないといえる。自分の部屋で好きなレコードを、ダレに遠慮することもなく、ヘッドホーンできいてるのが一番いい。もっともコンサートにせっせと出かけるようになってから、レコードを買うペースが落ちてしまったけどね。これは面白い現象だな。いやこれも当り前のことか。ある日の午後新宿へ本を買いに出たついでに、中平さんの言葉を思い出しDUGへ寄ったらこれが満員。それも女のコが多いのでビックリして飛び出した。JAZZの好きな女のコというのはキライなんだオレ。ついでだけど文学の好きな女のコてのもキライなんだオレ。

（1973.1）

大晦日のオール・ナイト・ジャズのとき、ミラノ座は通路もお客がびっしりで、タバコも吸いに出られないほどの盛況。このところ、毎年のように大晦日のJAZZには行ってるけど、こんなことは始めてだな。ジャズキチが急増したのか。腹もへった。隣の女のコがビスケットをポリポリやってるので、睨みつけてやったら、ドウゾといってオレにくれたので、アリガトウといって食ってみたら、これがウマイのなんのってビックリ仰天。これはイギリス製のビスケットですか、ときいてみたら、いいえニッポン製です、といわれた。ニッポンのＪＡＺＺも進歩したとオレは思うけど、製菓術も進歩したのではなかろうか。諸君はどう思う。その夜のプレイは、日野もナベサダも高柳もみんなよくて、オレはＪＡＺＺをココロからタンノウした。

８日にチック・コリアのリターン・トゥ・フォーエヴァーへ行ったんだ。これも満員だった。ウン、やっぱりジャズ・ディスク大賞だけの品格はあるな。ウンウンとオレは唸ってばかりいた。それにしてもフローラ・プリムてのはデッカイ女だな。こんなデッカイ女と——女のことはどうでもいいか。ピアノをきいてえな。チック・コリアのソロをききてえなァ。アンコールになったとき、オレのうしろのほうから、「ピアノを弾いてくれヨ！」という声がした。そう思ってる人も多いのだなと、オレはヒクヒクとうれしくなったぜ。だけどアンコールもエレキでピアノは弾いてくれなかった。チックのバカタレ！　そして19日にはビル・エヴァンスに行ったんだ。これも満員といってもいいくらい。児山編集長に久し振りにお会いしたり、オレとしてはうれしかったんだけど、どうもドラムが気に入らなかったな。エヴァンスが気に入ってトリオを組んでるんだから、オレが文句をいっても始まらねえけど、どうもフヤケテルというか、そのうピッタリとオレの胸にこないんだな。音のことはよく分らないけど、これでいいのかね。休憩にロビーで一服やりながら考えてたら、見知らぬ女のコがツカツカとそばへ寄ってきて、「よくお会いしますね」というから、向うがよく会うんだったら、コッチもよく会ってるのにきまってるから「そうですね」といったんだ。そしたらその女のコが「なによあのドラム、フランスの片田舎のキャバレーじゃあるまいし」といってくれたので、オレの考えてることは正しかったのかと、「キミ、キミはじつにイイコトをいってくれるね」と、感激のあまり思わずそのコの手を握り、ついでにお尻もほんのチイッとばかりさわってやった。おいしいビスケットをくれたり、エエコトを発言してくれたり、オレは前にJAZZの好きな女のコはキライだといったけど、あの言葉は取消さしてもらうわ。

（1973.3）

セシル・テイラーへ行ったんだ。オレはせっかちだから早すぎた。ホールがオープンしてないので、若い人たちが一ぱい階段にボンヤリと腰かけたり、なぜか右往左往してたり。コーヒーを飲もうと思ったら、喫茶室も満員。いつものジャズ・コンサートの如く女よりも男が多い。キョロキョロしたんだけど、チカチカするような女のコにもぶつからない。オレは音をききにきたんだ。ガールハントにきたのではない。いつもと何となく客筋がちがうようだな。前衛すぎるセシル・テイラーのせいか。セシルはむずかしいぞオ。オレも覚悟はしている。ヒトに顔を見られるのがキライだから、表へ出て薄暮の新宿の空を眺めながら、タバコをプカプカやってたんだ。

　オレの前にタクシーが止まった。色の浅黒い背のあまり高くない黒人と、カメラをふたつ手にぶら下げた奴と、黒い大きなケースを持った奴の2人の若いニッポン人がおりてきた。カメラはオレの顔をチラッと見て、その浅黒の腕をとってオレの前へいそいそと引っぱってきた。そして、とてもヘタな英語で、このヒトはこの国の有名な役者であり、おまけに大へんJAZZが好きなんだといったんだ。そしたらその浅黒は大きな声で、オウッ！　といった。そのカメラは浅黒をべつに紹介してくれるわけでもないので、オレもしょうがねえから、オウッ！　といった。そしたらカメラは浅黒を向うへ連れてってしまったんだ。どういうつもりなんだカメラ野郎！　あれあれ、あの黒いケースはサックスのケースかな。そうすると、あの浅黒アメリカ人は、ジミー・ライオンズてことになるじゃねえか。そうだ、ジミーなんだ、畜生、だとすれば、あのカメラよりももっとヘタな英語で、何かハナシをすればよかったなア。残念無念。だけど本当にあれがジミー・ライオンズかな。気になるぜ。ロビイでオレのJAZZの先生ともいうべき、油井正一さんや野口久光さんとお会いして軽く立ちばなしをしたり、いつまでも美しい白石かずこさんとすれちがってアイサツをしたり、したんだけど、オレのココロの中はジミーが気になって、うつろであった。

開演の時間がすぎてから、司会者が舞台に現われ、新曲のリハーサルをやってるので30分ぐらいプレイがおくれることや、セシル・テイラーは大へんなオシャレで、オーバーの料金をとられるほどスーツのケースを持ってきたとか、うだうだしゃべっていたけど、オレはジミーの姿を早く見たくてココロは依然としてうつろであった。——幕があいた。持参のオペラグラスにフォーカスを合わしたらやっぱり、やっぱりあの浅黒アメリカンはジミー・ライオンズであったのだ。くやしい！　涙の出るほどくやしい。カメラ野郎のバカタレ！　セシルはジーパンにオレが去年沖縄で百円で買ったのと同じシャツ1枚だけのスタイルであった。うん、これこそモノホンのオシャレだ。しかしオレは、モノスゴイ音の世界を浮遊して、何もかも忘れてしまった。（1973.7）

オレたち役者の仕事というのは、その予定がまるでつかめないものだから、今までもジャズ・コンサートの切符をあわてて買い、その日に限って仕事、なんてことがたびたびあり、それに生来のケチときてるので、タイミングを見合せてるうちに、とうとうマイルス・デイビスの切符を買うチャンスを失してしまった。プレイガイドのオネエチャンに、そんなものとっくに売切れヨ、と軽く笑われたくらいだ。どしたらよかんべエと地団太ふんでたら、幸か不幸か京都でテレビ映画の仕事になってしまったんだ。仕事となればあきらめもつく。マイルスもだけど、そのテレビ映画のおかげで、新宿文化のフリー・ジャズ大祭にも行かれなくなってしまったわい。これは残念無念。オレは洋の東西を問わず、前衛ジャズというかニュー・ジャズというか、そんなワケノワカラナイ音が大好きなもんだから、期待に胸はずませ、おまけに宣伝に一役買って小さな文章を書いたりしてたんだ。ああそれなのに、フリー・ジャズ大祭の2週間というもの、ピッタリと仕事。まったく世の中アうまくいかんもんだわい。やっとどうにか抜けて新宿へ駆けつけ聴いたのは、吉沢元治のベースと佐藤允彦のがらん堂の2晩だけなんだ。京都からだからそのせわしいのなんのって。バアサマにキチガイだと言われた。バアサマに何と言われようとかまわない。元をただせば赤の他人なんだから。吉沢も允彦もよかったなア。オレの胸をはずませてくれた。ありがとう。聴きにきてたお客さんの一人に、あんたリーフレットに毎晩来るッて書いてあったけど、ちッとも来ないじゃないか、と文句を言われた。申訳ない。嘘をついたわけじゃないんだ。弁解しても始まらねえか。

仕事が終って東京へリターンしたら、ジャーマネが、ベニー・カーターのなんとかから電話がありまして、来てくれと言ってますよ、というので、その日に行ってみたんだ。そしたら入口に若いメガネの男がいて、ああこれはどうも、仕事で京都ときいておりましたのでお見えにならないかと――イイ席がありますよハイこれが切符です。そして２３００円をとられた。どういう仕掛けになってたのかね。べつにその仕掛けにイチャモンをつけるわけじゃねえけど、オレとしてはだな、ベニー・カーターの名芸人はとも角として、１９４０年代ならまだしものこと、１９７０年代の現在の時点では、それほど積極的に聴きたい音ではないのだよ。分ってくれないかなア。分ってもらえなくてもいいけど。それはそれとして、ピアノの素朴なプレイと、ベニー・カーターがとてもイイ顔をしてるのはうれしかった。だけど、ベースとドラムの迎合的なプレイには、本当にむかむかと腹が立ったぜ。こんなプレイに接すると、オレは悲しくて生きていくのがせつなくなるのだよ。

（1973.9）

ソニー・ロリンズのコンサートは、何だかみんなくたびれてるようで、だから迫力がなくて、オレとしては気にいらなかったな。ロビーでギターの増尾くんのオトウサンに会ったから、オレは正直に感想をのべたら、「そうなんですよ、とにかくハード・スケジュールですからね」と言ってられた。グッドなコンディションでプレイしてもらいてえや。コチラはおゼゼを出して聴いてるんだからヒヒヒと悲しくなるぜ。

トリオ・レコードに親切なヒトがいてね、オレにレコードをくれたんだ。「インスピレーション&パワー14」というの。フリー・ジャズ大祭のやつだ。オレの行かれなかった富樫+佐藤允彦もこれで聴けた。新宿のアート・シアターでやったにしては、録音もよくてヒヒヒとうれしくなったぜ。悲しくなったりウレシクなったり忙しいわい。トウキョウのニューポート・ジャズはアーチー・シェップだけでいいと思ったんだ。それでそのコンサートのある芝のホールへ、処女のように胸をわくわくさせて出かけた。オレの尊敬する大好きなアーチー・シェップ!! だけど、なんだか、ちがうんだな。オレのココロにとどかないんだ。とどかないモノがあるんだよ。ヤルセナイようなハカナイような気持であった。オレはミスター・シェップに、不可解な国の住民であるオレの沈ウツなココロをかき立ててもらいたかったのに。気になって仕様がないから、その最後の公演である新宿のホールへ、アーチー・シェップ+リー・コニッツ+ガトー・バルビエリにも行ったんだ。やっぱり敬愛するシェップのココロはオレのココロにとどかないの。泣けるウ!! リー・コニッツはオレにとってはどうでもいい。この日の入場料3500円はガトーに払ったような気がしたぜ。

外へ出たらシトシトと雨。オレは傘を持たない主義だからその用意はしてこない。濡れながら歩いてたら、「どうぞお入りになりません」と、女の声がして傘の中に入れてくれた。「ありがとう」横目でチラッと見たら24、5歳のOLらしきナオン。わりかしイケルぐらいの美人ウフフフ。「あなたもJAZZ?」「ええそうよ」オレはこの女のコと永遠にドコまでも歩いて行きたかったのだけど、2丁目のスナックでダチと会う約束がしてあったのだ。あんな約束するんじゃなかったなア畜生!! 信号のある交差点へきたから、「残念ながらボクここでお別れしなければなりませんけどォ」と言ったら、「さアどうぞどうぞ」と、女のコはニコニコして向うへ行ってしまった。オレと別れるのがそんなにウレシイのなら、始めッからオレを傘の中へ誘うことはねえだろう。オマエは浮気者だ!!

（1973.12）

『JAMJAM日記』1976年

6月　祖国なんて、どうでもいいんだ、オレは。

月　日

ヤマハ・ホールで水野修孝の作品〈ジャズ・オーケストラ75〉を聴く。この2月に第一生命ホールの〈現代の音楽展〉で演奏されたのと同じモノである。プレイするメンバーもニュー・ハードやゲストもほとんど同じである。今夜の司会のいソノてルヲさんは「これはジャズではありません、現代音楽です」と紹介したけれど、オレは〈現代の音楽展〉のときもジャズだと思ったし、今夜だってジャズだと思ったね。前のときよりも音の密度があらくなって、そのあらくなったとこがかえってジャズっぽくなったような気もする。ニュー・ジャズとかフリー・ジャズとか、と、現代音楽と、どこがちがうのか？　これはむつかしい問題だけど、オレはこの水野修孝作品よりも、むしろ富樫雅彦や佐藤允彦の作品に、現代音楽らしきものを感じるけどね。音を何も区別することはねえよなキミ？

月　日　ＣＩＣの試写室へ行ったら渥美清さんにばったりと会った。前の回がまだ上映中だったので、廊下で立ちばなしをしてたら、そこへ田中小実昌さんがやってきた。オレは試写室ではあまり知った人に会ったことないけど、こんな日もあるんだな。映画はロバート・ワイズ監督の「ヒンデンブルグ」だ。１９３７年にニュージャージーで爆発炎上したドイツの飛行船ヒンデンブルグのハナシなのよ。オレの好きなバージェス・メレディスも出ているし、飛行船は子供のときから関心のある乗物だけど、このカネのかかった大作映画は、オレにはピンとこなかったな。オレのアタマが悪いのか？　おわってから小実さんを誘ってスキヤ橋センター２Ｆの喫茶店へ入り、ソーダ水をのみながら、新宿や浅草やアメリカの女や酒のことを語り合った。ソーダ水のせいか気勢が上がらなかったわい、ヒヒヒヒ。

月　日　午後フォックスでヒマな役者はキャスパー・リード監督の「ダブルジャック」を見る。試写室は補助椅子《いす》を出しての満員。映画はオスロ保安庁の保安部長のショーン・コネリーが〈悪〉と戦うことになっとるんだ。その〈悪〉というのは過激派である。「スカイ・ライダーズ」という映画では、相手の〈悪〉は解放軍であった。過激派とか解放軍というのは、ほんまに悪者なのか？　ここに問題がある。待てよ、オレたちは資本主義社会の人間だから、こんなことを問題にしてはいけないのか。相手が解放軍というのであれば、コチラ側の人間は解放されてないことになるんだけど——そんなことどうでもいいか、ヒヒヒヒ。おわって出たら係りのヒトに、田中小実昌さんもこられたけど満員でお帰りになりました、ときかされた。小実さんもよく試写にくるけど、ヒマな小説家なのかね。

月　日　夜の新宿をぐるぐると歩きまわる。そしたら、カブキ町で東映の鈴木則文監督と会い、ゴールデン街の入口で日活の神代辰巳監督と会い、紀伊國屋《きのくに》の裏で文学座の北村和夫と会った。それぞれに立ちばなしをして別れた。花園神社の横でテキヤのアンチャンたちに呼び止められ、「境内で夜店を出してるから見て行きなよ」というので、射的や輪投げや金魚釣りを見て歩いた。拡声器からは歌謡曲が大きく流れ、それに合せて神楽殿で、どうでもいいような年増がふたり踊っていた。それから地下鉄で赤坂へ帰り、一ツ木通りのなじみの〈一新〉でアイス・ティをのみながらジョー・ヘンダーソンを聴く。あとは家へ帰って読みかけのディック・フランシスの「重賞」を読むだけである。オレは一体何をしているのだ。役者がヒマなとき、何をすればいいのか、教えてもらいたい。

月　日　ヒルは吉行淳之介さんからいただいた随筆集「石膏色《せっこういろ》と赤」を読み、ヨルはヤマハホールでローランド・ハナ+ジョージ・ムラツを聴く。アメリカ生まれの黒いピアニストと、チェコ生まれの白いベーシストの、このデュオの出す音は、5月の風のようにさわやかに、そしていくらかスリリングに、オレのココロに何かを残して通過して行った。つまりウレシイ音だったのよ。コンサートのあとイイ気持で銀座裏をブラブラしてたら、うしろから「しばらくねエ!!」と声をかけられたので、振り返って見たら、松葉杖《まつばづえ》の花売りであった。オレは飛び上がるほどにビックリした。よく知ってる昔の花売娘が、今はメガネをかけた花売オバハンになっていたからビックリしたのではない。さっき読んだばかりの吉行さんの随筆の中に、この松葉杖の花売りのことが書いてあったのだ。幻の女に見えた。

月　日　一ツ木通りのオレのなじみの本屋金松堂の店頭で週刊誌をピラピラやっとったら、〈週刊朝日〉にオレの名前が2ケも出ているので、あわてて買って帰りじっくりと読んだ。1ケは連載の「野坂昭如のオフサイド76」で、アドリブ農場で取れたナマズや泥鰌《どじょう》を、オレも一緒になって浅草の〈かいば屋〉で食べたという実録のハナシだけど、あとの1ケ、これが問題なんだ。カンヌで大島作品の「愛のコリーダ」を見た上坂冬子さんが——と見るまに殿山泰司扮《ふん》する老乞食が足をひろげて寝ており、すでにお役御免となった古いお手玉みたいな股間《こかん》が――と書いてあるんだ。オレにとって何が問題かというと、いわずと知れた〈お役御免〉である。オレはまだ――上坂さん!!――なんだったら――? ヒヒヒヒ。うちのバアサマは「そう見えるのは当り前や」とフハフハと笑ったけどね。腹の立つ!!

月　日

オレが調査したわけじゃないけど、わが国の映画館の数は、邦画館が減少し、洋高邦低の傾向にあるそうだ。そういえば、ニッポンのカツドウ役者であるオレも、洋画のほうを余計に見るもんな。そして「ナッシュビル」や「カッコーの巣の上で」や「トミー」にぶつかって、頭をかかえウーン!!とうなったりする。きょうワーナーで見たルイス・ギルバート監督の「暁の7人」でも、オレはウーン!!とうなった。この映画は見ておいてよかった、と思うと同時に、ニッポン映画のことを考えるよりも、オレたちは植民地に住んでるのではなかろうか? と考えた。そそくさと家へ帰り、1964年のコルトレーンの音を聴き、前に読んだことのあるロス・マクドナルドの「ウィチャリー家の女」を読みはじめた。オレたちは、いや、オレは、やっぱり植民地の人間だ。バカヤロ!!

月　日　サントリー美術館で「藍《あい》」を見る。藍染を主として昔のキモノの展覧会なんだ。唐桟刺子《とうざんさしこ》の火消しか漁師がひっかけるようなモノの、その裏地にはおどろいたね。色といい柄といいモダンなんだ。江戸時代に1970年代が生きているようであった。余計なことだけど、オレが小学生や中学生のころは、学校から帰ると必ずキモノに着換える風習があったけどね。今は家にいてもジーパンとシャツだ。オレは外出のときもジーパンとシャツなんだから着換える必要もない。夜は渋谷のエピキュラスで芳賀隆夫のアルトと仲田明宏のドラムスのデュオを聴いた。この若いミュージシャンたちの、自由なモウレツな音にオレは感動した。すべて自分の思うとおりにやればいいのである。タイトルは「無明《むみよう》の闇《やみ》を晴らせ!!」となっていた。なるほど。オレたちは闇の中でうずくまっているのだったな。

月　日　午前中は三船プロの衣裳部へ行ってテレビ映画「隠し目付参上」の衣裳合せをやる。大先輩の佐々木孝丸さんとお会いした。失礼だと思ったけど、お年をおききしたら、78歳になられたそうだ。「タイチャンよ、人間77をすぎるとな、もうどうでもよくなるぜ」といわれた。オレは50ぐらいから、もうどうでもいいと思ってたんだけど。夕食後、出がけにバアサマに「オマエまたジャズかア」といわれて、新宿厚生年金ホールへ行きギル・エバンス・オーケストラを聴く。ジャズばかり聴こ

うと、ミステリばかり読もうと、若い女と駆落ちばかりしようと、オレさまの勝手だ

い、バカヤロ!! ところでギル・エバンスの音は、前半はエレキが多くて気に入らな

かったけど、後半がよかったなア。テナーもトランペットもよかったけどよ、チュー

バのソロなんてのは泣かしたぜ。サンキュー!!

月　日

きょうはワーナーでスタンリー・キューブリック監督の「バリー・リンドン」を見た。3時間の長尺物というのは、相当な作品でも、何となく長いなアという気がするもんだけど、オレはグイグイと見せられたよ。そしてこの18世紀のヨーロッパが背景となっている映画で、オレはつくづくニッポン国は後進国家であるということを思い知らされたね。つまりですねミナサン、石の家で暮らした人間と、木と紙の家で暮らした人間と、その文明の差が、未だに尾をひいているということなのよ。説明不足でよくわかってもらえないかな。わかってもらえなくてもオレの責任じゃねえや。加藤武からその著書「昭和悪友伝」をおくられた。オレも悪友のヒトリとして登場してるけど、武にとって本当の悪友は小沢昭一や西村晃や北村和夫だとオレは信じてるけどね、みんな悪い奴や、ヒヒヒヒ。

月　日　朝から読売ランドの中にある生田スタジオのオープンで「隠し目付参上」の撮影をやる。オレはメクラの検校《けんぎよう》の役で、検校はメクラにきまっとるか、この検校のメクラがやね——あッそうかア、メクラなんて言葉を使ってはいけなかったんだな。政府の命令か？　ごめんなさい。メクラではありません。目の見えない人であります。ええと、待てよ、ニッポン語では目の見えない人と書くと、景色や動物は見えるけど、人間の目だけ見えないという意味にもなるのか。困ったなア。オマエわざとハナシをややこしくしてるのとちがうか？　そのオ、ですね、その人は目が悪くて何も見えないということであります。つまりメクラや。阿呆!!　オレはどこへ行ってもハゲ!!　といわれるけど、アタマに毛のないヒトといわれたことはない。ハゲとメクラでは重量がちがうか、ヒヒヒヒ。

月　日　大島渚監督から「愛のコリーダ」をもらった。あのポルノ映画ではない。著書をもらったのだ。2千円の豪華本である。藤竜也と松田英子のセックス・シーンの、ヒヒヒヒ、カラーのグラビアはたくさん入ってるし、2千円でも安いくらいだ。チョウチンモチとちがうでえ。オレの言葉を信じてくれ。この本の中で大島監督は——映画監督は、人間が死んでゆくのを撮りたいのである。また、男と女が（あるいは男と男でも、女と女でも、人間と動物でも）性交しているのを撮りたいのである——と書いている。今は亡き川島雄三監督がオレにこんなことをいったことがある。「ぼくの究極の目的はだね、ワイ映画を撮ることなんだよ」そのころポルノ映画という言葉はなかった。ウーン!! なるほど、そうだったのか、よくわかりました。オレは監督の号令でチンポコを出したい。役者やけえ。

月　日

三船プロへ行って「隠し目付参上」のセットをやる。監督は太田昭和さんでオレとしては何年か前に京都大映で監督されたことがあるのよ。きょうは暑い日でステージの中はムンムンする。太田監督が「ノドかわいたな、助監督さん!! お茶かビールあるウ?」といったのには、オレはビックリするとともにハハハハと笑ったね。「お茶か水」と注文する監督さんはたんといはるけど「お茶かビール」と注文した監督さんに接したのは初めてだ。長生きしなくちゃア。家へ帰ってからヘレン・メリルを聴く。オレはボーカルはあまり好きではないんだけど、「そんなことといわないでこれだけは聴きなさいよ」と、ジャズの若き友がレコードをわざわざ持ってきてくれたんだ。ウーン!! ヘレンもいいけどフィーチュアしてるクリフォード・ブラウンのトランペットがイイのなんのって、うれしくなる。

月　日　きょうも朝から生田スタジオで「隠し目付参上」のセットだ。沖雅也・江守徹・大谷直子・早川雄三の諸兄姉が一緒で、立回りのシーンが多くてオレはフウフウいっとるのに、諸兄姉はケロッと平気な顔をしていた。やれんのう。ランチタイムに食堂で早川クンから川島雄三監督が昭和24・5年ごろ、早川クンの家に1年半ばかり下宿していたのだときかされてビックリした。中野に下宿してたのは知ってたけど、それが――。おどろき。早川クンとは今まで何度も顔を合せているのに、わが敬愛する川島旦那のハナシなんかしたこともない。ほんまに世の中アどうなってるのか、天の神サマにきいてみたい。ゆうべも今夜もベースの吉沢元治のコンサートがあったんだけど、今夜もゆうべも夜間撮影となり聴きに行かれへん。残念無念!!夜中に雨の音は聴いたけど。

月　日　いつだったかな、あるテレビ局の深夜番組で、斎藤正治さんの司会で「ワイセツとは何ぞや」なんてやってたな。オレは万年床で林達夫さんの「歴史の暮方」を読んで勉強しとったんじゃけえ、その声をきいただけや。オレは生来のワイセツ人間だから、ワイセツなんてことは考えたこともねえ。昔、オレは市電で中学へ通学したのであるが、その市電の中に「タンツバをはくな」とか乗客への注意事項が列記してあり、その中に「太股《ふともも》を出すべからず」てのがあったぜ。オレはこのフトモモという字を読むと、フトモモの奥に存在するアレを連想し、モヤモヤして、ボンズのポケットに手を入れてセガレをゴシゴシといじめたものである。何かを見たり読んだりして、それがモヤモヤさせることがワイセツ罪であるならば、オレにとって東京市当局はワイセツ罪の張本人であったのだ、ヒヒヒヒ。

月　日

松竹の試写室でイギリス映画のジャック・ゴールド監督「スカイエース」を見た。第一次大戦当時のイギリス空軍のハナシなのよ。レイ・ミランドも出てたぜ。なつかしい!!　この映画でオレは軍隊と人間性ということを考えた。日本の軍隊も日清・日露のころまでは、そこはかとなく人間性らしきものが存在してたようであるが、オレも兵卒として召集された太平洋戦争では、そこは人間不在そのものであった。日本の軍隊というのは、どうしてこんなことになったのかね。それには天皇制の問題もからんでくるだろうけど、とにかくだね、軍隊という集団で人間性が喪失すれば、当面の敵は、相手国の兵隊ではなくして、味方の兵隊という結果になるのである。わかっていただけますか?　もうニッポン人は戦争を拒否するだろうから、こんなことはどうでもいいか。祖国だってどうでもいいんだオレは。

月　日　またヒマな役者になったのでやたらと街を歩きまわる。歩くことは健康にいいなんて、そんなことは考えたこともねえ。健康なんかどうだっていいや。――健全なる精神は健全なる身体に宿る――これはローマの諺《ことわざ》だそうだけど、嘘をつくなッてんだ。健全なる精神は不健全なる身体にこそ宿るんだぞッ阿呆！　どうでもいいか。きょうは築地方面を歩いてみた。そこには戦争前に新劇の殿堂ともいうべき築地小劇場があったからだ。オレも40年前は新劇役者だったのよ、ヒヒヒ。その築地小劇場のあった場所には、建築中の鉄骨が高く組まれており、新京橋電話局ナントカと表示してあった。ウーン！　昔日の面影はさらにない風景の中で、本願寺の通りへ出る角にあった和菓子屋の喜津禰《きつね》だけが、同じ場所に残っていた。涙の出るほどうれしかった。それだけのハナシです。泣くことはねえか。

月　日　新刊のジョン・マイルズ「銀の弾丸」を、そのハードなタイトルにひかれて読んだんだ。銀行強盗のミステリにちがいはねえんだけど、何となくユーモア小説みたいなとこもあり、オレとしては気に入らなかったな。コミックとかユーモアとか、そんなものミステリと一緒にするなッてんだ。犯罪をやるのも、犯人を探すのも、もっと真剣にやれ。そしたら読むほうも真剣になる。どうでもいいことか。ごめん!!　厚生年金ホールでマッコイ・タイナー・セクステットを聴いた。オレは今夜のこのコンサートには満足したな。それぞれのプレイヤーのソロの音も気に入ったけどよ、何といってもマッコイのピアノには打ちのめされたぜ。音は激しくオレの怠惰なココロをたたいて、そして、さりげなく向こうへ行ってしまった。〈長崎屋〉で黙々とギョウザを食ったら、オバアチャンに病気か？　ときかれた。

月　日　東和でラモント・ジョンソン監督の「リップスティック」を見た。マーゴとマリエルのヘミングウェイの孫娘がメーン・キャストの強姦物である。姉妹が映画でも姉妹の役や。ふたりとも魅力がある。オレにリキがあれば強姦したいくらいだ。ヒヒヒヒ。さてさて〈強姦〉だけどさアナタ、強姦というのは実際に可能なのかね？　オレの考えとしては、それは、ゴタゴタとやっとる途中から和姦になってしまうのではなかろうか。女が必死に抵抗すれば不可能だと思うよ。ちがいますかね？　ましてこの映画のように肛門《こうもん》性交となればなおさらだ。とどのつまりは小平ハンや大久保ハンのように、失神させてからヤルとか、殺人につながることになるのである。自分が失神したり殺されては何もできないよ。わかっとるね？　ところで肛門性交でやってもやっぱり強姦なんですかね。裏門だけどなア。

月　日　激しい雨で「こんな晩は家でジッとしてたらどやねん」というバアサマの声を振り切って、渋谷のジァンジァンへ行き高柳昌行のコンサートを聴く。藤川のアルトと山崎のドラムのデュオも、高柳のギターと翠川のセロのデュオも、キラキラとしてたけど、カルテットになってからの、例のあのオ月サマにまでとどくようなスゲエ音を聴いて、オレはやっと安心した。いつも高柳をリーダーとするコンサートは、客は10人前後で、モウレツに入って40人ぐらいということになってんだけど、どうしたわけか今夜は70人以上も入ってたぜ。自分のことのようにうれしかった。万歳!! 客がパラパラのとこで聴くよりも、大ぜいのほうが安心して聴ける。当りまえのことだな。ごめんあそばせ。オレはパラパラだと音と関係のないことまで考えてしまうのだ。オレのことを神経質だという人間はたんといはるけど。

月　日　いつものように一ツ木通りの本屋の店内をウロウロと歩きまわり、ばばこういち「日本をダメにした100人」が目についたので買い、いつもの喫茶店でヒーコーを飲みながら読んだら、これが軽くスイスイと面白く読めて、フーン!! コイツはこんなフザケタ野郎だったのか、と、世事にうといオレにはいろいろと参考になるのよ。テレビ局の若い友が入ってきてオレの前にすわった。「何を読んでるんですか?」というから本を渡したら、「へええ、この本にアナタも入ってるんでしょう?」といいやがったのにはビックリこいたね。「なにッ? オレは日本をヨクした人間だぞッ、これに入るわけがねえじゃねえかッ馬鹿野郎!!」と怒鳴ったら、店のマスターに「静かにしてくださいよ、トノさん!!」と叱られた。店内には1950年代のロイ・エルドリッジが流れていた。関係ねえか。

8月　とにかく〈先進国〉になりましょうよ

月　日　強烈に暑いなア。なんせオレの家にはクーラーはないんじゃけえ。あんな物アいらん。カラダに悪いわい。たまにクーラーのある場所へ逃げればいい。それでサントリー美術館へ行く。乾隆《けんりゅう》ガラス薩摩《さつま》キリコ江戸キリコ長崎ガラスを見た。みんな朝倉文夫のコレクションだ。日本国でガラスの容器が製造開始されたのは今から約3百年前だそうだけど、ここに展示されてる大体は2百年も前に造られたらしいガラスの皿や鉢やETCは、オレのような目ノナイモノには、現代に造られたものとまるで区別がつかない。見分けられないのだ。オレはウーン‼　とうなった。カットグラスとチョンマゲのあるエキゾチックな風景の線上に、現代のニッポンは存在してるのだろうか？　ちがうような気がする。その延長線上にあるのであれば、こんなバカバカしい不調和な都市なんか生まれるものか、ヒヒヒヒ。

月　日　厚生年金ホールの「ポール・ブレイ・トリオ」へ行く。どんな都合があったのか知らねえけれど、開場が遅れて外で30分も立って待たされた。こんな時は主催者がオ客サマに何か言うべきではないのか？　3千円も出してるんだぜ。しかしこのトリオの音は、そんなオレの不満を吹き飛ばしてくれた。ポール・ブレイのピアノはココロの内側に食いついてくるような音を出してくれよる。ゲイリー・ピーコックのベースもバリー・アルトシュルのパーカッションもいいし、こんなバランスのグッドなトリオはオレとしてはオドロキであった。サンキュー!!　帰りにゴールデン街へ出たら曾根中生監督が「花の応援団」のロケをやっていた。こんなとこでロケ隊にぶつかったのはオレは初めてだ。このゴールデン街というのは、夜間撮影のライトに照らされると、まるでオープン・セットみたいだね。

月　日　フォックスで「夕映え」の試写を見た。ジュリー・アンドリュースとオマー・シャリフの主演で、監督はジュリーの旦那サンであるブレーク・エドワーズだ。この映画はタンカンにいうとスパイの恋愛物なのよ。あれあれ？　スパイというのは恋をしてはいけんのじゃないのオ。スパイの仕事のために偽装の恋愛は必要かもしれねえけどさ、本気で惚《ほ》れてしまってはアカンのとちがうか。どうでもいいか。ところで、この映画の監督とカメラマンはそのままにして、出てる役者を全部ニッポン人にしてみたら、果してどうなるか？　なんてアホなことをオレは想像してみた。そして、サマになるとかならないとかの問題を通りこして、とどのつまりは、ニッポン映画というものは、世界を市場にできないということを、ほとほとつくづく思い知らされたぜ。余計な想像なんかするなッてんだ‼　オレたちニッポン人はエアポートやステーションやシティの街角やで、ニッポン人同士の愛する男と女のキッス・シーンを見ることもないし、男と男の友情の抱擁を見ることもない。つまらねえ国だな。こんな風習とワイセツとはどこかで関係があるのかね。何だか関係があるような気もするぜ。もう旧聞に属するかもしれねえけど、大島渚監督の著書である「愛のコリーダ」が、刑法一七五条のワイセツ図書販売ナントカで、全国の書店から押収されたという事件があった。オレもこの本を持っていて時どき問題になったカラーのグラビアをながめているけど、そんなオレもワイセツ罪になるのかい？　ヒヒヒヒ。つまりよ、キッスや抱擁ぐらいドコでもいいからドンドンやれッてんだ。ワイセツ感も薄らぐからさ。とにかく先進国になりましょうよミナサン。タナカさん‼　お元気イ？関係ねえか。

月　日　さしたる用もないゆえ朝から狭い家の中をブラブラとし、台所で自分でコーヒーをいれてのみ、バアサマに「ジャズのレコードをかけてもええか?」ときいたら「暑いからやめときイ」といわれ、タタミの上に寝ころがって「眠狂四郎」を読む。これを読んでると事件をスパスパと解決してくれるから爽快《そうかい》な気分になるのよ。ロッキード事件も狂四郎はんに頼めばよかったのに、ヒヒヒヒ。夜になってもゴールデン街へ出かける気もしない。田中小実さんがアメリカへ行ってしまったからだ。アメリカのナントカ州のナントカという町へ行って何かを教えるというんだけど、オレがハッキリと知らないのは、小実さんがハッキリと日本語をしゃべらないからなんだ。小実さんよ早く帰ってきてくれ、それだけオレの英語の勉強が遅れるんだぞ。小実さんはいつもオレに60の手習いはやめろというんだけどね。

月　日

昼すぎに東映大泉へ。「トラック姐ちゃん」のセットなんだ。セットといってもステージの中ではなくて、オープンに建てられた青空の下のセット。だからヒコウキがブーン!! と飛んでくると録音の関係で待チとなる。ヒコウキ待チや。やたらにヒコウキの音が多いなア。録音部のオニイサンに「どうなってんだい?」ときいたら、「あれはヘリコプターの音ですよ、朝霞《あさか》の自衛隊が連絡用に使ってるんです」と教えてくれた。フーン自衛隊ね。オレは自衛隊なんか不要だと考えてる人間のヒトリだけどね。兵器を持つことはタンカンにいえば戦争放棄とつながらないよ。その国に住む人間が、その国が守るに値する国だと信じれば、武器なんかなくても守れるものだとオレは信じてるんだけどね。ちがいますかね？　国家なんかどうでもいいと思ってるのに、こんな発言をするのはオカシイな、ヒヒヒヒ。

月　日　午後10時すぎに山王通りにある午前0時まで営業している本屋へ行く。夜中までオープンしてるのはとても便利だ。オレが前から何度も発言してるように、東京の地下鉄も終夜運転すればとても便利だと思うよ。これだけの大都会だぜ。きくところによるとパリの地下鉄は午前5時から午後12時までだそうだ。東京と大体同じである。だとすればオレにとっては、終夜運転をやってるニューヨークが世界でナンバー・ワンの文化都市ということになる、ヒヒヒヒ。ところでその本屋で内田晃一「日本のジャズ史」とジョン・クロウ「もうひとつの死」と斎藤栄「宝石泥棒」を買った。うちのバアサマはオンナを買うとうるさいけど、本はいくら買っても何もいわない。けったいなババアやでえ。オマエこそけったいなジジイや‼　〈一新〉へ寄ったら店内にはジョニー・ホッジスのアルトが流れていた。

月　日　内田晃一「日本のジャズ史」はとても勉強になった。１９５０年代のオレはコンボのプレイしているクラブへ行っても、ジャズよりも酒をガボガボの時代であったから、これを読んでると、ナルホド、ソウダッタノカ、と思い出すことがイッパイあり、遠くへ消えてしまった音と時間がいまさらながら悔まれる。クヤシイ!! 石神井《しやくじい》の長命寺という寺の境内で「トラック姐ちゃん」の夜間ロケをやる。古なじみの監督である井田さんに「いつまでもお元気でんなア」といわれる。元気だと悪いような気がするがな。オレのオンナを横取りしやがった谷隼人を子分と一緒にいびっていると、どこからともなく突如として現れた浜木綿子・木原光知子・田坂都・マッハ文朱という姐ちゃんたちに、反対にキイキイといびられるというシーンを撮る。仕事と関係なく密室でいびられてみたいなア、ヒヒヒヒ。

月　日　レコードを送ってもらったのでアストル・ピアソラの「サンチャゴに雨が降る」を聴く。タンゴは久し振りだ。オレがハイ・ティーンのころのダンスホールのタンゴ・バンドの音とは、これは大分ちがうぜ。ノスタルジーな古さはなくて、そこにはモダンがある。ウーン!! とうなった。翠川敬基の「緑色革命」も聴く。翠川のセロとベースと、高柳昌行のギターと佐藤允彦のピアノとの、それぞれのアコースティックのデュオなんだ。台所にいたバアサマは「これはジャズとはちがうヤメテクレ!!」と叫んだけど、オレはココロを深くえぐられてウーン!! とうなった。しかしバアサマでなくても、これは、ちと、むつかしいジャズかな。夜はＮＨＫテレビのリハーサルに行った。そしてアコガレの坂東玉三郎さんと初めてお会いした。オレはウーン!! とうなった。きょうはうなってばかりいるわい。

月　日　東映大泉へ電車で行った。「トラック姐ちゃん」のセットだ。クルマだと目白通りのタナカの豪邸の前を通り、オレはあの大きな門を見るとムカムカと腹が立つのよ。貧乏人のヒガミかね？　そりゃあ資本主義社会なんだからさ、カネを儲《もう》ける才能のある奴が、いくらカネを儲けようと、オレに異存はないよ。だけど、もっとフェアにやれよな。フェアにやったら大儲けにはならんのか。どうしましょう？　勝手にやりんさい!! 汚職だとか疑獄だとか、ほんまにニッポンは美しい国家やわア。汚職でも疑獄でもマジメにやってる姿は、キタナイけれども美しい、ヒヒヒヒ。富士山のように美しい、フフフフ。芸妓《げいこ》はんのように美しい、ハハハハ。あんた泣いてんのね？　帰りに大泉駅前の本屋で野間宏「狭山裁判」の下巻を買った。太宰治ではないけど、ウマレテコナケレバヨカッタナア。

月　日　連日のように朝からテレビの前に鎮座して高校野球を見る。ほんまにオモロイでえ。ところで、球場で見るとロングだからよくわからねえけどよ、テレビで見てるとさ、時どきハッ!! とするほど美少年の選手のアップが映るのね。オレはべつに美少年趣味じゃないけど、それでも胸がドキドキするときがあるんだから、ホンマモンの少年愛好者だったら、それこそキリキリ舞いをして卒倒するんじゃないかね。アホなこと心配するなッてんだ。ニッポンの各地方から集まってる選手諸兄は、大体は同じようなニッポン人の顔をしてるね。当り前のことか、ヒヒヒヒ。だけど沖縄は、沖縄はミナサン——。沖縄よ独立しろッ。今からでも遅くはないッ。琉球共和国万歳!! 何をいっとるんだ?

月　日　きょうも白熱のゲームを展開する高校野球のテレビを見ながら「甲子園へ行きたいッ!!」と叫んだら、「阿呆ッ仕事に行かんかいッ!!」とバアサマに怒鳴られた。ハイハイ!! それで昼さがり上野発特急ひばりに乗り仙台へ行き、ホームをマゴマゴしながら仙石線の電車に乗換え、そして走る車内で1時間の余も立ちッ放し。サラリーマンやOLやセイガクの諸兄姉で満員、途中の駅であまり下車しないのよ、みんな終点の石巻《いしのまき》まで行くらしい。石巻は仙台のベッド・タウンなのか? 車内を見渡したらわりと美人が多いね。東北美人というんだな。その美人たちにアデューしてオレは矢本駅で下車し駅前の指定された宿屋にインする。オレのダチともいえる若い監督の「二つのハーモニカ」という映画の仕事なのよ。雨が降ってきたから町へ出ないでメシを食ってすぐ寝てやった。ゴクロウサン!!

月　日　朝8時出発でクルマで40分もかかる山の上の小学校の分校へ行く。途中で桃生町という延々と奇妙に細長い町を通過した。おまけにその町には、奇妙に長い塀を持つ大きなワラブキ屋根などの古風な家が多くて、けったいな町やけど豊かな感じがした。分校の眼下には起伏のある青い風景が拡がり遠くに連山も見える。「平安朝時代にはこの辺のアチコチに豪族がいたらしいですよ」と若い監督が教えてくれた。なるほど、そんな感じもするわい。さて、この映画は戦争末期のハナシでオレは校長先生の役。教室の中で生徒たちに修身の訓話みたいなのをやってるシーンを撮る。ランチにはニギリメシを食った。これがウマイのなんのって。そういえば宿のメシもうまかったわい。オレが「うめえぞッ!!」と怒鳴《どな》ったら、カメラの助手が「ここはササニシキの産地です」といった。もっと早くいわんかいバカ!!　夜おそく監督に誘われて宿の近所の魚を食わせる店へ行き、座敷へ上がり込み生ウニや鯛《たい》の刺身をパクパクやっとったら、若い男がドヤドヤと5人ばかり入ってきた。ビックリするがな。「なんだい？」といったら、それぞれ手に持ったビールや大皿に山盛りの車海老《くるまえび》の蒸したのをテーブルの上に出して、飲ンデクレ食ッテクレという。「どういうわけだ？」ときいたら、オレのファンだっていうんだ。ほんまかいな？　赤いTシャツのもいたりするので、オレは漁師の諸君かと思ったら、自分たちは毎日ジェットに乗って飛んでおります。やかましくてすいません、というんだ。この矢本町は松島基地といって今は自衛隊だけど戦前からの飛行基地なんだ。自衛隊の存在に疑問を持ってるオレとしては、自衛隊の若者にゴチになるのは心苦しいがな、こんな時はどうすればいいのよ？　自分で考えろッ!!

月　日　東京へ帰るために仙石線で仙台へ出る。駅を出て東一番町までブラブラと歩く。このシティを歩くのは十数年振りだ。ビルはうんとふえてしまい、ストリートはキレイになってしまい、すっかり変わってしまって、そうなるのが当り前だろうけど、オレとしてはつまらない感じだわい。腹が立ったから引き返して駅の食堂でコーヒーをのんでやった。チャカチャカした喫茶店でのむんだったら、こんな場所でのんだほうがいい。ウマイマズイは問題ではないの、心意気の問題よ、わかんねえだろうなア、ヒヒヒヒ。午後5時すぎのひばりに乗る。車中ではジョン・クロウの「もうひとつの死」を読んだ。なかなか歯ごたえのあるミステリだぜ。ベトナム戦争の影をもったハードボイルドというべきか。この特急はどうした原因か2時間ちかくも遅れ、上野へ到着したのは夜中であった。ただいまア!!

月　日　台本をひらいてオノレのセリフを何べんも声を出して読む。世の中には台本を三回ぐらいスルスルと読めば、自分のセリフをおぼえてしまうリコウな役者もいるらしいけど、オレはアタマの悪い老いぼれ役者じゃけえ、何回も何回も声を出して読まんとおぼえられんのよ。恥知らずなこと書くなッてんだ三文役者め!!　スイマセン。さてさてどうやらセリフもオテンテンの中へ入ったらしいから、あとは寝ころんでミステリでも読むか。オレは本は家ではいつも寝ころんで読む。ヨソの家や電車の中では寝ころんで読まない。ええと、斎藤栄「宝石泥棒」はダイヤモンドのことを微に入り細にわたって教えてくれるぜ。井口泰子「黄金虫はどこだ」では王家の谷やツタンカーメンのことを教えてもらった。おおきにイ!!　ミステリはオレにとっては教科書でもある、ヒヒヒヒ。けったいな声で笑うなッ!!

月　日

永井荷風が仕事場にしたり食事に行ったりして有名な麻布《あざぶ》市兵衛町《いちべえちょう》の〈山形ホテル〉は、大正6年ごろオープンし約15年間営業して昭和の初期に廃業したという。ホテルの主人は奈良県の人で、これが5歳のときに大阪で人さらいにあってサーカスに売られ、世界中のアチコチを転々とし、ベルリンで日本婦人と結婚し、ロンドンで男子をもうけたのを機に、長年のサーカス暮らしで蓄財もあって、祖国へ帰り外国語の使える商売というのでホテルを開業したという——。こんなことを書いたのは、きょうＮＨＫテレビの土曜ドラマの本番があり、そのＶＴＲの合間に、一緒に仕事をしていた山形勲から、おれはロンドン生まれだといわれてビックリし、子供のときに永井荷風や直木三十五を見かけたことがあるといわれてビックリし、そして〈山形ホテル〉の由来を聞いたからなんだ。

月　日　このまえテレビ放映でフランク・キャプラ監督の「或る夜の出来事」を見てさ、オレはそこに40年以上もの時間の流れを感じさせないのにはビックリこいたなア。オレはどういうものか、古い映画の芸術性とか娯楽性とかに関しては、あまり信用しない傾向にあり、それが映画の持つ特質でもあると考えてたんだけど、大いに反省させられたね。考え直します!!　オレがこの映画の封切りを見たのはハイティーンのころだけど、オレはあわててなじみの洋服屋へ飛んでいき、あのクラーク・ゲーブルが着ていたノーフォーク型の上着をあつらえ、それを着用して銀座通りやアチコチのダンスホールをシーチョウに流したもんだわさ、ヒヒヒヒ。今はいつもどこへ出かけるのにもジーパンとシャツだけや。バアサマは「ヤアサンとも乞食とも見えるなア」という。オレの上には40年の歳月が流れとる。

月　日　午後4時に早メシを食って地下鉄で渋谷へ出て歩いてNHKへ行く。〈ジァンジァン〉の前を通る。先週のある日、オレは家で高校野球のビテレをギリギリまで見て、この店へ飛んできて高柳昌行のレギュラー・コンサートを聴いたぜ。いつもとちがってスリー・ホーンのある8人もの大編成で、セロとベースが専門の翠川敬基がピアノをたたいており、例のごとくオ月サマまでとどきそうな音は、その夜は火星へとどくほど強烈であった。オレは満足した。ジャズにもいろんなジャズがあるのですミナサン。どんなジャズを聴こうと、それは聴くコチラの自由だし、どんなジャズをプレイしようと、それはプレイするアチラの自由であると、オレは信じてるんだけどね。ところでNHKへは仕事で行ったのよ。サスペンス・ドラマのリハーサルがあったのです。オレはNHKへアソビに行ったことはない、ヒヒヒ。

月　日　グレゴリー・ペック主演の「オーメン」を見ようとフォックスへ行ったら、これがアメリカで興収が「ジョーズ」の記録を破りそうだという評判のせいか、試写室はムンムンと満員なのよ。立ってみれば見られないこともないけど、2時間ちかくも立ってられないわよねえアナタ。それでオレは帰ろうと4階から階段を歩いて降りてたら、このビルの2階にあるワーナーの前で、「見ていきませんか?」とワーナーのオニイサンに声をかけられた。シドニー・ポワチエの映画だという。オレはポワチエのハードな探偵物かと思い宣伝用のチラシももらわずにホイホイとあわてて試写室にもぐり込んだ。これがタイトルはオレのつたない英語で判断すると「もう一度やろうぜ!!」となり、アレアレ、監督もポワチエであり、おまけにポワチエはアタマから牛乳屋のスタイルで出てくる喜劇映画や。おどろき‼　シドニー・ポワチエ監督主演の喜劇映画は、アメリカ人ならゲラゲラヒクヒクと笑うのかもしれねえけど、オレはあまり笑えなかった。笑いというのはムツカシイものだから、オレの知能程度が低いから笑えなかったのかもしれない。反省せよ‼　いや勉強せよ‼　だな、ウン。ところでオレの大好きな甲子園の高校野球も大詰になってから、仕事やらヤボ用やらでろくにテレビも見られなかったわい。世の中アままにならねえ。きょうも午後3時からNHKでハリーサルや。少し早く行って食堂で350円のチラシ寿司を食う。べつに安物の寿司が好きなわけではない。なんせ演出の和田勉さんはとてつもなく声の大きな人だから、何か食っておかないとビンビンと腹にこたえるのよ。オレのテーブルに同じドラマに出てる中条静夫がラーメンを持ってやってきた、ヒヒヒヒ、やっぱりなア。

月　日　　モウレツに暑い日だけど出かける。「ドコへ行くんだい？」とバアサマがいうから「仕事だい、自分の家を出るのに保釈金がいるのかッ‼」と怒鳴ったら「2億円も出してみぃッ‼」と怒鳴り返された。やれんのう。2億円もあればオレは、そうだなア、ポルトガルの田舎かニューヨークの町ん中で、ヒトリでセンズリかいて暮らすわい。新宿へ出て京王電車の急行に乗ったらハダにブツブツのでけるほど冷房がきいとるのよ。こんなにまでチメトウしやがってアホンダラ!!　京王多摩川で下車して大映撮影所へ。新藤兼人監督の「竹山ひとり旅」の衣裳合せや。大映とは関わりのない独立プロの映画だけど、衣裳屋がこの撮影所の中に存在してやがんだ。さて、オレの衣裳は六尺のフンドシ一本とよれよれの浴衣が一枚であった。それだけであった。これも仕事の内やな、イッヒヒヒ。泣くなッ!!　帰りに久し振りに浅草へ出た。なじみの〈かいば屋〉へ寄ったら客はだれもいないので小座敷へ上り込み、その店の名物ともいえるジャガ芋と豚肉の煮っころがしをパクパクやりながら、その辺にある週刊誌や新聞をチラチラと見とったら、ある新聞のコラムにこんなのがあったぜ。要約しますとですね――日本の登山隊は山をゴミで汚して困る、と外国の山岳関係から文句をいわれており、であるがゆえに、この際アルピニストに限らず国内の公共道徳を教育し直す必要がある――というんだけどね。オレはこんな教育はムダだと思うね。こうなったら開き直ってだね、世界の人たちがだよ、公園や街路や山や海岸やETCで、ゴミで汚れてる場所を見たら、これは「日本人が通ったアトだな」と思わせるようにしたらどうだい。オレたちは3等国民なんだからよ、3等国民らしくしようぜ、ヒヒヒヒ。

1977年から
『三文役者の待ち時間』

ジイチャン!! 老ぼれ役者のジイチャン!! きょうは何をうなるねん? いつごろからともなくジャリの娘ッ子が姿を現わしオレに問う。カツドウシャシンのことにしようかァーと思うてんねん。ふーん、シネマか。と、鼻を空に向けてぬかしやがる。生意気な。あっちィ行けッ!! とオレが怒鳴ったトタン、娘ッ子はパッ!! と消えました。そのパッ!! と消えた瞬間、オレは目玉の松ちゃんコト尾上松之助を思い出した。あれは自来也だったかな、尾上松之助が扮した自来也だ、十字を切ると、下のほうからムクムクと白い煙が湧き出て、そして、パッ!! と自来也が消えてしまったのだ。見えてたものがパッと消えるなんて信じていいのだろうか。驚天動地のことである。オレは活動小屋を出て家への道を歩きながら、忍術使いのような手つきをしてドロンドロンと何べんも何べんも呪文をとなえたけど、オレはいつまでも消えずに存在した。大正がフタケタになったばかりのころのハナシよ。やっぱりそのころだけど、アメリカの活動写真で、果しもない平原を走る汽車の上空に複葉のプロペラ飛行機がブルンブルンとやってきて、もちろんサイレントだから音は聞こえないけど、スクリーンを見てれば聞こえてくるような気がするんだ。その飛行機から縄梯子がスルスルとおりてきて、そして人間がその縄梯子をおりてきて、あれはハリケン・ハッチという役者だったか？　汽車の屋根の上へヒョイ‼と飛びうつるのよ。これにもビックラこいたけど、目玉の松ちゃんほどではなかったな。飛行機から縄梯子で汽車の屋根の上へ、これはデキルという可能性をもっている、と、オレは子供心にもそう思ったね。問題はパッ‼と消えることよ。これにはかなわねえ。何十年も経った今でもオレはパッ‼と消えたいと思っている。そして天の一角から資本主義社会と共産主義社会の共存する地球をじっくり眺めてみたい。

ガキのころ活動写真を見ると、その日は1日中その活動写真の主人公と同じ人間になったような気持になって、歩き方なんかも真似してしまう。いや、真似してしまうというよりも、自然にそうなってしまうんだ。それは陶酔でもあった。おふくろは自分の息子でアルヨウデナイヨウナ息子を見て、うちにはキチガイの血はないのに、とつぶやいた。オッカサーン‼　ところで、今でも映画を見終って映画館や試写室を出ると、5分間ぐらいはその映画の主人公に、やっぱり歩き方なんかを何となく似せてる傾向にある。これはオノレの職業の役者と深い関係のあることかなァと気になって、カタギのダチに聞いてみたら、その野郎もガキのときから映画を見ると必ずそういう症状をおこす、と平気な顔をして言うのでオレは大いに安心した。映画は恐ろしいものですね。その恐ろしい映画へ、見る外側より見られる内側へ入るようになるとは夢にも思わなかったぜ。

オレのジャリやガキのころにはヒトリで勝手に映画館へ入ってどんどんと映画を見た。もちろん入場料は払う。無料ではない。そのころオレはどんな映画を見たのか、キネマ旬報社の『日本映画全作品集』や、田中純一郎『日本映画発達史』や、猪俣勝人『世界映画名作全史』やETCを、ピラピラと調べれば判明することではあるけど、そんなことはめんどくさいからやめることにして、申し訳ないお許しを、とに角オレのノオズイに強烈な印象を残してるのは、そうだな、さっき書いた尾上松之助の忍術映画やアメリカの冒険物や、それからチャップリンやキートンやロイドや、何かというとすぐ役者がマンホールの中へ落っこちるパテ映画の2巻物の喜劇や、小藤田正一や高尾光子の泣かせの子役物、そんなとこかな。小学生のわりと高学年になってから、もう中学生になってたかな、銀座通りの7丁目にあった〈シネマ銀座〉で、鈴木重吉監督で高津慶子主演の『何が彼女をそうさせたか』を見た。オレの記憶ではハッキリと中学生になってから、今の丸の内ピカデリーである邦楽座でスタンバーグの『モロッコ』を見たのだ。余談ではあるが、後年、銀座でバーを経営していた高津慶子さんを知り、小藤田正一とは大船撮影所の演技部で一緒になり、鈴木重吉監督の娘さんがわが友ジャズ・ギターの高柳昌行の妻君であるのを知った。すべてがオレにとってはオドロキ以外の何物でもない。

ところで問題は『モロッコ』なんだ。『モロッコ』です。この映画のマルレーネ・デイトリッヒには、その唄やアクションがオレのドタマに、アタマのことです、こびりついて1週間ばかりというものはヒイヒイとうなされたね。あのラスト・シーンでさ、タラランタンと小太鼓の音と共に出動していく、外人部隊の兵士であるゲーリー・クーパーをデイトリッヒは追っかけていき歩きにくい砂の上で靴が脱げて裸足になってついて行く。泣けるゥ!! オレの中学生のダチが、あんな熱い砂漠を裸足で歩けるわけがねえよな、なんてぬかしやがったときには、オレはコイツをぶん殴ってやろうかと思ったくらいだ。こんな涙のほとばしるようなエトコで、そんな常識的なことを考える奴があるかッてんだ。それはさておき、オレが問題だと思ったのは、この『モロッコ』を見てからというもの、オレの清らかな精神はそこはかとなく狂ってしまい、外人部隊に入るのは不可能らしいから、せめて役者になってみたいなァ、なんてことをうだうだと思考するようになったからであります。『モロッコ』は、『モロッコ』は、オレの一生を狂わせてしまったのだ。どないしてくれるねん、ええ!!

ジイチャン!! おッいたんかいな、なんえ？　ジイチャンはやっぱりほんまもんのアホやな。馬鹿馬鹿ッ消えろッ!! みなさま、ご安心ください、パッ!! と消えました。

［略］

■

エーこの夏オレの行ったジャズのコンサートは、あの長い雨のマエには、新宿厚生年金ホールの〈日野皓正リサイタル〉と田園コロシアムの〈V・S・O・P〉と西武劇場の〈ミルフォード・グレイヴス〉。あの長い雨のアトでは、日比谷音楽堂の〈サマー・ジャズ・フェスティバル〉と初台GAYAの〈中村達也ユニット〉と渋谷ぷるちねらの〈高柳昌行ニュー・ディレクション〉と、ええと、そんなもんかなァ。気がむいたときに気がむいたコンサートを聴いただけのはなしよ――日野皓正は変わったなァ。そのプレイするスタイルも音も変わった。それがイイのかワルイのか、正直いってオレにはよくわからない。もう10年も昔になるか、新宿ピット・インでの日野の「枯葉」がオレのノオズイにこびりついてまだ離れないのよ。音とはそんなものだろうか。ジャズとはそんなものなのだろうか。日野元彦のドラムスが、そのあとのサマー・ジャズ・フェスティバルの時もそうだったんだけど、オレのココロに何かを残していきやァがったぜ。その何かとは何であるのか、それをミナサマに具体的に説明できないので、オレはカダラがよじれるような思いがする。どうしましょうミナサマ？　V・S・O・Pには昼の部へ行ったのであるが、カンカンする太陽に向かってフレディ・ハバードのトランペットは壮快だったぜ諸君。ウェイン・ショーターはボソボソとやっておりました。内気な人なんだなァきっと。トニー・ウィリアムスはもっと狭い場所で聴きてえやァ。それにしても暑い日やったわい。ミルフォード・グレイヴスだけどね、これがアナタ、まァ聞いてくださいよアナタ、そのドラムスの音はオレのオテンテンをクチャクチャに叩きのめし、おまけにそのダンスというかアフリカン武道というか、いやァもうビックリこいたのなんのって、幕が下りるやいなやオレはあわてて地下鉄でウチへ飛んで帰り、役者としての肉体訓練のためにウデタテフセをヒイヒイ!!　とやったほどでございます。どうでもええけど地下鉄は飛ばへんでえジイチャン!!――ええと――パーカッションの中村達也のユニットだけどさ、その夜はドラムスの小山彰太が加わり、それだけでもスゴイ音なのに、坂田明の師ともいうべき当年55歳の井上敬三さんが広島から上京して、坂田と向き合ってアルトやバスクラを吹きまくるというカルテット。グアン!!　グアン!!　ドン!!　ドン!!　ブーッ!!　ブーッ!!　音を字で表現するのはマチガイではありまするが、噴出する音は時間と空間をぶちこわし、オレはこの国の革命は終了したと思ったくらいだ。はじまらんもんがおわるわけがないやろうジイチャンのアホ!!　高柳昌行ニュー・ディレクションは、プレイする場所の関係なのか、いつもよりは静かな音で、ラストの曲では金芝河の自作の詩の朗読が流れていた。そのタンタンとした朗読の声は、音楽的な効果もさることながら、やりきれないほどコチラの胸を打つ。この世には〈解放〉というコトバもあるんだぞッ。えッ？　なにッ？　金芝河が東京の渋谷まで来られるわけがねえだろう、テープにきまっとるわい馬鹿ッ死ねッ!!――長い雨の間、オレは東宝レコードのオニイサンからもらったVOGUEの50年代のズート・シムズやデューク・ジョーダンやジェリー・マリガンを聴いて涙ぐんだり、スリー・ブラインド・マイスのオネエサンからもらった三木敏悟作曲で高橋達也と東京ユニオンのプレイする『北欧組曲』を聴いてウンウン!!　とうなったり、ついでのことにアッチコッチをひっくり返し、エリック・クロスやジョン・ハンディを引っ張り出して聴いたり、そんなことをしておりましたら、バアサマに「おまえのジャズには統一がない」と叱られました。ジャズに統一が必要なのかい？　知らなんだわァ。オレは統一するのはイヤや。統一されるのもイヤや、バラバラがエエねん。この世はバーラバラ、バーラバラのバーラバラ!!　静かにしいなジイチャン!!――ゆうべは、ゆうべだけではイッのことだかわからねえな、つまり9月14日夜のことですけど、芝の増上寺ホールへ行きました。お寺の地下でのジャズです。アメリカからきたシンセサイザーのリチャード・タイテルバウムと、ピアノの加古隆とフルートやアルトの中川昌三、そしてパーカッションの富樫雅彦というメンバーでありました。オレは楽屋へ行き富樫サンにアイサツをし富樫夫人に持参したカティ・サークを渡す。こんなことをするのはオレは恥ずかしくてキライなんだけど、そうせずにはいられなかったのです。ご理解のほどを。このカルテットの音に、オレは、ジャズとはなんだ？　現代音楽とはなんだ？　ということを考えさせられた。ウーン——よく考えてみたら、諸兄姉よ、どうでもいいことなんだ。その音が気に入り感動したらそれでいいのであって、何もジャズとか現代音楽とか区別することはないのである。まことにタンカンな小学生の数学でありましたハイ。終演後、コーフンしたオレは何となくそのままウチへは帰れない感じでタクシーに乗って新宿へ走らせた。ゴールデン街の〈まり〉をのぞいたら阿佐田哲也さんがヒトリで飲んでいたので、ドウモドウモとその隣へすわり込み、そして今は亡きボードビリアンの二村定一や永田キングのハナシなどを深夜まで聞かせてもらう。ほんまにいろいろと有益な夜やったな。

1978年から

エーわが親愛なる諸兄姉よ、オレは仕事をやりました。スタジオでのテレビ・ドラマや日活のロマン・ポルノや1時間物のテレビ映画をアタフタとつづけてやりました。アタフタとしたのはたまに仕事がつづけてあったからです。恥ずかしい、みっともねえハナシよ、せせら笑ってくれ。仕事をやっておれば〈餓死〉の問題を早急に研究しないですみます。ありがたいことです。オ客サマは神サマです。三波春夫は関係ないやろうジイチャン!! NHKテレビの『人間模様』をやったあとすぐロマン・ポルノに入ったのよ。武田一成監督で宮下順子主演の『順子わななく』というの。武田はんは新藤兼人監督の日活作品『銀心中』のチーフ助監督をやってたんだから、オレとはほんまに古いなじみや。オレは魚河岸の、正式には築地中央卸売市場というのかな、どうでもいいか、魚問屋の主人の役。オレの女房が絵沢萠子で、宮下順子とオレの関係は、これがアナタ、情婦ともいえないし、二号ともいえないし、何といえばいいのかな、映画を見てもらえばすぐ分かるんだけど、見てはくれないだろうし、ええと、分からなければ分からないでもええことか、失礼しました。カメラマンが『人間の証明』の姫田真左久《ひめだしんさく》で、スクリプターが昔は可愛い処女だったけど今は憎らしいオバハンになってしまった神崎清の娘の白鳥あかね、ときたんだから、それに監督といいオレといい、みんなカネは出さないけどクチは出すという連中が集まった感があり、いやァその撮影現場のワイワイガヤガヤと喧噪をきわめ、そのうるさくて面白かったこと。ある日のセットの中で、寝ている宮下順子の枕元で、武田監督が一生ケン命に何かを読んで聞かせてるんだ。どうも小説らしい。オレが「監督、何をしてるのよ?」ときいたら、監督は「山本周五郎の小説なんだよ、順子の役はさ、この女主人公の性格を借りたんだから、文庫本まで買ってやって、読むようにとすすめたのに、どうも読んでないようなんだなァ、それでさ、ぼくがこの場で読んで聞かせてるわけなんだ、こんな親切な監督はいないだろう、ええトノさん」というから、オレは「おりません、世界でヒトリだッ」といってやった。あとで順子に聞いてみたら、ぷうッとふくれッつらをして「わたしはチャンと読んでるのにさ、読んでないッ読んでないッと勝手にきめてるのよ、どうかしてるんじゃないの」という。どっちを信用してもいいし、どっちも信用しなくてもいい。これだからこそ撮影はスムーズにテキパキと進行する。ほんまかいなジイチャン!!　女房の蒴子とは並んで寝てるシーンはあるけど肝じんなことはやらないのよ。順子とは並んで寝たりなんかしないでタテになりヨコになり潜ぐってみたり反対になったり肝じんなことばかりヒイヒイハアハアとやる。ええと、女房とヤラナイのは当りまえのことか、失礼しました、ごめんなさい。順子に抱きついてハアハアともだえたりしていると、時どきスクリプターから、そんなカッコウではヤッテルようには見えませんッ!! とキンキン声で怒鳴られたりする。スクリプターのくせに役者に注文をつけるやつがあるかッてんだ。しかしオレは前にも申し上げましたように、女にいびられるのは大好きですから、そんな時はキイキイとうれしいのです。キイキイもさることながら、早朝5時の魚河岸へ出かけてマジメなシーンの撮影もやりました。このマジメとは普通一般にいうマジメという意味であります。オレにとってはファック・シーンだってマジメなんだから。分かっていただけますね。分かってもらえないとオレは悲しいのよ。まだ暗い早朝の初めて見る市場の光景にはビックリしたなァもう。ドギモを抜かれました。オレは内心オタオタしながら、マグロの下見をやったり、セリが始まるとオズオズと出ていって買う振りをしたり、萠子と一緒にモノホンの店に割り込んでチョコマカと働く振りをしたり、そんなシーンを撮りました。みんな盗み撮りです。姫田カメラマンの腕も冴えておりました。かくして、わが『順子わななく』は社会派ロマン・ポルノとなってワナナイタわけでありますす。バンザーイ!!——で、このあとが、千歳船橋の東京映画をベースとして製作されるテレビ映画『祭ばやしが聞こえる』となるのやがな。監督は工藤栄一さんや。豪放らいらくでオレは好きな監督さんだ。1時間物のテレビ映画というのは今では大体4日か5日間ぐらいで仕上げられることになっている。だから朝早くから夜遅くまでその忙しいこと。おまけに富士吉田のロケが2日もありました。さて、撮影所から甲州街道へ出て中央高速にのっかり富士吉田に向うロケバスが問題なんだ。2月上旬の寒風がビュンビュンと吹きすさぶのよ。バスの外ではない。バスの中をだ。結髪のバアサマが金切声でオレに「トノさん!! その辺にあるもの何でも身に巻きつけなさいよ、冗談ではないんだから」と叫んだ。それでオレは帝政ロシアの乞食みたいなスタイルになったけど、なるほど、冗談ではなく寒かったのなんのって、よくぞ生きてられたわい。ええと、こんなことをダラダラと書いたらいかんな、当事者が気を悪くしたら困るがな、身がひきしまり頭がスッキリしました、と書いておくか。この仕事ではシヨウケン・山崎努・中原ひとみ・室田日出男・下馬二五七の諸兄姉が一緒でありました。ですから、どうしても、ここで、室田日出男の問題に関して発言しないわけにはいかないのです、が、オレは無視することにしました。室チャンを無視するのではありません、オレは国家を無視するから無視するのです。自分の職業でささやかな収入を得、ダレにもメイワクをかけずダレからもメイワクをかけられず、静かに平和に暮らす、そんなこともできない国家なんか、オレは国家として認めるわけにはいかないのだ。オレを非国民と呼ぶんなら呼んでもいい。一寸の虫にも五分の魂だぞッ——なんて、威勢のいいことをしゃべったけどさ、仕事が終わったらカゼで1週間も寝込んでしまい、コンサートにも行けずミステリも読めず、だらしのないジジイでありました。

［略］

■

エーこの9月上旬オレは京都にいた、仕事やがな、遊んでられへん、テレビ映画の『銭形平次』に出とったのよ。机上にアチコチからいただいた本が7冊もあり、京都にまで運ぶわけにはいかないから、行く前にその3冊だけを読ませてもらった。田中小実昌『コミマサ・シネノート』と市川廣康『東京紀行』と池田弥三郎『わが町銀座』であります。田中の小実さんは、自転車やバスに乗って場末の映画館へ行くから、浅草や新宿を酔っぱらって軽佻浮薄に歩くから、オレの英語の先生だから、そして、その小説はウンウンとうなられるほどウマイから、オレがこの国で尊敬してる人物のヒトリであります。市川廣康氏は義父の武林無想庵の著作出版で借金ができ、それを返済するために5年の余もハイヤーの運転手をやったという、これはそのときの記録、つまり記録文学だ、市川さんの誠実さがフシダラなオレのココロをうつ。オレが市川さんを知ったのは、奥さんがある高名な女優のジャーマネをやっておられ、その関係で頼まれて、無想庵著作の一冊のオビに短かい文章を書いたことがあるからだ。池田弥三郎教授は泰明小学校でオレの1年先輩であり、この本には現存する古いバーの〈クール〉も出てくるけど、それよりも古い現存しない〈ヨーロー〉や〈タンゴ〉というバーの名前には、なつかしすぎて胸をしめつけられるような気がした。オレがハイ・ティーンの生意気ざかりのころ〈ヨーロー〉のカウンターの片隅で、ひとり静かにウィスキーのショット・グラスをかたむけていた、今は亡き山本礼三郎さんにお目にかかりクチをきいてもらったのを、オレはきのうのことのようにおぼえているぜ。

そうだ、本もだけど、キティレコードの若きダチから『デレク・ベイリー』をもらったんだ、聴いておかなくちゃァ。デレクのコンサートの初日に行ってオレはガッカリしてたんだけど、このレコード、ニッポンのミュージシァンとのデュオやトリオのインプロビゼイションを聴いて、デレクのギターはやっぱりスゴイと思った、土取利行のドラムスとのデュオがオレとしては、いちばん気に入ったぜ――それでさ、京都へ行くヒカリの中では〈野性時代〉10月号所載の大藪春彦『傭兵たちの挽歌』を読んだ。千枚という長編や。おまけにこの雑誌は重量があって乗物の中で読むのには不便だな。京都駅から太秦までバスで行く。タクシーよりバスのほうがグーンと安いのは分かりきったことだけど、バス会社を停年退職のあとの再雇用らしい、駅前のバス停でこまめにガイドをやっているオッサンと会うのもオレはたのしみなんだ。役者はんもたんと乗らはるけど神田隆さんとあんたは気軽によおッと声をかけてくれるからうれしい。こんなことをいわれてタクシーになんか乗ってられるかッてんだ、そうだろうネエチャン!! 例の如くいつものビジネス・ホテルに棲息し、なじみの大映通りや帷子の辻あたりをゴロゴロ、ときには河原町界隈へ出てコーヒーをのんだりメシを食ったり、外へ出ないときは独房の如きシングル・ルームで、本も読むけど、どうにもならない意志薄弱なセガレをしごいてみたり、かなしいなあジイチャン!! それでもミナサマ仕事のあるときはチャンと仕事をやりました。当りまえだッ馬鹿!! 仕事場の東映テレビは東映京都撮影所の奥の隅にあり、だから通称〈オク〉と呼び、かの有名な映画村に隣接しており、それでオープン撮影は映画村に存在するパアマネントの昔の町や橋を使用することになっている。ここではオレがゲストで出ている『銭形平次』の他に『桃太郎侍』や『遠山の金さん』も製作していて、その関係で狭い場所に役者たちが右往左往することになっておりますハイ。オレが今回出会ってナンダカンダと言葉を交わした役者諸兄姉は、高橋英樹・山城新伍・深江章喜・長門勇・谷村昌彦・朝丘雪路・垂水悟郎・赤座美代子ETCと、ほんまにぎょうさんいはったわァ。オレは遊び人の桜木健一の世話になっている家を追ん出された紙問屋の老主人の役、どうしてオレが家を追ん出されたか、それがドラマやがな。待チの時間には平次の橋蔵さんからキイキイとオモロイ話をわんさか聞かせてもらったけど、同業者のハナシやさかいな、ここには書けまへん書けまへん。さて、大藪春彦『傭兵たちの挽歌』ですが、これが世界を股にかけてのスケールのでっかい復讐譚、主人公がファックするナオンたちはみんなジンガイだぜ、うらやましいッ！　それにしてもガンやカーやウェアの説明が詳細すぎて、それらにあまり関心のないオレとしては難儀やな、85点だ。このところ読んだミステリは――

イェジイ・エディゲイ『ペンション殺人事件』スエーデンの事件だけど、この作品にはミステリアスにアウシュヴィッツがからんでいる、90点に読ませる、訳者のアトガキも読んでもらいたい、ダレでも読むか、失礼。

シムノン『メグレと善良な人たち』一気に読んだ、シムノンのミステリ作家としてのウデにはほれぼれする、95点です。

ジョー・ゴアズ『マンハンター』シスコの私立探偵ニール・ファーゴ登場、これはシリーズにしてもらいてえなァ、オレ好みのハードボイルド、気に入ったのなんのって、94点だわい。

マイケル・バー＝ゾウハー『二度死んだ男』スマートにキチンとできてるという感じの90点に読ませるスパイ小説。

ビル・プロンジーニ『失踪』シスコの〈名無しの探偵シリーズ〉第2作目や、これもオレ好みのハードボイルド、文句はありません、95点。

ジェフリー・アーチャー『大統領に知らせますか？』近未来FBIサスペンス、大統領暗殺ものエンターテイメントやな、90点に読ませる。

ノエル・ハインド『リベンジ』これがひどくややこしい復讐で、そのヤヤコシイのがオモロイことになっております、90点。

ロバート・B・パーカー『約束の地』ボストンの私立探偵スペンサーもの、ハードボイルド・ファンは必読だと思うけどね、95点です、スペンサーは強くて気のきいたセリフはいってくれよるしイチャモンのつけようのない探偵や。

アラアラ、90点以上ばっかりやなァ。

1979年から

なんせアナタ、まァ聞いてやりぃなァ、寸又峡《すまた》ロケの仕事のあと、京都へ行きまして福田晴一監督の部落問題を扱った電通映画で屋台のヤキトリ屋のオヤジをやり、ハフハフと東京へ帰ったトタン、勝プロからお呼びがあり、ほいでな、レコード会社の若きダチからもらったジョン・コーツJrやラン・ブレイクのピアノをヒクヒクと聴いとったヘッド・フォンをガバーッとはずしホイホイと京都へUターン、国原俊明監督の『新・座頭市』で一膳めし屋のオヤジをやり——お呼びがあればすぐ出かけるところは芸者も役者も同じなり、医者もそうであるがホイホイと出かけるかどうかは疑問とするところ——そして東京へ戻って、恩地日出夫監督の吉展ちゃん事件がテーマのワイド物のテレビ映画で時計卸商のジジイをやり、オレは恩地さんには初めて監督され、しかし初めてみたいな気がしなかったのは不思議。それが終わってヤレヤレと万年床にもぐり込み浅草は伝法院通りの古本屋で仕入れた清水一行『動脈列島』をスリリングに読みもって新幹線の機構や公害のことをじっくりと研究しとったら、ＮＨＫ

名古屋の〈銀河テレビ小説〉よりハナシがあり、これまたホイホイのホイと出かけ、これが秋野太作の親父で越前海岸の宿屋の主人の役、それにしてもフケの役が多いなァ、どうなってるんだ世の中ァ？　それで6月7月は現在進行形で1週間の半分ぐらいは名古屋のホテルに滞在という次第、この仕事では秋野クンの他に中野良子、清水紘治、下元勉、藤村有弘や名古屋在住の女優伊藤友乃の諸兄姉が一緒や。その間、オレは東京で中村玉緒主演のスタジオ・ドラマに老医者の役でチョロチョロと出たり――こんなにあくせく働いてもその収入は5億円には遠く遠く、あまりにも遠くて気が遠くなるほど及ばず、おまけに広く考えれば日常的には餓死寸前、ババアやババアにカイショウナシとケイベツされ、で、あるがゆえに諸君!!　来世はヒコウキのほうをやらしてもらおうかァとおもてまんねんハーイ。ふざけるなッてんだ!!　馬鹿野郎!!　まるで前後の関係はないのですが、ただ怒鳴りたくなりましたので怒鳴りました。オレはガイキチではありません。ああイヤダイヤダ――そんなこんなでミステリもろくに読めずジャズ・コンサートにもあまり行けず、あーッそうだ、パーカッションのシエーネンベルクとトロンボーンのクリストマンのデュオのこと、これがさ諸兄姉よ、ピアノの佐藤允彦がプラスしてのトリオで、いやァもゥえがったのなんのって、オレとしては久し振りのニュー・ジャズの音に満足したぜ。それからあとオレが聴いたコンサートは、ええと、郵便貯金ホールの〈ピアノ・プレイ・ハウス〉ホワイトのシェリー・マンの名人芸のようなソフトなドラミングもさることながら、その夜の圧巻はブラックのジョン・ルイスとハンク・ジョーンズのデュオ、そこにはオレの大好きな〈気だるさ〉があったのよ、このケダルサこそ、ジャズの、いやいや、ジャズといってはちがってくる、ブルースだ、ブルースの精神だと、イエローのオレは思うんだけどね、アナタはどう思う？　それから増上寺ホールでの富樫雅彦へも行った。翠川敬基や鈴木重男ETCがプラスのクインテットで、このコンサートの音にもオレはキイキイと大満足、特にラストの曲ではその辺を走りまわりたくなった。そのせいか帰りに浅草へ出て〈かいば屋〉をのぞいたら、ゴールデン街は〈あり〉のママが10人ばかりの中年以上の男性と一緒になってワイワイガヤヤと大さわぎ。どうなってるんだ？　ときいてみたら、新田潤の法事の帰りヨ、とママがいってくれた。ママと新田潤との関係についてはオレは知らない。それからジャズは——と、そやそや、ある昼下がりの新宿のジャズ・クラブ〈タロー〉の前を歩いたら高柳昌行の看板が目に入り、アラアラ、あわてて飛込んで聴いたの。高柳のコンサートではそのモウレツな音にオレはいつも地球の外へ突き飛ばされそうになるのであるが、さすがにクラブでの高柳はクールな楽しい音を出してたわい——ジャズ・クラブで思い出したけど、名古屋はどうしたわけかコーヒーの安いシティで、オレが昔から愛用する栄・地下街のコーヒー・ショップ〈ラムチー〉の2百円は当りまえとして、NHKの裏にあるジャズ喫茶

〈YURI〉へ入ってみたら、それこそユリの花のようなソソとした娘もいて、上にオを付けたらアカンでェ、それでコーヒーは2百円てんだから、これでおどろかないヤツは人間じゃないよ、犬畜生にも劣るヤツだ!! じぶんのことやろうジイチャン!!――エーところでミステリーのことは次回にまとめていただくとして、ミステリではない本のことをちィーとばかりご報告させていただきます――虫明亜呂無『ロマンチック街道』小説というのかエッセイというのか、この短編集でオレは、スポーツのこと女性のことを、グンとふかーく勉強させてもらった、ああオレは歳六十をすぎても知らないことの、そのあまりにも多きことよ。桝田宗武『青春の反逆』オレはこのルポルタージュを読んで考えた、暴走族や売春や覚醒剤や自殺未遂や祖母殺しの、この落ちこぼれの少年や少女たちと、ロッキードやダグラス、グラマンや金大中やETCのもろもろの事件とは、無関係なのだろうか? 少年たちはそれに関して一言も発してるわけではないけど、オレはホンマモンの偏屈者じゃけぇ、そんなことばかり考え、そして、この得体の知れないわが祖国に恐怖を感じた。田中小実昌『ポロポロ』短編集です。タイトルに使われた「ポロポロ」は短編としては世界的な大傑作であるとオレは思うけどね、嘘だと思うんなら読んでみろッ!! 色川武大『ぼうふら漂遊記』武大さんは世界のドコへ旅をしても、その国の風物など見ようともしない。それが、オレとしてはとても気に入ってるのよ、そして、オレにはこの書が哲学者の漂流記のようにもおもえた――以上であります。そろそろ高校野球の予選やな、スタンドへ出かけて、応援の女子高生のピチピチしたケツでも見ちゃるか――ヒヒヒヒ。

［略］

■

エーほいでな、このところ仕事はやな、来年度オン・エアの市毛良枝・初井言栄が主演の昼の帯ドラに、近所の寺の住職という役で出さしてもろうて、1週間のうち2日か3日は京王線中河原の大映テレビのスタジオへ通っとるのよ。スタジオといってもアナタ、チョイと激しい風雨があれば撮影中止になるほどのスタジオだけどね。こんなことを書いたらイカンのかな。イカンのかな？　という思考がぐるぐると回転して、例の如くオレのノオズイの中を、一家離散、餓死、という状況がチラチラする。どうでもいいか。ほれからやな、NHKのドラマ人間模様『血族』では、老植木職の役で漫才の内海桂子と夫婦になって、横須賀市外の人の住んでないボロボロのアパートでロケをやったり、若杉光夫監督の16ミリ教育映画では、埼玉県小川町へ出かけて和紙製造工場のオヤジをやり、オレの若きダチが監督する16ミリ教育映画では、信州小海町ロケで山ん中の寺の老住職をやり、こんな教育映画につづけて出たら、オレは教育者になってしまうのではなかろうかと心配したり、ほやほや、九州の飯塚市へ行って死体にもなったわァ。山下耕作監督『戒厳令の夜』やがな。盗人掘りのリーダーであるオレが殺されて、ボタ山の中腹で素ッ裸の死体になってるねん。殺されたんだから死体になるのは当りまえかゴメンゴメン。——ああ、おもえば、この地底にも、数えきれぬほどの、怨みをのんだ死体が——。素ッ裸の関係上ポコチンも出しッ放しや。本番前にオレのそばで若い助監督が、恥ずかしそうに真ッ赤な顔をしてまごまごしてやがるから、恥ずかしいのはオレだろう阿呆!! と怒鳴ってやった。ほんとは、ちィとも、恥ずかしくないんだけどねオレ。銭湯以外の場所で大ぜいの人たちの前でポコチンを出しているのは、役者をやっとるおかげだよ諸君、こんなうれしいことはねえ。へんたいとちゃうかジイチャン!!——悲しい。その夜、オレは国電の両国駅を下車して回向院へ。植草甚一さんのお通夜なんだ。悲しい。植草さんぐらい舶来の世界に没入して生きたニッポン人をオレは知らない。そこには日本的な陰影は片鱗もない。それはスゴイことなんだ。このスゴイことが分からない奴にオレは用はねェ。植草プロフェッサーに教えてもらいたいことがタクサンたくさんあったのに。星になってしまうなんて。悲しい。お焼香のあとオレは冷たい風の中を歩く。両国橋を渡ったら大川の波がキラキラしていた。それは涙が流れているようであった。悲しい。気がついたら目の前に国電浅草橋駅があった。赤坂へ戻り一ツ木通りを夢遊病者の如く歩き〈一新〉でコーヒーをのむ。悲しい。店の中にアール・ハインズのボーカルが流れてやがる。ミンガスでもかけろッ馬鹿野郎!! 若いマスターが飛んできて、どしたのトノさんオカマにでも振られたの、と抜かしやがった。悲しーい悲しーい!!――ええと、いくらか気分も落ちつきましたので、ミステリのことを書かせてもらいます。

グレアム・グリーン『ヒューマン・ファクター』スパイをやるんならよ、身の周辺にオンナやコドモを持たねえほうがいいぜ、オレのいいたいのはそれだけ。

和久峻三『沈黙の裁き』クイクイと一気に読んでしまったけど、ラストが気に入らねぇな、裁判のことは勉強させてくれる。

フリーマントル『別れを告げに来た男』いやァもゥじわじわとサスペンスに読ませるんだなァ、〓美しくて平和だ、人間だけが醜い〓なんてフレーズがありましたハイ。

ドナルド・M・ダグラス『レベッカの誇り』本邦初登場のミステリ、カリブ海の小島がバックで主役は黒人警察長官、そしてオレなんかは理解を絶する多様な人物が登場してくる、なるほどMWA賞だけの重みがあるぜ。

フランク・パリッシュ『蜜蜂の罠』この主役のダン・マレットという男はほんまにケッタイな男やでぇ、こんな男はそうザラにはいない、オレはザラにはいないような男は大好きなんだ。

ケネス・ロイス『サタンタッチ』これもニッポン初お目見得、アイルランドがバックのサスペンスというか犯罪小説というか、ムリなとこもあるけどキイキイと読ませる、ムリなとこは目をつぶれッ!!

生島治郎『暗黒指令』国籍不明の林英明シリーズやがな、ニッポンへもちらーッと来てくれはったけど、もっと長期滞在してやな、ヤッテシモウテモエエヨウナ奴をどんどんヤッテシモウテもらいたかったわァ、たのんまっせ。

勝目梓『墓碑銘は炎で刻め』男の執念物ともいうべき短・中編集、このごろのオレはナオンにまるで関心がないせいか、ウウウッ痛いがなネエチャン!! 女をやっつけるとこなんか少しひつっこいように思うけど、それぞれの編のラストが歯切れのいいこと。

森村誠一『大都会』ミステリではありません、中間小説というのかな、そんなことどうでもいいか、昭和42年ごろの作品だけど古さを感じさせないのは、オレたちは依然として資本主義社会に生存してるんだということを感じさせる小説だからだ。

草野唯雄『さらば空港』ハフハフと一気に読ませてもらった。成田空港に夜間滞留者の溜まり場みたいなものがあるのをオレは初めて知った、世界中のどこのエア・ポートにもそんな場所が存在するのか?

——ジャズはですね、ごたごたと仕事や何やかやあったもんですから、新宿ピット・インでマリオン・ブラウンを聴いただけです。デイヴ・バレル（p）水橋孝（b）ウォーレン・スミス（ds）のカルテットや。超満員の中に色川武大さんの姿が見えた。プログラムに田中小実昌さんの文章があり、それでオレは、小実さんとマリオンはアメリカでのダチだということを知った。当夜のマリオンのアルトは残念ながらオレの期待の80パーセントという音であった。パチパチと計算はできないけどオレの頭の中ではそういう数字になる。音とはそういうものだ。そして水橋孝のベースが、これは白ッぽい音ではなかんべぇかァ？　と気がついたんだけど、これはオレの耳がどうかしてるのかな？　うちのババアは、オマエは目も耳もどこもかしこもみんな悪いというけどね――ヒヒヒヒ。

1980年から

エーわが敬愛する全国の諸兄姉よ、いつものように改行もせずマトマラナイことをうならせてもらうぜ。なんだなァ、今年は涼しいというよりも寒いような日もあって、寒いはオーバーか？　まことにおかしな夏だったな。天変地異!!　地球がパチパチパチーンと破裂する日が近づいたのではなかんべぇか。地球なんかどうなったってオレの知ったこっちゃァねぇやい——そうだ、思い出した、いつだったかな、原爆被爆者の《地球なんか消滅してみんな死んでしまえばいいのに》という言葉を、新聞だか雑誌だかで読んだことがある。モノスゴーイ言葉だけど、分かるような気がするぜ。アナタは分かるか？　ワカラナイようではオレのダチではないぞッ——この7月の下旬、オレは連日のように神宮球場へ出かけて、高校野球の予選ばかり見とったわい。予選だから5回や7回でのコールド・ゲームも多かったけど、ドラマティックでスリルもありサスペンスもあり、おまけに入場料はたったの3百円や。こんな安い見世物がどこにあるゥ？　えッ、ああさよか、はい、あまちゅあスポーツいいまんのかいな、ごめんごめん。スタンドで顔見知りになった四谷三丁目で麻雀屋をやってるというオヤジサンは、甲子園の大会よりも予選のほうがずんと面白いですよ、とオレにいった。オレもそう思うぜウン。選手のほとんどが長髪をヒラヒラさせてるチームがあったり、長髪だろうとなんだろうと自由だよな。野球は巨人みたいに弱いけど応援のブラス・バンドがやたらに心地よくスイングさせる学校があったり、このバンドの音を正式に聴いてみてぇなァ。試合がつまらないときはチア・ガールの太股あたりを眺めてればいいし、そして、上映禁止のようなシーンを想像するのも勝手だし、わかりまっかァ？ なんだよね諸君、女子高校生の中には、夢幻、ユメ・マボロシの如き美形の娘ッ子がいるもんだね、アアおどろいた、大発見!! 女子高生の太股やァ、どないしょう、ふとももやァ——やきゅうもみんかいなジイチャン!!——何や知らんけど夏のたんびに同じようなことをやっとるなオレは。人類は進歩しない!! オレと人類とは関係ねぇか。せやせや、忘れとった、フェリーニの『オーケストラ・リハーサル』よ。この映画にオレはノオズイをドカーンとやられた、マイッタ!! 劇映画としてはひどく短い1時間12分の映画なんだけどさ、オレは2時間ぐらい見たような気がしたぜ。映画の持つ質と量と時間の問題についてオレは深く考えさせられた。まァ見てみなはれ、映画は見んことにはハナシにはならへんでぇ。見ないでも見たような顔をしてハナシをしてもええことに法律的にはなっとるがね。とにかく、ここで、フェデリコ・

フェリーニ万歳!!――見んことにはハナシにならん、ということで、オレは博品館劇場へ評判の〈ザ・アメリカン・ダンス・マシーン〉を見に行ったんだわさ。俳優座の野中マリ子が大学生みたいな息子を連れて見にきとった。野中マリ子の母親は、どういうわけか、30年ほど前から、いやいや、もっと前からや、オレの顔を見ると、コラーッ!! と怒鳴る癖があり――余計なことは書かんほうがええか、失礼失礼――その役者のはしくれとして勉強にもなったが、そのォ、なんだ、全体的な演出というのか、修練を積んだダンサーの踊りやエンターテイナーの芸には、オレはハフハフと楽しみそれが、盛り上がらないというか、なんというのか、どうも、その、なんだよな。はっきりしいなぁジイチャン!!――だからドケチなオレとしては、5千5百円のアドミッションはタカイということになる。すぐネーカのことを申して恥ずかしいのでありんすが、オレたちは資本主義社会に生きてるんだもんな、ゼニのことをいうのは当りまえだろうネエチャン!! 同じ7月下旬のある夜、オレは渋谷の〈ジァンジァン〉へ行って、高柳昌行とそのグループのコンサートも聴いた。高柳たちはこの5月に西ドイツのメールス市での〈ニュー・ジャズ・フェスティバル〉に参加して、その夜はメールスでプレイしたのと同じ曲目をやったのであるが――オレは、その音に、コッキンカーンと圧倒され、高柳が、ひとまわり、大きくなったのに気がついた。大きくなったというのは、音の量のことではない、その精神のことだ。モノホンだよ。敬服――

高柳JOJO万歳!! 参考のために書いとくけど入場料は千円だった。泣けてくる。オレが泣くことはねぇけど泣けてくる。ええ、夜中は、酒も飲まんくせに、猿之助横丁の〈かいば屋〉やゴールデン街の〈まえだ〉や新宿二丁目の〈あり〉あたりでとぐろを巻いたり、そのすることは三文役者であるよりも文無しの遊び人であるが如し。仕事らしいことをやったのは、なんです、黒木和雄監督の『夕暮まで』で目黒駅西口前の飲み屋街へロケに行き、ワン・シーンだけの洋食屋のオヤジをやっただけ。桃井かおり、伊丹十三が一緒やった。桃井かおりはオレのことをいつもオトウサンと呼ぶんだけど、そのオトウサンという声の調子は、情夫か亭主を呼ぶのではなくて、実の父親を呼んでるように聞こえ、それがオレとしては不満だな、不満だ、気に入らねぇ、もう返事なんかしねぇぞッ!!――そんなこんなの生活をしとったら下旬のどんづまりに、名古屋のCBCからハナシがあり、こらこらッ、CBCは名古屋にきまっとる、大阪にCBCがあるか? 福岡にCBCがあるか? こんな場合CBCだけでいいんだッ馬鹿!! それで〈東芝日曜劇場〉に出てくれというから行ったんだ。そしたらさ、プロデューサーのイーさんや演出のツーさんが、オレの顔を見てスマンスマンと恐縮していうので、何がスマンのかその理由をきいてみたら、オレの役というのがさ、ひとりでやってるシャンソン喫茶のオヤジで、ろくにセリフはなくて、喫茶店の客である八千草薫や森下愛子や仲谷昇や風間杜夫のうしろを、ただ、うろうろしてるだけの役。そんなことで恐縮されたらこっちが恐縮しまんがな。何でもやりまっせ、なれッいうんならフリチンにでもなりまっせ。それで3日間ばかり名古屋にいたのよ。暑いので定評のある名古屋シティも奇妙に涼しかった。ある夜、リハーサルのあと、定宿の国際ホテルへ帰りコーヒー・ショップでビーフ・シチュウをぱくついとったら、あらあら来てるのォ来てるのォ、と岡崎市在住のお医者さんでありジャズ評論家である内田さんに声をかけられ、オレもアラアラといったら、そんなもん食べてないで行こう行こう、とNHK局の近所にあるジャズ・クラブ〈LOVELY〉に連行され、鈴木勲をリーダーとする6人、いや、7人編成だったかな、の音を聴いたり、内田ドクターが1カ月ばかり行ってたというニューヨークのジャズの状況を教えてもらったり——思いもかけず、この名古屋は有益だったわい、バンザーイ!! それでCBCのVTRをやって東京へ戻ったらよ、小松崎和男監督の児童映画で浦和へロケに行き、むさくるしい男の子役と一緒に仕事をしたり、神山征二郎監督の児童映画で埼玉県羽生市にロケに行き、これもむさくるしい男の子役と一緒に仕事をしたり——おいッ、オレは児童向きの役者じゃないと思うんだけどな、おいッ、どうなってんだッ!! 一日仕事ではあるけど、浦山監督の助監をやっとった小栗康平監督の第1回作品『泥の河』では、木場の材木の浮いてる川でロケをやったり、寺山修司監督でアナトール・ドーマン製作の映画からハナシがあったり——ヒマな役者が忙しい役者になるのに異存はなけれども、時は8月上旬となりさらしやがって、甲子園の高校野球が始まり、だから、テレビにへばりつかねばならず、こんなもんだらだらと書いてられへん。書いてられへんけどアナタ、ミステリの報告だけはせんとあかんやろな。ほな、いきまっせェ——

都筑道夫『雪崩連太郎幻視行』　巻末の解説で田中の小実さんが都筑さんのことを校長と呼んでたけど、オレも校長と呼ばしてもらいてぇやァ、そういうような事情ですから、諸兄姉におかれても、このミステリアスな小説、ぜひご一読あらんことを、損はしません。

ピーター・ラヴゼイ『殺しはアブラカダブラ』　オレには前作の『死の競歩』のほうがおもしろかった、そやけどな、19世紀末ロンドンのミュージック・ホールの舞台裏や客席の模様や、芸人たちのそのステージや生活は、そんなことに関心のある人間には、いろいろと参考になり勉強になると、信じます。

竹本健治『囲碁殺人事件』　探偵したがる若い女性や天才少年みたいな人物の登場は、オレの好まざるところなるも、そして、この作家のミステリは難解という記憶があるけれど、この作品は楽しく読ませてもらった、おまけに碁のことを、ムツカシイこともヤサシイことも、うんとこさ教えてくれた、敗戦直後のころ、オレは吉村公三郎監督や藤原の釜さんと、やみくもにザル碁ばかりうっていたよ。

コリン・ウイルコックス『容疑者は雨に消える』ヘイスティング警部シリーズなり、オレ好みのポリス・ノベルや、満足、サンフランシスコのこの警部の姿に、オレはリュウ・アーチャーの孤独な影を、だから、分かってもらえるだろう？　諸君!!必読だと思います。

マーシア・ミュラー『人形の夜』この30歳の女探偵、飲ミモノのことも食べモノのことも忘れて、よおゥ働いてくれるわァ、そやけど、こんな女と共に苦労はしたくねぇな、女流作家のミステリだけど、なんせこんな探偵だから、男ッぽい作品や、これもバックはサンフランシスコ。

草野唯雄『火刑の女』脇役だけど、犯人を追及する主役の女性の、夫や子供を捨てた姉というのが、オレとしてはココロに残るなァ、ムリなとこも多くて草野ミステリとしては、オレはB級のサスペンスだと思うぜ、クイクイと読ませてもらって、こんなことをいうのはゼイタクかな、おゆるしください。

斎藤栄『悪魔を見た家族』スイスイと一気に読んだ、そしてこのミステリの、ガキもオトナもふくめての、登場人物のそれぞれに、ワカルナアという気持を持ったんだけどね、で、あるがゆえに、斎藤ミステリの中ではA級作品だとオレは思うよハイ。

ディクスン・カー『血に飢えた悪鬼』１９７７年にこの世を去ったディクスン・カーの最後の作品、だから必読や、オレとしては何となく道中しんどかったけど、結末へ近づくにつれて、さすがはＣａｒｒ、眼のさめる思いがした、しかしながらそれほど傑作とも思われず。

　西村寿行『回帰線に吼ゆ』　オレとしては久し振りの西村ハード・ロマン、読んでてさ、そうじゃないかなァと思ったら、やっぱりそうであったけど、いやァもゥうれしくヒイヒイと読んだぜ、この主人公をシリーズにしてもらいたい気もする、もうシリーズになってんのかな？

　西村京太郎『終着駅殺人事件』　オレがごヒイキとするところの十津川警部と亀井刑事のコンビ物、キイキイと読ませてもらうことは、読ませてもらったんだけどよ、今回のこの連続殺人事件、気になるとこがアチコチにあるなァ、目ェつぶれぇいうねやったら、つぶってもかまへんけどォ。

　小鷹信光『ハードボイルド以前』　ミステリではありません、エッセイです、オレなんかが熱愛するハードボイルドの前に、アメリカのミステリは、なるほど、こうなっていたのか、よォく分かりました、この本のラストに《六連発のコルトは自動拳銃に、カウボーイ服はトレンチ・コートに、馬は車に変じたが、己に課したきびしい掟と名誉を重んずる心は不変であり、西部の男と同じように寡黙で禁欲的な騎士であった》と、ありました、重要な言葉だと思います、だから——ええと、以上であります。

　意外や意外、読んだミステリの少ないこと、その原因や不明なり——

おーッいけねェいけねェ、こんなことはしてられん、行かなくっちゃァ、おーいババア出かけるぞッ!!　じたばたとジーパンをはきシャツをひっかけ、〈赤坂〉から千代田線に乗り〈霞ヶ関〉で下車、階段をバタバタと上がって地上に出、ちじょうにでないでどないするねんジイチャン!!　フウフウハアハアと日比谷野外音楽堂に駆けつけるゥ。〈サマー・フォーカス・イン'80〉やがな。入口で2千5百円を払いました。客の入りは3分の2ぐらい。もっと入ると思ったのに、これにはビックリ、天気のいい日だから海へでも行ったんかいなミンナ。それでさ、坂田明3、森山威男4、山下洋輔3＋国仲を、この順で聴いたわけ。場内では、このコンサートの司会をやっとる相倉久人に声をかけられ、ついでに雑談したり、よく知らない女の子にのり巻をもらったり、乞食やな、そうそう、あんなァ、ひとりで歩いてる浅川マキにも会ったぜ、誘拐しようと思ったけどやめたァ、馬鹿!!――それぞれのコンボの音も、オレの胸をわくわくさせコーフンさせてくれたけど、何といってもラストにプレイした、山下洋輔・坂田明・森山威男・小山彰太・中村誠一・武田和命・国仲勝男のセッションの、そのモウレツというかノセルというかスゴイというか、音の嵐の中でオレは星空に向かって、ウォーッ!!　とライオンみたいに叫んだくらいだ。うれしい夜であった。エーこの10月でオレは65歳となる、バンザイ!!　関係ねえか、ばかばかしい――ウーンくたびれたわい。いつものように〈一新〉へよってヒーコーや。店内をエリントンがさわやかに流れとる。アレ、外を、オレのダチのオカマが手を振って行きやがった。この店はガラス張りだから外がまる見え——やっぱり報告せんとあかんかァ、オレを怒鳴る野中マリ子の母親のことよ、ウン、つまりやね、母親は戦争前から新橋で酒場をやっておってよ、オレはオノレ自身があきれかえるほどのタチのよくない客だったからね、だから母親はオレの顔を見ると、いまだにひきつづいて怒鳴るのォ、タンカンな理由よ、アレアレ——向こうへ行ったと思ったダチ・カマが入ってきた。どしたんだい？　これまだ読んでないでしょゥあげるわヨ。と、オレの前に1冊のハヤカワをおいた。何かのんでけよ。だめだめ稼がなくっちゃァ。そしてケツを軽く振りながら出て行った。オカマが稼ぐというのはどんなことをして稼ぐのかミナサマはよくご存じですね。ハヤカワを見たら、リチャード・スタークの『レモンは嘘をつかない』だ。これはまだ読んでねえや、サンキュー!!

アイツはフランスのリヨンでチョン切ってオンナになったオカマだけど、これがもう強烈なミステリ・ファンなのよ。チョン切りとミステリとは関係があんのかな。これはゆっくり研究せねばならんぞ。さァもう帰らなくちゃぁ、エンピツで字を——そして諸兄姉よ、その結果が、以上のありさま、オレを見捨ててくれッ!!　そしたらエンピツで字なんかを——ヒヒヒヒ。

［略］

＊

おいッ、右へ行きてえんならよ、どんどん右へ行きなッ、行けッ!! 行けッ!! どんどん右へ行くということはよ、地球は丸いんだからさ、いずれは左へ出てしまうんだぜ、それでもいいのか？ もっとも、地球なんか近えうちに破裂してしまうんだから、オレたち人間はとにかく存在しないことになる、これはオレのテーマ、どうでもいいか。なーんて祖国の風景とはまるで無関係な、そんなことを考えてたら、ガクーン!! 電車は止まって〈木場〉へ着きました。地下鉄は東京シティでオレがこよなく愛用する交通機関であるが、この東西線てのはあまり乗らねえなァ。そうか、ウン、思い出した。この一月だったか二月だったか、内藤誠監督のホンペンで〈東陽町〉集合、お台場に連行されロケをやった記憶がある。いやいや、あれはどこかのテレビ映画だったかな？ 六十をすぎたからといってボケてしもうたらアカン。いつまでもいつまでもボケんと、役者を、役者をやらんとアカンねんオレは。そういう宿命や。思い出したッ!! この内藤さんの映画、何ちゅうプロダクションやったかいな、もう半年以上にもなるのに、まだギャラをもろうてえへんぞォ、おまけに、そのギャラを出さない理由を、なーんともいってきやがらねえ、どないなっとるんじゃい!! 今どきはやらねえよ。三十年代や四十年代の有名な映画斜陽のころは、ギャラ不払いの映画も多多的あったんだから、べつに大きな声を出すこともねえけど、しかし、あのころは、払えないことに対する誠実な影みたいなものがあったぜ。《男は誠実を女は身だしなみを》イナガキ・タルホの言葉です。こんなことを書くつもりはなかったのにな、ええと、どこでまちがえたんだ？　階段を上がったり、エスカレーターに乗ったり、また階段を上がったり、やっと地上に出る。この〈木場〉の駅はずいぶん深いとこにあるんだな。深いほうが戦争になったときに安全か。空襲警報!!　地球は破裂してもいいから空襲には備えておかなくては。死んでもいいから生きることを考えなくては。むつかしーい!!　そういえば千代田線の〈お茶の水〉の駅も深いな。ロンドンの地下鉄は対空襲にはうまくできてるらしいね。イギリスのスパイ小説を読んで知ったんだ。地上は太陽がキラキラして珍しく暑い日だぜ。わざわざすいません、と声をかけられた。製作部らしい若イのだ。どうぞ、車内にはフィルムのカンやカップ・ヌードルの箱やタバコの吸がらや、そんなのが散らかってるクルマに乗せられ、五分ばかり走って橋のたもとで降ろされた。ロケ現場らしい。橋の下の運河には、これは運河ではなくてチャンと名前のある川なのかな？　どうでもいいか。大きな材木が並んでプカプカと浮かんでるんだから、ここもやっぱり深川の木場だな。申し遅れました。小栗康平監督『泥の河』のロケなのよ。浦山桐郎監督の助監督をやっとった小栗はんの第一回監督作品や。協力してくれというさかい協力したんだわさ。こんな場合、役者に対して協力ということは、カンタンにいえばギャラを安くしてくれということだけど、タダのこともある、そんなことを具体的にこんな場所で書くわけにはいかん。いかん。もウひと声、いかん。撮影準備をしてるスタッフの連中を見渡したら、フンフン、なるほど、カメラマンとスクリプターは浦山組の『太陽の子』と同じや。なつかしーい!! このスクリプターの女には、その浦山組の神戸ロケのとき、新開地のはずれでコーヒーをおごってやった。一パイ二八〇円のコーヒーでグズグスいうわけじゃねえけど、アアそれなのに、オレが、おいッ!! と声をかけたら、チラッとオレのうしろのほうを見ただけ。なんたることだッ。つまりオレは、スタッフ諸氏には愛されてない役者なのよ。そうなのよ。オレはニッポン社会の老若男女に人気のある役者ではないのだから、せめて、せめて仕事をする現場では、映画労働者諸兄姉に人気のある役者にならなければならないのだ。そうでなければ、どこに、生きがいがあるゥ? 世間的に人気のある役者は現場では人気がない、という説があるけど、それだったらオレは、表にも裏にも人気のない役者、ということになる、ああイヤダイヤダ。メークと着換えの部屋を借りてありますから、と製作部の若イのにいわれて、橋のそばの材木屋の茶の間に案内された。七十をすぎてるようなオバアチャンがひとりで高校野球のテレビを見ていた。こんなとこを借りてええのんかいな。カツドウヤはほんまに図々しいんだから。芸者をやる女優ひとりと仲居をやる女優ふたりがペチャクチャいいながら仕度をしていた。みんなオレの知らない女優や。こういう独立プロの映画には、大体は専門の衣装部はいない。衣装の管理を助監督がやっとるだけ。だからオレは自分でステテコをはき、自分で麻のキモノを着、自分でしぼりの帯をしめた。ときたま衣装のことをよく知っており着付けもチャンとできるオカマみたいな助監督がいてビックリすることもある。どうでもいいか。オレの役はね、芸者や仲居を連れて舟遊びをしている大旦那、バックは昭和三十年ごろの道頓堀で、そしてオレは、橋の上にいるこの映画の主役の子供に、おまえにやるわァ、と西瓜を放り投げる、ワン・シーンのこれだけの小さな役や。これでは、なんだよ、たとえ協力しなくても、チャンとした正式なギャラはもらえねえよな。おいッこらッ小さな役とはなんだッ小さな役とはッ!! ハイハイわかってますゥ、小さな役なんかありまへん、小さな役者がおるだけや、ハイハイわかってますゥ。いつだって一生ケン命にやっとるんじゃけえ。撮影開始します、とオカマが、ちがいました、助監督が呼びにきた。走れッもっと早く走れッ!! オバアチャンがテレビに向って叫んだので、つられて、オレも走って外へ出た——。

『殿山泰司のしゃべくり105日』
しゃべくり105日から

四十日目

地下鉄を新橋で国電に乗換えて次の駅の浜松町で下車、モノレールで羽田へ行ったんだ。空港ロビーは人間で一パイや。全日空のフロントでチケットを一一・一〇発松山行の搭乗券に換えてもらって2Fに上がる。セッカチだから時間が早すぎたわい。ヒーコーでも飲むか。それがコーヒー・ショップへ行ったら満席で十分も待たされたぜ。どうしてこうも人間が一パイなんだ。松山行のジェット機も満席だった。遠くのシートに藤田弓子がいた。東映の中島組のロケやがな。

機内では映画も見ずイヤフォンで音も聴かず、もっぱらアメリカの警察小説を読みました。オレはノリモノで読書をするのは大好き。読書をしないノリモノもございますけど——いや、時には読書をする場合もあるかヒヒヒヒ。何のことだか分かるウ？

もし分からなかったら、オトウサンかオカアサンにきいてみな。

松山空港のロビーへ出たら、若い男を連れた五十がらみの男に声をかけられ名刺をもらったんだ。見たら松山市の建設会社の専務サンやがな。建設会社なんてのはウルサイからね、どうもどうも、とオレがいったら、その専務サンのいうのには——東映で中島貞夫監督と同期でプロデューサーをやってたのであるが、十数年前にやめて一族の経営する建設会社の仕事をやっており、それが今回は中島監督の伊予ロケというので手伝うことになりお迎えにきました、といわれてビックリ仰天!! オレは改めて丁重に、どうもどうも、といった。

それでさ、専務サンの子分のような若い男の運転するクルマで宇和島に向かったわけ。その沿道にはあきれるほどドライブ・インも多いけどパチンコ屋も多い。——明日が中島組撮影開始の初日なので今夜は前夜祭をやる、と専務サンがいうので、藤田クンと相談、祝として酒でも持っていくか、ということになり、どこか酒屋でとめてください、といったら、中学の同級生がやってるという宇和島の町ん中の酒屋へ専務サンは連れてってくれたんだ。

それで藤田クンとオレは日本酒を二本ずつ包んでもらったんだけど、この酒屋というのがさ、アナタ、酒はあるんだけど何か事務所みたいな感じで、三十代も末と思われるオカミサンらしい女性が、十人ばかりの男女をテキパキと指図したりしていて、この女が、この女が、胸とアソコがドキーン!! とくるようなイイ女なのよ。

オイ、伊予にこんなイイ女がいるのかァ。タイジ・トノヤマ博士の学説によれば、愛媛県の女は伊予柑の食いすぎで、その体臭はニッポンを代表するほどエエことになっとるんやけど、決して美人系ではないんだけどな。オレさまの学説のタヨリナーイことが証明されたのは残念。

四十一日目

美人オカミサンのいる宇和島市の酒屋を、藤田弓子とオレを乗せた建設専務のクルマは出発し、途中で残雪のある山を越すためにチェーンを巻いたり、道路の真ん中にいる親子連れの猿にビックリしたり——松山空港から計算をすると三時間あまりで中島組のロケ現場に到着した。その場所を正確にいうとですね、愛媛県北宇和郡松野町目黒で、それに滑床渓谷と付けると、もっと正確ということになる。

その滑床に、ナメトコと読む、万年荘という町営の国民宿舎があり、そこから三十メートルばかり離れた位置に、二階建ての大きなプレハブが建っていた。その横に〈山窩荘〉と立札があるがな。映画のタイトルが「山窩物語」(編注:一九八五年に『瀬降り物語』として公開)だから当りまえか。その立札の上にも猿が三匹ばかりいた。オレのほうを向いてキレイな白い歯をむき出したから、オレも汚れた入れ歯をむき出してやった。

新藤兼人監督の創案であるプレハブでの合宿方式の映画作りは、オレには久し振りやな。新藤組のころのプレハブは、便所も風呂も外で、何とな一くお粗末だったけど、この中島組のプレハブでは、建物自体も一段とガッチリとして便所も風呂も完備。これも時代の流れというべきか。オレの個室も用意されておったがな、うれし一い!!一生ケン命にやりまっせ。勝手にやれ一ッ!!

外が真っ暗になってから映画「山窩物語」の前夜祭が開始された。スタッフは中島監督や南カメラマンや本田プロデューサーや総勢二十二名であり、そして外来のお客さまは、松野町の町長や町会議長や観光課長や万年荘の主人ETCと、総勢十五名ばかり――あら、アラアラ、さっきの宇和島の酒屋美人オカミサンも見えてるがな。世の中ァどないなっとるんや。オレはあわてて建設専務サンにきいたんだ。そしたら――

この撮影隊を応援してくれてるんですよ。本業は酒屋だけど宇和島の周辺でウドン屋を七軒ばかりやってましてね、ぼくと中学同級の亭主は今はアメリカにおって、ロサンジェルスのリトル・トウキョウで、ラーメン屋一軒とウドン屋を二軒やっとるんですよ、夫婦ともヤリテですわァ――

と、きかされてびっくり。ほんまに世の中にはいろ一んなヒトがおらはります。ナメテかかったらあかんでェ諸君!!

それで出された料理がさ、ハマチに南京豆やギョウザの皮みたいなのを混ぜた支那風の刺身や、トマトと牛肉をメインとしたシチューや、あっさりとショウユ味のしたスパゲティや——こんなもんダレが作ったんや、と製作のチャンニイにきいたら、中島監督が料理長で作ったんですがな、といわれておどろき。映画監督をやめて料理人になったらどうなんだ、といおうと思ったけど、やっぱりやめておきましたヒヒヒ。

四十二日目

中島組の「山窩物語」の南予ロケの前夜祭は——愛媛県、つまり伊予の国はですね、東予、中予、南予と区分されておりまして、この滑床渓谷は南予になるわけ——とうとうオレの予感した如くカラオケ大会となり、町議会議長のジイサマが民謡みたいなのを唄ったり、酒屋のオカミサンが照明部の若い助手とデュオをやったり、わいわいワイワイと大さわぎ。

前にもいうたけどオレはカラオケは大キライや。食うものは十分に食ったしビールも十分になめたし、寝るとするか。唄声をバックに二階のオレにあたえられた部屋に入ったら、さっきバッグをおきにきたときは、片隅にフトンがつんであり、これを自分で敷くのかいなメンドくせえなァ、と思っていたのであるが、アラアラ、だれかがチャーンと敷いておいてくれ、おまけに電気毛布であたたかーくなっておりますがな。

これやったら十年ばかりココに住んでもかましまへんでえ。酒屋のオカミサンみたいな年増美人を付けてくれるねやったら、三十年は住んでもかましまへんでえ。阿呆!!

翌朝、目がさめたら、シトシトと降る雨やがな。これでは撮影中止か？　バタバタと階段を降りて、ゆうべ大パーティをやった食堂へ入ったら、だーれもおらへん。炊事要員として残ってる二人のカツドウヤに、どうなってるんだ？　ときいたら、藤田弓子と河野美地子を連れて撮影に出たという。オレの予定は二番手なんだ。フーン小雨決行か。河野クンは十八歳ぐらいの新人女優で、オレと藤田クンの夫婦の娘になる役。なかなかの美人だぜ。

トノヤマさん朝食は——

ああ、食うよ。

孤独に朝メシを食った。大根の味噌汁に玉子とウィンナーを炒めたのにイワシの丸干し。東京にいてもこんなゼイタクな朝メシは食わねえぜ。そして白菜の漬物のうめえこと、舌がもつれるぐらい。舌がもつれたら食えねえだろう馬鹿!!

窓の外で野猿の群れがエサがなくてウロウロしている。オレはパクパクと食う。猿の諸兄姉よ許してくれ。

新聞もテレビもないけど、ウチにいても新聞もテレビも見ないのだから、どうって

ことはない。シトシトの雨はザワザワの雨となり、ロケ隊の一行がドヤドヤと帰ってきた。おつかれさーん‼

新築のプレハブのことや、撮影の前途や、ロケ隊諸兄姉の健康や——のことで、ヒルまえに七十ぐらいの神主さんがやってきて、お祓いをやった。その神主さんの読む祝詞の中で、中島組長のもとに——とあったので、オレは一瞬、ヤクザになったのではないかと、ビクッとした。——午後も雨で撮影は中止。夕食はカキ鍋だったぜ。

四十三日目

〈山窩〉定住せず山奥や河原に自然人のような生活をしている漂泊民。箕作《みつくり》や椀、杓子製作などを業とし、傍ら狩や漁をする。明治以後、定住奨励政策がとられた。と、広辞苑にありますが、この明治以後というのが気になるな。そりゃァ大正も昭和も明治以後にちがいないけどさ、中島監督はオレに——本格的にサンカが定住するようになったのは、国家総動員法の公布が大きな理由であるが、直接的な切実な理由は米の配給制である——と教えてくれたよ。

なるほど、そうかァ。だとすればだな、日本政府はサンカの定住政策に明治からの長ーい年月を要したことになり、それも戦争のお陰でバタバタと解決したのであり、もし戦争がなければ、自由人ともいえるサンカはまだまだ存在した可能性もあることになる。人間は自分の好きなように自由に生きればいいのだ。

戦争のバカタレ!! 自由バンザーイ!!

雨で撮影を中止した翌日は、アラアラ、太陽がキラキラのピーカンやがな。ヒイーッ!!

オレたちのシーンはピーカンでもあかんのである。つまりですね、どんよりとしたクモリで、バックの山に雪の見える風景の中で、オレと藤田クンの入浴シーンを撮るわけ。ヒイーッ!! とオレが叫んだのは、藤田クンもオレも仕事の関係で、明日は東京へ戻らなければならないからだ。きょう撮れなければ後日また来なければならんのだ。また来るのはイヤじゃないけどさ、オレなんかこんなモノを書いてる関係もあって、こんなモノとはなんだッ!! いろいろとつらいのよ。

ランチ・タイムには空を見上げながら、ラッキョや福神漬や白菜の漬物を伴奏にカレー・ライスを食った。空が気になるから味なんかよく分からない。そして食後は天気待チの待機や。オレは建設専務が自分んとこで作ったという伊予柑をムシャクシャと食った。

オヤオヤーオイオイ、雲が出てきたぜ。現場で待機にするかオトウサン!! と中島監督はオレに叫び、ロケ隊一同はプレハブからの山の道を下り、途中から急な坂を下りて川原に出て、オレたち役者はセブリに入って待チ。スタッフはカメラや照明の位置のことやドラムカンで入浴用のお湯を沸かしたりETCで右往左往の働き。セブリというのは天幕を張ったサンカの住居のことです。

このシーンを説明しますとですね、川原に穴を掘ってシートを敷き、それが風呂になるわけ。そこへ娘の河野クンが川の水を入れて、焼いた石をその口へ放り込んでお湯にするんだ。そして、焼湯ができたよッ!! と叫ぶから、藤田クンとオレは素ッ裸になって、そのサンカ独特の風呂に入り、うだうだとセリフをいうことになっとる。そのセリフというのは——そんなことはどうでもいい。

雲よ出てくれーッ!!

四十四日目

南予の滑床渓谷での中島組のロケはさ、天気待チをしながら、藤田弓子とオレはなんせ寒いから衣裳のままで、まだお湯を入れてない風呂の中で、一生ケン命にリハーサルをやっとったら、その誠意が天に通じたのか、どうか、よく分からないけど、大きな雲が出てきたり、太陽も山の端に沈みかけたり、撮影の明りとしては丁度ええあんばい。

本番いくぞーッ!! と監督の声。

ドラムカンのお湯をざぁーッとシート張りの風呂に入れ、藤田クンとオレはバタバタと衣裳を脱いで素ッ裸となり——用意ハイッ!! でセブリからモタモタと出てきて一緒に風呂に入り、藤田クンはオレのポコチンを握り、ほんとに握ってくれるわけではない、映画だから握ったように見せるだけ。ツマラーン!! そして次のセリフのやりとりとなるわけ。

「あんれよォ、こがいに小そうなってしもうて」

「おまえが使いすぎたからじゃ」

「春ンなりゃあ、又、萌みてえにニョキニョキと伸びて、使いもんになるけン」

「それどころかい、伸びに伸びて、雲つきぬけて、天までとどいたら、おまえ、どがいしよるぞ」

「そン時は、おらも天まで昇って股広げて、待っちょるけンのォ」

ここでオレは女房の出っ張った腹を見てびっくり。

「——気ィ附いたんかいな」

「おまえ、まさかヤヤ子が？」

「フフフ——そのまさかぞ、もう出来る筈もねえと思うとったけんど、そんでも、これぱっかりは、天からのさずかりもんやけん」——以上のセリフのやりとりを、それが演出の方針なのか、天気のことを考えてのことなのか、よく分かりませんけど、一気にドンブリでやりました。ドンブリというのはカットを割らずにワン・シーンをワン・カットで撮ってしまうことです。

こんなことを書いてええのんかいな。この昭和十三年ごろをバックにした映画「山窩物語」の封切りは、来年の夏ごろだというのだから、それまでにはこんな駄文を読んだミナサマは忘れてしまう。オレも忘れてしまうヒヒヒ。ほんだらかまへーん!!

どうやったんや、ええのんかいな?

と、オレが心配してたら、OK!! とカメラマンが叫んだので、オレがバンザーイ!! と叫んで飛び上がったら、腰に巻いてあったタオルがほどけて、ミンナにジャクヒンなポコチンを見せてしまった。もっと立派なのを持ってれば自慢できたのになァ。恥ずかしーい!!

おでんで夕食を食べたあと、おつかれさーん!! オレと藤田弓子は建設専務の運転するクルマで松山市へ送られた。

〔略〕

六十九日目

いつだったかな、夜中にTBS・TVの昭和史ドラマシリーズ第2話「夢・玉の井・決死隊」というのを見たんだ。玉の井とあるのが気になったからである。テレビのドラマを見るのはひさしぶりやなァ。森下愛子が主演で初井言栄も出とったよ。ドラマのことはとも角として、娼家の構造が気になった。客を呼び込む小窓のある店の内外はよくでけてたけど、娼婦とお客がオネンネをする部屋が一階にあるのが気になった。

玉の井には娼家が何百軒もあったのだから、こんな店も一軒か二軒はあったかもしれねえけど、オレの知ってる限りでは客室は二階であった。それに〈ぬけられます〉の露地の真ん中に立ってたはずの、人間の身長よりもいくらか高い板べいもなかったな。――板べいのことも客室のことも、オレの思いちがいだろうか。今となってはどうでもいいか、いや、やっぱり気になるなァ、知ってるヒトがおらはったら教えてくれえ。

オレがハイティーンのころには、玉の井や亀戸と私娼の街があり、吉原、新宿、洲崎、品川と遊郭があり、北千住にもあったんだけどオレは行った記憶がないのは残念。千葉県松戸の遊郭には行きましたハイ。この松戸の遊郭に泊ると、朝になって帰るときにオ女郎サンが駅まで送ってきてくれたんだ。そしてオレたちは汽車の窓から手を振った。オ女郎サンも手を振った。ああ手を振った手を振った――馬鹿!! オレたちは戦争なんてことをちィーとも考えなかった。五十年も経過した現在でも、戦争なんてことはちィーとも考えてないけどねヒヒヒヒ。

おまけにそのころのオレたちにはダンス・ホールという遊び場もあったのだ。

オレがバンイチに精勤したダンス・ホールは八丁堀の国華である。ダンサーが百名ちかくもいたろうか。十枚つづりのチケットが一円五十銭、いや二円だったかな、記憶がどうもハッキリしない。夜間の値段である。昼間はもっと安かったのはハッキリとおぼえている。チケット一枚でダンサーと踊る時間は三分間。一回踊っただけでチケットを二枚も三枚もダンサーに渡す野郎もいたし、十枚つづりをそのまま一ペンに渡してしまうキザな野郎もいた。相手のダンサーに下心があればどうしてもそうなるわな。

オレたちハイティーンのガキはただもう夢中になって踊るだけ。一枚のチケットでうまくごまかして二回か三回は踊ろうという精神。だからダンサー諸嬢にモテるわけもなく、それに大抵のダンサーは年上だったたし、オトナとちがってナシをつけてドコかへシケこもうという気はさらになく、モヤモヤすれば処分してくれる場所はいくらでもあったし、ほんまにただもう夢中になって踊るだけ。——そやけど、ごく、たまーに、どうにかなったのもおりました、許してェ!!

七十日目

オレたち不良少年どもがウロウロと彷徨した、1930年代後半の東京のダンス・ホールのことを報告いたしますと——

国華=八丁堀のビルの中にあって、オレは仲の良いダンサーが三人ばかりいて精勤したのであるが、八丁堀という場所がイヤだからと、あまり姿を見せないダチもいた。

それほど上品なダンス・ホールともいえなかったな。その原因は忘れたけど、オレも一度だけボクサー上がりの男に殴られたことがある。軍隊生活以外で男に殴られたのは、アトにもサキにもこの時だけ。女に殴られたことは数かぎりなくあるヒヒヒ。しかしこのホールは気安くてオレは好きだった。ボーカルもやるドラムスがいたのは忘れられねえなァ。

ユニオン＝人形町の日鮮会館というビルにありました。中級のダンス・ホールともいうべきか。ジンガイのトロンボンがいたよ。オレはこのホールへくると、ダンスをやらなかった弟を呼び出しては、水天宮裏の待合で一緒に遊んだ。十代で芸者遊びや。今のガキもマセとるけど、そのころのガキもマセとったのよ。この弟はビルマで戦死しました。弟よ安らかに冥れ!!　ずうーッと資本主義社会だぞ。

フロリダ＝赤坂の溜池にありまして、ビルの中ではなくてホールだけの建物でした。チケットが一枚二十五銭であったのは鮮明におぼえております。他のホールより五銭か十銭は高かったのだ。だからオレたちは、アメリカから女性歌手のいる黒人のバンドが来たり、フランスから、忘れもしねえ、モーリス・デュフールだ、そのアコーディオンをリーダーとしたバイオリンやバンドネオンのある五人編成のタンゴ・バンドが来たり、オレにはそんな時にしか行った記憶がない。このホールのダンサーとなじみになるなんて夢にも考えなかった。そのころナンバー・ワンのダンサーであったチエリーさんとは、おかしな縁で戦後になってから仲良くなったけどね。そのおかしな縁については、話せば余りにも長くなるから報告しないことにする。要するにフロリダは、オレたちにとっては、高嶺の花のようなダンス・ホールだったのよ。

銀座＝京橋の交差点の角のビルの中にありました。やや大衆的ともいえるホールだったな。ディック・ミネのあの有名なダイナを、オレはこのホールで初めてきいた。学生服の客も多かったぜ。学生にダンス・ホールへの出入りを許したのは、うんと勉強して赤になるよりも、ダンスに狂ったほうがええじゃろう、という当局の意向があった。なんてハナシをオレはきいたことがある。

なんせ女と手をつないで歩いただけで、オイこらーッ!! と交番のオマワリに呼びとめられ、ウダウダと文句をいわれた時代だよ。それが、女とカラダをくっつけて踊れるなんて、学生諸君バンザーイ!!

七十一日目

そのころの、オレがリョウフのころよ、大体のダンス・ホールには、スイングとタンゴの二ケのバンドがありました。夏にはハワイアンのバンドが出るホールもあった。横浜の山下町だったかな、夜もチケット一枚が十銭という安物のダンス・ホールがあって、小編成のスイング・バンドが一ケで、あとはレコードなんてホールもありました。――東京のホールでも昼の安い料金の時間はバンドは一ケであとはレコード、ではなかったろうか。

　ダンス・ホールの報告をつづけます。

　新橋＝新橋の駅前にあった大田屋というスキヤキ屋のビルの楼上にありました。わりと小ぢんまりとしておりまして、美人ダンサーが多かったという記憶があり、女優の高杉早苗サンがココのダンサーで、そして蒲田の撮影所へ入ったというので、そんな印象が深かったのかもしれない。客として来てた歌手の松平晃が、バンドに呼ばれて唄ってたこともあったな。映画俳優の浅岡信夫がヤクザに切られた事件が、このホールであったのもおぼえているよ。

　帝都座＝新宿の帝都座の上にあったんだ。広ーいホールだったなァ、それだけにダンサーも多かった。オレたちは帰りには必ず二丁目の遊郭に寄りました。二丁目の前菜として帝都座ダンス・ホールがあったような気もしますハイ。

　日米＝京橋の槇町だったかな、槇町という町名は今でもあるのかいな、銀座ダンス・ホールにわりと近いとこや。ココは上品なホールなんだよ、その上品さがオレには気に入らなかったな。そうそう銀座ダンス・ホールのとこで、オレは学生諸君バンザーイ!!　と叫びましたが、そのころは不況時代でございまして、苦学生も一パイおりましたし、東北地方から売られてきた娘たちが、吉原や玉の井に一パイいたことも、忘れないでくださいよアナタ、オレも忘れません。

シャンクレール＝東北本線の蕨《わらび》の駅前にありました。埼玉県や。そのころの東京のダンス・ホールでは、アルコール類は一切売られておりませんでしたが、この蕨のホールでは、ビールを売ってるぞッ!! というのでオレたちはあわててバタバタと出かけた、という記憶は鮮明に残っているのに、ああそれなのに、ビールをガボガボと飲んだという記憶は、オレのノオズイには残っておりません。どうなってんのかね？ このホールはフロリダの系統とききましたが、フロリダと同じようにダンス・ホールだけの建物でありました。畑の中にあったんよ。駅からホールまでの道中では、カエルがガアガアと鳴いてる時もありましたぜミナサマ。

諸君!! 思わぬときに雪が降ったり、天候不順やからカダラには十分気をつけてくれよ。オレはどうなってもいいけどさ。

［略］

八十日目

オレたちがハイティーンの終幕ともいうべき満二十歳を迎えると、そこには徴兵検査というものがあったのよ諸君!! 兵隊検査ともいったけどね。今はこんなものはありません。それだけでも仕合わせだよ諸君!! 諸君!!——うるせえッ!!

オレは１９３５年に本籍のあった芝の区役所へ行ってこの検査を受けました。芝の区役所というのは増上寺の前にあり、そして大ぜいの若者がウジャウジャと集まっておりました。当りまえか。徴兵検査なんかイヤだといって拒否できねえんだから。拒否してもいいけどさ、それは死を覚悟することでもあった。死を覚悟する、というこの意味が分かりますか？　分からなくてもいいけどよ。

パンツだけの裸になってズラズラと並んで、体重や身長を計ったあと、軍医殿に胸に聴診器を当てられたり、パンツをぬいでケツの穴を覗かれたり、ポコチンをひねられたり、つまりですね、ケツの穴を覗くのは痔の有無を、ポコチンをひねるのは淋病の有無を、調査するためでございますハイ。

そして最後に、甲種合格、第一乙種合格、第二乙種合格、丙種合格、と宣告されるわけ。丙種合格というのは兵役とは関係のないことになっておりまして、その後の人生を安心して生きていかれることになっておったんやけど、大戦末期にはどんどん召集されたらしいね。丙種合格というのは、合格というコトバがオカシイと思えるほど、ドコかカラダの具合の悪い人たちなんだよ。ああ戦争はイヤダイヤダ。

甲種合格というのはですね、すぐその翌年に現役兵として入隊することになっておりまして、祝入営のノボリを立ててゾロゾロと、家族や町会の連中が連隊まで送って行ったもんだ。その道中ではたびたびバンザーイ!!　を叫び、道を行く人たちもバンザーイ!! と唱和したりしたよ。しかしこんなことも戦争末期にはしなくなったらしいけどね。オレは兵隊サンで支那大陸へ行ってたから戦争末期の内地のことはまるで知らない。あれだけバクダンや焼夷弾にやられたんだから、のん気に祝入営のノボリを立てて歩いてなんかおられんわな。しかし、そんなことをしてたら戦争に勝てたかもしれんぜヒヒヒヒ。

オレは第一乙種合格を宣告された。第一第二の乙種合格というのはですね、現役兵のようにすぐ翌年に入隊しなくてもいいんだけど、補充兵としてイツの日に召集されるか、さっぱり不明ということになっておる。これが蛇の生殺しみたいであまり気持のええもんではない。

オレは1938年に召集された。そして今はTBSとなっている赤坂の近歩三に入隊したのよ。近歩三というのは近衛歩兵三連隊ということ。正門はですね、あの急な三分坂を上がったとこにありました。

[略]

八十五日目

ええと、そやそや、オレの軍隊生活のことを報告しなくっちゃァ——補充兵として赤坂の連隊に召集されてさ、三カ月の一期の検閲というのを終わってな、この三カ月というのが地獄の苦しみ、今さらウダウダいっても始まらねえか、これだけは体験したものじゃなきゃぁ分からねえ。体験したものじゃなきゃぁ分からないことを、説明の仕様がねえ、そうでしょうがアナタ!!

それで半年弱の滞在で地方へ帰されたんだ。日本の軍隊では軍隊以外の場所をすべて地方といった。つまり除隊やウレシーイ!! 監獄へ入ったことはねえけど、監獄を出て行くような気がしたぜ。そのころこんなことを書いたら、まちがいなく監獄へ入れてくれたけどね。

兵隊サンから役者に戻ってやな、築地小劇場をメインの新劇役者として一生ケン命にやっとったら、アラアラ、一九四〇年の八月に当局の命令で劇団は解散となり、新劇は赤だからイカンというのがその主たる理由なのよ。ふざけるなッ馬鹿野郎!! と当局に向かって怒鳴ったりいたしましたらこれもまちがいなく監獄に入れてくれました。監獄バンザーイ!!

それでオレは小沢栄太郎、東野英治郎、楠田薫、大町文夫、日野道夫ETCの諸兄姉と一緒に興亜映画へ入ったんだ。月給を百二十円もらったよ。当時としては充分な給料でありました。入洛した当座はみんな一緒に御室の梅村容子サンの家のとなりにあったアパートみたいな大きな家で合宿生活。梅村容子サンというのはミナサマご存じないでしょうけど、なかなかの美人でありユニークな女優だったのよ。

ガキじゃねえんだから、そういつまでも合宿生活はやってられねえ。それぞれに家や部屋を借りたり東京から家族を呼んだり、合宿は三カ月ばかりで解散。オレは常盤の里というとこに家賃十五円の小さな家を借りて住み、撮影所へは竹やぶを抜けたりして歩いて通った。この辺の風景は今や一変しておどろくばかり、当たりまえのことか失礼。

興亜映画の撮影所というのは、もう前に書いたかな？　どうでもいいか、なんせボケてしもうて――太秦は帷子の辻にありまして、そのころから見れば敷地は半分ぐらいになった今の京都映画や。松竹系です。興亜映画も松竹系であり、内田吐夢、田坂具隆、小杉勇、風見章子、志村喬、団徳麿という日活と関係のあった監督サンや役者サンに、東京の新劇連中がプラスして形成してたわけ。山内明は途中から入所してきた。オレはこの撮影所で新藤兼人監督と初めて会った。新藤サンは美術部だった。この出会いが、その後のオレの人生に、大きくエイキョウするとは、オレは夢にも思わなかったぜ。人間は出会いが問題ですよねミナサマ。

八十六日目

軍隊生活の報告というのが、何や知らんけどアナタ、興亜映画の報告になってしまったなァ――ごめんあそばせ。

興亜映画は田坂具隆監督の「母子草」や「海軍」を世に出し、オレは徳川家康の役で出た内田吐夢監督で小杉勇主演の「鳥居強右ヱ門」が、クランク・アップしてから二回目の召集令状をもらったんだ。撮影所の諸兄姉からは盛大な歓送会を、南座横の料亭でやってもらったり、バンザーイ!! 若い助監督やカメラの助手たちとつながって、行ってくるぞッと勇ましくぅばんざーい!! 連夜の如く祇園乙部や宮川町や五番町で女郎買いをやったり――。

くたくたになって東京へ戻り、前と同じ赤坂の連隊へ入隊したのよ。――そしてオレはすぐ陸軍一等兵となった。通算で六カ月を兵営で暮らしたからである。陸軍ではですね、バカでもチョンでも六カ月たてば一等兵になった。赤い肩章に黄色い星が二ケになるわけ。二等兵は一ケ。上等兵は三ケ。兵長は――もうどうでもいいことか。

ところがですね諸君、オレが入隊したらすぐこの連隊は溝ノ口へ引越したんだ。連日トラックに乗って引越し作業。だからオレたちは引越し要員であり、移転が終了したら地方へ帰してくれるものと、軽ぅく考えておったら、これが大まちがいのコンコンチキ。品川駅から汽車に乗っけられて下関へ、この道中はエサは駅弁だし、停車する駅ごとに国防婦人会の連中からお菓子をもらったり、しかしアナタ、接プンはしてもらえませんでした。

――阿呆ッ!!

下関から釜山へは黒い色の軍用船で運ばれ、釜山駅からは貨物列車にギュウギュウにつめ込まれて、朝鮮半島を縦断し北支を通過して浦口に到着やんか。この道中は少ない停車時間に、小便をしたりウンコをしたり、不可解な味のニギリメシを食ったり水筒に水をつめたり、上等兵や兵長に殴られたり、同じ一等兵でも年次の古い一等兵には殴られたり、殴る理由なんかなくてもいいんだわさ、ムコウが殴りたいと思えば、イチバーン下級の兵隊のコチラは、ただただ黙って殴られてればよかったのよヒヒヒ。この浦口から向かいの南京へ揚子江を船で渡り——泳いで渡れるかッ馬鹿!! それで大都会の南京で駐屯かと思ったら、これが汽車ポッポでえんえんと北上。やっと安徽省の廬州《ろしゅう》というとこに着きましたハイ。ここがオレたちの師団の駐屯地なのよ。広漠たる平原の中に城壁があって、駅から城門まで一キロぐらいもあり、その城壁の中が廬州の町であった。石畳や柳の木のある平和な風景が展開していた。

オレは内地を出発する前に、古姓というケッタイな名前の兵隊上がりの少尉を長とする輜重《しちょう》隊に配属された。

八十七日目

輜重隊の輜重というのはだな諸君!! 三省堂の明解国語辞典によれば、輜重＝荷車で運搬する荷物、小荷駄＝となっているよ。つまりですね、その隊、といっても大隊や中隊ではなくて小隊ですけど、タンカンにいえば人夫の集まりじゃんか。オレたちは毎日のように荷馬車を引っぱって、城門を出て駅へ行き食糧や弾薬を乗せて城内へ運ぶ、その蟻のような往復というのが仕事。兵隊としては最低の仕事よアナタ。昔はこんなコトバがあったんよ。〈輜重輸卒が兵隊ならばチョオチョオトンボは鳥のうち〉

ああナサケナーイ‼

本来ならば親方とも呼ぶべき隊長に、オレはとことん憎まれたぜ。その第一の原因は肩に筋肉がないというんだ。都会育ちで軟派みたいな不良少年や役者をやってたんだから、肩に筋肉のねえのは当りまえだろうッ馬鹿野郎‼ 馬鹿野郎とは隊長に向かって叫びませんでした。そんなことをしたら、半殺しの目にあって、おまけに営倉入りやがな。

営倉というのはですね、毎度おなじみの明解国語辞典によれば、営倉＝罪を犯した兵隊を入れる、兵営内の建物。またそこに入れられる罰＝となっておりますハイ。隊長に向かって馬鹿野郎なんて怒鳴ることは、それは反抗の罪になることになっとったんよ。

なんせ重労働の日々だったからね、オレは東京の夢も女の夢も見ませんでした。センズリもかきませんでした。

思い出しても腹が立つからミステリといくか。

ドン・ペンドルトン「火曜日・憂い顔の騎士」——わがマック・ボラン新シリーズの第二弾やがな、バリバリとやってくれるのはウレシイけど、助手の女性が大きな役なのは気に入らねえよオレとしては、巻末のエッセイで内藤陳はこんなことを書いてはるでえ、〈何が「アメリカ内部の敵」だ。ボランをヴェトナム戦争に追いやったニクソンこそ、ボランの敵ではないのか！〉エエこというてくれるがな涙が出るでえ、それだけが問題ではなくこの新シリーズ、オレとしてはそこはかとなく気に入らなくなりつつある。

北方謙三「渇きの街」今回の主役はクラブのボーイ上がりの二十五歳の若者、気に入らねえナオンが出てくるのが気に入らねえけど、あの老犬トレーとゴロワーズの警部が出てくるのはうれしいぜ、しかし、北方ハードボイルドとしてはB級やな、ところがハードボイルド・ファンの高校生のダチは、よかったよオジサンよかったよオジサン!! とオレに叫ぶんだよな、オレにはもう若者の気持なんか分からなくなったのだろうか、ああイヤダイヤダ、若えつもりでいるのになァ。

腹がへった。夜中のイッシンへ出かけて、ミートソースのスパゲティを食いながら、セシル・テイラーでもかけろッ!! と怒鳴ってやった。

［略］

八十九日目

ええと、そやそや、安徽省は廬州での輜重隊の報告を忘れとった。ついでながら日清戦争で有名な李鴻章は、この廬州で生まれたんだそうです。——李鴻章なんか知らない？

それはどうも失礼しました。

日本の軍隊ではですね、兵隊サンは入隊してから一年目に、成績のいい者とか人事係りの曹長とか隊長に気に入られた者とかが、上等兵に進級することになっておりました。オレは進級しませんでした。オレは不満でしたが、どうしようもねえよな。隊長に憎まれてんだもーん。

この古姓という兵隊上がりで少尉の隊長野郎はさ、輜重隊全員で酒を飲んだりメシを食ったりする会食のときなんか、オレに浪花節をやれの落語をやれの、と命令しゃァがるんだ。役者だから何でもできると思ってたのかね、そりゃぁ歌舞伎や新派の役者サンなら、三味線とか長唄とか踊りとか、いろいろと修業なさいますから、こんな余興のようなものをやる場合は何てこともないでしょうけど、オレのいたころの新劇はそんな修業をやらなかったし、おまけにオレは無器用ときているから——ほんまに泣かされたぜ。わんわんと泣いた。

オレがそんな何ーにもオモシロオカシイことをでけん三文役者やから、隊長はオレを軽ベツし憎んだのかもしれねえけど、オレも腹ん中では、兵隊から将校にまでと軍国主義を信奉するような、この隊長野郎を軽ベツし憎んでやった。今でも憎んでいる。だから古姓というケッタイな名前を思い出すたびに、オレはムカムカとするんだ。もし同姓の方がおられましたら、何とぞお許しを——

あげくの果てにやなアナタ、転属やがな。上から転属要員を出せと命令がくると、それぞれの隊は不要な兵隊を出すのよ。必要欠くべからざる兵隊は出しませんハイ。二人とも埼玉県のオ百姓サンで、読み書きはあまりできないけど人のいいことはグンバツの、同年兵のオッサンと三人で、オレは蘆州にサヨナラをした。涙も出なかったわい。

ミステリを一ケだけ。

スチュアート・ウッズ「警察署長」——バックはアメリカ南部の小さな町、1920年ごろから数十年にわたる長ーいハナシだよ、だから読むのにもわりと時間のかかる重厚な長編ミステリ、しかし読みごたえがあるというかタンノウするというか、ミステリ・ファンは必読やな、アメリカの政治のこと、黒人問題のこと、いろいろとたっぷりと教えてくれるぜ、処女作でありMWAの最優秀新人賞作品、MWAというのはアメリカ探偵作家クラブのことです、値段が千八百円というのがつらいけどね。グッド・ナイト・スイートハート!!英語ではありません、ニッポン語みたいなものですヒヒヒヒ。

九十日目

それでさ諸君!! 転属兵の集合場所である九江へ行きました。九江はキュウチャンと呼びます。蘆州駅から汽車ポッポで行ったんよ。日本陸軍の歩兵というのは歩くのが専門みたいでしたけど——なんせ戦争末期には満州の奉天から南支の桂林まで行軍したという部隊もあったぐらい、とても人間の歩く距離とは考えられないよな、日本陸軍のバカタレ!!——その時は汽車で行きましたから、どうぞ安心してくださいミナサマよ。——関係ねえッ!!

その九江で少佐を長とする新しい独立歩兵大隊が編成されまして、この少佐というのがアナタ、これまた兵隊上がりのヨレヨレの陸軍少佐。オレはどういうわけか兵隊上がりの隊長とエンがあったようだなァ。日本陸軍では本人の希望で、兵隊から下士官となり将校に、なってですよ、その進級できる階級はたしか少佐で止まりであったようです。これ以上はエラクなれないの。

ですから一兵卒から出発してですね、少将や中将や大将になったのは一匹も、失礼しました、一人もいないはずです。こういう点は諸外国とだいぶちがったようですね。どうでもいいか、オレは陸軍とか海軍とか、そんなものはこの地球上から、みんな無くなればいいと思っておりますハイ。オレは非国民ですかね。

ところでオレと埼玉県の計三名の兵は通信隊に配属されました。通信隊とはおどろき。有線も無線も何ーにも知らへんがな。もっとも通信隊にも軍馬がおりまして、荷馬車のある輜重隊におったんだから、多少は馬を扱えますけどね。オレは馬はキライや。この転属で馬とはエンが切れると思ってたのになァ。あぁイヤダイヤダ。

オレはこのイギリス人が造った町だという九江で、何としてもオ女郎買イをしたいと思ったんやけど、そんな自由な時間もあらばこそ、わが独立歩兵大隊は船や、汽車や徒歩で北上し、武昌も通過して、そうだ、この武昌ではオ女郎買イができたんや。やっとでけたんや。男はたまにはヤランとアカンのよ。そういう動物なのよ。

その武昌の女郎屋というのがアナタ、部屋の入口には薄ーいカーテンがかかってるだけでね、だから覗こうと思えばダレでも覗けることになっておりまして、オレは覗かれようが、そばへきて見られようが、一向に平気ですから何でもございませんでした。今でも平気ですヒヒヒヒ。

われらが独立歩兵大隊は湖北省の山ん中に安着。兵舎はありました。前にいた部隊と交替やがな。忘れもしねえ、楠林橋という民家が十五軒ばかりの小さな部落や。茶店やソバ屋はあるけど、そこに住んでる中国人はみんな中年から老年にかけての男女ばかり、若い女は一人もいないのにはビックリしたよ。

Ⅲ

三文映画俳優の溜息

お金も無いし、恋人も居ないので、仕方がないからキラキラする星を眺めてるとき、電報屋がボクの家の破れた扉を叩くんだ。

「アスゴ　一ジ　ウチアワセコラレタシ」来られたしと言うのだから行かなくてはならないよ。来られたしと言われても行かない映画俳優だって居るけどさ、それは一流の人達のことさ。

ボク等三文、イヤ三文映画俳優はボク一人かも知れない、とに角行かなくてはならないんだよ。立ってろと言われれば永遠に立ってなくてはいけないし、死ねと言われれば直ぐ死なねばならない侘しき宿命を持ってるんだからね。それに行かなければ、めしと酒と、つまり生きることに関係するのだからさ、ヤレヤレ。

電車に乗ってテクテク歩いて、バスに乗って、又、歩いて、ボクの尊敬する、あるエライ人のお言葉を拝借すれば〝あの俗臭の満ち溢れた〟スタジオの狭き門をくぐるのさ。

ヘンチクリンな帽子を冠った男や軽薄な声を発する女や、大して忙しくもないのに忙しそうに走ってる人々や、つまりカツドウヤが右往左往してるのさ。尤とも、カツドウヤが右往左往してないスタジオなんて、倉庫にしか使い道はないでしょうけどね。だけどさ、このウロウロしてる人達の中にだって、どんなエライ人が隠れてるかも知れないと思うから、三文映画俳優はビクビクしながらウツムイテ歩くのさ。そうして、ガヤガヤと言う人間の声と、モウモウとする埃の中で、静かに時の来るのを、つまり打合せなるものが始まるのを待つんだね、静かに。――映画を上映する所では時間は厳守されるが、映画を作る所では時間は全然厳守されない――これもあるエライ人が、ボクに語られた映画に就ての定義なんだけど。そんなことは百も承知、二百も合点、よく知ってるんだ、とに角十年以上も、たとえ三文であれ、映画俳優をやってるんだからね。だったらサバを読んで、いいかげんな時間に来ればいいではないかと思うだろう、だけどさ、世の中には万が一、てことがあるんだよ、万一時間通りに始まったらどうなるのさ。宝くじだって当る人があるんだぜ、万一、てことも有り得ないとは言えないよ。今迄無かったとした所で、これから先に有り得る可能性は存在するんだからね。どうもムツカシイ言葉を使って失礼。

〝なにッ、アイツが来てない、生意気な奴だ。二度と使うなッ〟

こんな激しい怒りに溢れたお言葉を、尊敬するプロデューサー諸氏やカントク諸先生から、或いは尊敬してないプロデューサー諸氏やカントク諸先生から頂いたらどうなるんだ。いくら三文映画俳優だって、キャメラの前に立たなければ全く意味がない。イヤ意味がないなんぞと笑ってはおられないよ、大変お恥しいことだけどオマンマにエイキョウするのさ。糧道《りょうどう》を絶たれれば犬だって死んでしまうよ。ボクだって、親愛なる皆様と止むを得ずお別れして、一人で青空高く昇天しなければならない結果になるかも知れない、鶴の一声でさ。コワイね。悲しいね。そんなことにはならないよ、と誰が保証してくれるんだよ。だからさ、文句を言わずにボクは静かに待ってればいいのさ、諦め、と云う詩人とささやかな言葉を交しながらね。

やがて、時の流れる途中で、ビラビラした助カントク氏が風の様に飛んで来るのさ――やあどうも、今日は折角ですけどね、カントクさんの都合が悪くて明日にして下さい、やあどうも――そして又、風の様に消えて行くのさ。そしたら今迄ガヤガヤしてた声が一きわ大きくなって!! 大体あのカントクは女の子とばかり遊んで、少し呆けてるのとチガウか!! こんなツマラネエ映画に打合せなんてチャンチャラおかしいよ!! チェッ、こんなに待たせやがって、デキかかったONNAもデキねえじゃねえか、所長を呼んで来い!! 叫ぶんだ、唯叫ぶんだ、皆な怒鳴るから高貴な精神を持ってるボクだって、時には諸兄姉と一緒になってワヤワヤと怒鳴るんだよ。ツマラナイ事だけど、人間が集ってガアガアと音声を発すると云うことはいい気持だね、それでお終いさ。誰も直接にプロデューサー氏や、カントク先生や、或いは思いきって重役にそんなことを言う奴は一人も居ないよ、誰だって気狂い扱いにされたくないし、誰だって餓死したくないからね。そして来る時に、利用した交通機関を再び逆に利用してトボトボと帰るのさ。お金を持ってれば、その持ってるお金に適応したお酒を飲めばいいし、お金が無ければ誰かにタカレばいいし、誰も居なければ、仕方がないからウチへ帰って、又、星でも眺めるんだね。

そんな、こんなで、やがて仕事が始まるだろう、そしたら今度はイッナンドキ——明日朝セットあり来られたし——て電報が舞い込んで来るかも知れないんだ。全く落着いてアイビキも出来なけりゃあ東西南北の研究もしてられないよ。第一電報が来た時にウチにお金が有るとは限らないからね、お金が無ければ電車だってバスだって乗せてくれないよ、お金が無いから行かれませんなんて当り前のことを、そんな当り前のことを、三文映画俳優である以上とても言えませんからね。止むなく、全く止むなく隣のオバサンに頭を下げるとか、質草があれば、のれんをくぐるとか、暇があれば泥棒、イヤ泥棒だけはイケナイ。だからソンナ時のために少しは貯えを——なんて事を言うオカシナ奴が居るよ、全くバカな奴だよ、第一そんな立派な心掛けがあれば、三文詩人や三文絵描きの諸先輩にケイベツされながらノコノコ生きてられますかってんだ、とっくの昔に一流になってまさあね——なんてタンカを切りたくなるのも、悲しき三文映画俳優の、哀しき溜息さ。

*

今夜も、又、お金も無いし、恋人も居ない。だからキラキラする星を破れた窓から眺めるのさ。オヤスミナサイ。

恋愛とはナニかいな

或る日少しばかり暇があったので、銀座をブラッと流してついでにオレの事務所へ寄ってみたら、事務所のオンナがオレに〝オール讀物〟から〝私の恋愛履歴書〟とか言う原稿の依頼があるが書くかどうかと言うのである。えーと〝私の恋愛履歴書〟てのは、あ、あれか。

オレは〝オール讀物〟は毎月自分の金で買って読んどるが、アレだけは読んだ事がない。他人の恋愛のハナシを読んだからってどうなると言うんじゃい、ツマラン。オレはオレの情事に忙しい。馬鹿にするな。

〝それじゃ書けないと言って断るのね〟と事務所のオンナがオレに言うんだ。どうもこのオンナはオレに対して言葉が乱暴なようであるが、別にオレと恋愛関係にあるわけじゃない。時々オレが酒代を借りたりするから言葉が少しばかり乱暴になるだけの話である。さして気にする程の事はない。

〝いや待て待てオレは書くぞ〟とオレは慌てて言った。書ける目算があるわけではない。そんなものがあればとっくの昔に何かを書いて文藝春秋新社へ持込み、今頃は直木賞でも貰っとるわい。

オレの胸の底を少しばかりヒレキするならば、実は〝私の恋愛履歴書〟ナニナニとオレの名前が出ることになるじゃろう。オレをよく知ってる奴やったら、又アイツが何か書いとる、今月の〝オール讀物〟は買うのを止めたと言う奴が居るかも知れんが、知らん奴やったら殿山ナニガシとは誰かねと誰かに聞くじゃろう。それが目的なんや。そしたら聞かれたソイツは、お前知らんのかバカヤナ、テレビや映画によう出とる割とエエ役者やがなと必ず言うにきまっとる。言わんかったら殴ったる。つまり宣伝やな。どうやねん〝オール讀物〟で宣伝して貰えるなんて役者冥利につきるがなホンマニ。宣伝はエエけど先を急いでなあ、オーライ出発進行!!

書かねばならぬ

とに角書くと言った以上は書かなくてはならない。オレは旅に出た、エヘッ……旅に出たと書いたらオレはこのヤクザな文章を書くために旅に出たと思うだろう。そうはイカンぜよ。

映画の仕事でロケのために広島へ来たんじゃ。それでオレは今これを広島で書いておるんであるんである。一体何処の言葉だよ。お断りしておくが、オレの文章は日本全国の言葉が使用されておるから、読みづらいと思ったら直ぐ読むのを中止しても構わない。オレは紳士だからオコらないよ。他の諸先生方のノンフィクションや小説を面白オカシク読まれた方が時間的にも経済的にも有益である。経済的と言うのはどう言う意味かは判らん。オレにも判らん。しかしオレは書かなくてはならんのだ、ツライノウ。

オレはコマイ時に幼稚園みたいな所へ行っとった事がある。幼稚園みたいと言うのは、それが果して正式の幼稚園であったのか、何となく子供の集まる単なる場所であったのか記憶が定かでないからである。どうでもええがなそんなこと。其処にオレと同じトシ位のコマイ女の子が居た。ソレにオレは惚れたのである。

惚れた関係上恥しくて顔もマトモに見られなかった。しかしオ医者サマゴッコをやって、その女の子のアレを見た時、オレはその子と遠き将来夫婦関係になるのではないかと思った。どうしてそう思ったのか今でも判らない。しかしそう思ったのは事実である。暫《しばら》くしたらその女の子は何処かへ引越してしまったので、結婚は出来なくて助かったけど、こう言うのも恋愛と言うのかね。

恋愛とは一体何であるか。

東京から持参した三省堂発行〝金田一京助監修国語辞典改訂版〟を見る事とする。よくエライ小説家がこんな書き方をするな、真似したれ。どうせオレはシロウトや、たらくこと)。こい。——となっとる。これはよう判らんな。そうすると何かいな、男女がお互いに愛し愛されなかったら恋愛とは言えんのかいな。そうやったらオレの考えとる恋愛と大分チガウわ。

つまりロミオとジュリエットみたいなのを本当の恋愛と言うんだな。フーン、これは困ったな、それやったらオレは殆んど恋愛らしい恋愛をした事がないと言う事になるがな。若い時にあったかも知れんけど、そんなもん忘れてしもうたわい。若い時のレンアイを何時までもオボエてる程オレはモウロクしとらんぜよ。

オレは恋愛なんてものは、女でも男でも、相手に惚れればそれでいいと思うとったのである。無学であった。オフクロは大学へ行けと言ったけど、役者風情に大学教育は要らんと言ったのはオレである。不覚であった。オフクロよ陳謝する。

しかしオレは今迄それで押し通して来たのである。これからも押し通すつもりである。そのためには、妻もコドモも側近のオンナも友達も、総《すべ》てを犠牲にしてきておるのである。悲しい事だぞ、判って呉れるか日本人民諸君。〝赤旗〟の原稿とチガウでオッサン。ウカツな人生であったわい。しかしこの原稿は書かなくてはならない、ツライノウ。涙が出る。広島の街にも黄昏《たそがれ》が訪れて来た。オレは流川のBARへ行ってオンナとウジャウジャ言い乍らウイスキイを飲みたい。畜生!! 原稿を書くなんて誰に遠慮がいるものか。あった、あったぞ。〈恋愛〉男女間のこい慕う愛情(が、はが言ったんだ。バカタレ。

つまりこの金田一京助先生監修の辞典に依れば、男女間の恋慕う愛情と言うんじゃから、肉体的関係は無くてもええと言うことになるんやな、これはツマランぜよ。肉体的関係なくしてどうして恋慕う愛情なんてことが判明するのかね。教えて下さい。この辞典が嘘をついてるのか、オレが馬鹿なのかどちらかである。辞典が信用出来なければ何を信用すればいいのだ。

毎日惚れる人生

オレは毎日のようにオンナに惚れる。オレはそれを恋愛だと思ってる。オレが惚れても相手のオンナがオレに惚れてるかどうかは知らない。知らなくてもいいのである。知るとガッカリする。惚れて通えば千里も一里、これこそ恋愛の妙味でなくしてなんであるか。

オンナもそうである。相手のオトコに惚れればそれでええんである。死ぬほど惚れろ、死ぬほど惚れて呉れ!! 情けないこと言うな。惚れさせてみたらどうやねんオッサン。しかし惚れて貰うより惚れたほうがいいのである。相手の気持など考えずに惚れるべきである。惚れてオンナにグズグズ言って、相手の男が出て来て〝オレのオンナをどないしてくれんねん〟なんて言われた時のスリルは何とも言えんでホンマニ。

阿呆とチガウか。

オレの知ってるオンナに犬と一緒に住んでる奴が居る。勿論牡犬である。それも四匹や。四匹と言うのは一体どう言う事になっとるのかな。

しかしその四匹の中の一匹が死んだ時の、そのオンナの嘆き悲しみはスサマジイものであった、号泣であったな。オレは久し振りにオーバー・ザ・玄海灘のオンナを思い出した位である。これは男女間じゃなくて女犬間ではあるけど、やっぱり恋愛ではないんかね。恋愛だと言ってやって欲しい、それでなくては余りにも可哀想だよ。オレからも頼む。オレは一晩お通夜に付合ってそのオンナと一緒にウイスキイを飲んでやった。

〝アンタはヤサシイ人間ね〟とそのオンナは言ってくれた。だからオレも号泣してやった。長い間役者をやってるから号泣ぐらい直ぐ出来る。

その気も起きん

オレは戦争中湖北省の山の中に居た。今の中共やな。勿論兵隊である。小さな独立部隊であったけど、日本人でない慰安婦が五人ばかり居た。昼間は兵隊用であり夜間は将校用である。

しかし兵隊は殆んど利用しなかった。兵隊は忙しかったから、余りにも忙しすぎてその気も起きなかったからである。

山の斜面に兵舎があってその上に慰安婦のつまり慰安所があって、斜面の下を幅二間ばかりの川が流れていた。その川でオレ達は米や野菜を洗ったり、沐浴をしたり洗濯もしたりした。慰安婦たちも同じであった。とに角水のある所はその川だけなんだから仕様がない。

一人の慰安婦と会話を交すようになった。或る日オレが洗濯をしてたら、そのオンナも洗濯をしてて、夜自分の部屋へ来いと言うんだ。とんでもない、見付かったらエライコトや、営倉入りやで。営倉と言うのは兵隊の留置場みたいなとこやな。ナニ知っとる、知っとったらええわい。兵隊の身としてそんな事は出来ないとオレは断ったんだ。オンナはどうしても来いと言う。行くことに決意した。男の恥である。

夜は静かであった。オレはフルエながらオンナの部屋へしのび込んだ。スリルはあったけど余りエエ気持じゃなかった。部屋にはオンナと、チャンチュウとウデ玉子と南京豆が待っていた。チャンチュウと言うのは地酒である。オレはその酒をガブガブと飲み、ウデ玉子と南京豆をガツガツと食った。ヒモジかったのである。情けない。

やがて少しばかり酔い、腹も一杯になったので帰ろうとしたら、オンナは寝て行けと言う。冗談じゃないよ。何時将校がやって来るか判らない危険な状態の中でソンナ気になれるもんかね。オレは駄目だと言ったんだ。オンナは悲しそうな眼をしてオレを見つめた。本当、嘘じゃない、信じてくれ。コツコツとノックの音がした。オレは窓から滑るようにして逃げて帰った。夜はやはり静かであった。

翌朝、川でオンナと会ったらオンナは再び悲しそうな眼つきをした。オレも悲しかったけど仕様がない。兵隊であることがイヤであった。しかしそれからもタビタビ闇の中をオンナの部屋をオレは訪れた。酒も飲みたかったし、腹に何かを入れたかったからである。これでは単なる動物だな、お恥しい。人間を動物にしたのは誰だ!!

終戦の日、オンナ達は山の斜面を下り川を渡り消えて行った。独立した祖国へ帰って行ったのだ。兵隊のオレは秘密書類を燃すのに忙しかった。煙がオンナ達のアトを追って行った。ホンマかいな、ウマイこと書きよるで。信じられる人こそ幸せである、アーメン。

オレが恋愛だと言うのは、つまりオンナを上手《うま》いこと何とか口説いて、タダでナニすることや。つまりタダナントカやな。判るか？ 判って欲しいな。ツマやコドモのある身分でこんなこと書くのは容易なこっちゃないで、決死的やで。ああ恐しい。

しかしタダほど高いナントカとよく世間で言われておる、だからオレはそう言う事になるとツライから、オンナとナニした時は記念の品物を買ってやるとか少しばかりの金を渡すことにしておる。

つまり簡単に言うとだな、オレは恋愛らしき恋愛はしたことがないと言う事になるのである。それを早く言わんかい馬鹿。ゴメンナサイ、それを先に言ってしまうと何も書くことが無くなってしまうからなんです。こんな情けないオレに、こんな原稿を注文した〝オール讀物〟が悪いのです。恨むなら〝オール讀物〟当局を恨め!!

三文役者の〝うえのバラアド〟

おれはガキのころ何回となく家出をした。面白くなかったからだ。親も家も学校も国家も面白くなかったからだ。

今でもときどき面白くないことがあると家出をする。家出常習犯だ。家出をしても何も解決しないのがつらいよな。しかし敢然と家出をする。どうしてそんなことをするのか自分でもよく分からない。神様だって分かるもんか。

今なら家出をしても金さえ持ってれば、オンナがどこにでも落っこってるから不自由はしないけど、ガキのころは家出をしてドコへ行ったかというと、いつもエンコと呼ばれていた浅草公園であった。オペラ館か玉木座で、踊り子のズロースがチラチラするヴォードビルを見て、小さな胸をときめかし、きっとあとから悪い油のゲップの出る、安物の天丼をパクパクと食って、さて、寝ぐらを求めて上野公園の森の中というコースであった。しまらない家出で恥ずかしい。

何の木だか知らないけど、大きな木の幹にもたれてウトウトしてると、巡回のポリスに見つかり、チョットコイ!!　と交番に連行され、歯切れの悪い東北弁のモタモタした日本語で説諭され、あげくの果てに家に連絡をとるもんだから、親父がショボショボと迎えに来るという順序になっていたんだ。罪もない親父に悪いことをした。

あれは中学二年のときの五月の真夜中だったな。おれが例の如く大木の陰でうずくまってたら、薄ぼけた茶色のソフトをかぶった、ヨレヨレの着物の五十歳ぐらいのオヤジが月あかりの中から出て来ておれのとなりにうずくまった。

うす気味の悪い。なんだっておれのそばへ来やがんだ。東京市民の上野公園の森だから、おれのとなりへ坐るなッ、なんて言えない。ましてこっちはコドモである。そのころのコドモはオトナを尊敬する風習があった。

おれは呼吸の音も聞こえないようにじっとしてたら、突然、

「おまえ、女をな、新聞を読むような恰好をさして、うしろからやったことあるか」

ヒイッ!!　なんてことを言うんだこのオヤジ。瞬間、地球の回転が止まったような気がした。おれは童貞のガキである。黙ってたら、そのオヤジは芝生のところへ出ていって、タタミの上に新聞をじかにおいて読む恰好、つまりケツをうんともち上げるスタイルになって、「おいッ、女をこんな形にしてうしろからやったことあるか」と言うんだ。おれは恐ろしくてブルブルと慄えた。

ウシロにもマエにも女とセックスをやったことねえのに、返事の仕様もない。まだ

黙ってたんだ。「やったことねえらしいな」オヤジは残念そうに言って、また、おれのとなりへ来てうずくまりながら「この恰好でやるのがわしは一番いいと思うんだがなあ、つまりだな、洗濯してる女をうしろからやってもいいぞ、田植えをしてる女をうしろからやってもいい、うしろにかぎるんだ女は、うん、しかしな、こいつは空気が入るせいか、ときどきプップッと屁をするような音が出るんだ、アハハハハ」

オヤジはおかしそうに笑うけど、おれにはちっともおかしくない。恐ろしいだけだ。家出して来てるのを忘れて、おれは家へかえりたくなった。だいいちこのオヤジは、おれをオトナだと思ってるのだろうか。中学生だぞ。中学生にこんなハナシをするやつがあるかってんだ。

「おい、おまえ、亀戸へ行ったことあるか」

亀戸というのは私娼のいる町だ。コドモながらそんな町だというのは知っていた。

「おい、おまえ亀戸と玉の井とどっちがいいと思う」

玉の井もそういう場所だけど、どっちも行ったことがないんだから、そんなこと聞かれてもおれは泣きたくなるだけだ。なんだってそんなことをおれに聞くんだ。馬鹿オヤジ、消えてしまえ!!

「みんな玉の井のほうがいいと言うけど、わしの意見はちがうぞ、亀戸は玉の井よりも一段下だと思われているから、女たちの気がまえがちがうんだ、うん、玉の井の女に負けまいとして一生けん命つとめるんだ。これがいいんだ。そうだろうッ、女はつとめなくっちゃあ、そうだろうッおまえ」

オヤオジのキチガイのような熱気に押されて、よくハナシは分からないけど、

「そうです」

とおれは小さな声で言ったんだ。そしたらオヤジは「そうか、おまえもそう思うか」

感激したような声で言って、おれの股のとこへ手をやったので、おれはビックリして飛び上った。おれが飛び上ったのでオヤジもビックリして「どうしたんだ‼」

と言うから

「あのう、ぼくぅ、しょ小便してきます」

そして駆け出した。

そのまま山下のほうまで逃げて行ってしまいたかったけど、このオヤジにチンピラの若僧だなんて思われたくない。

おれのおかしな自尊心が許さなかったので、柵を越したところにある公衆便所へ入り、チビチビと恐怖の果ての小便をもらしてたら、人の気配がしたのでハッと横を向いたら、ヒイッ‼　オヤジがおれのチンポをしみじみと覗いてやがんだ。

そしてうれしそうにおれの顔を見てニヤニヤとしたので、今度こそは本当に腰の抜

けるほどビックリ仰天!! 一目散に交番のほうに向って走って行った。

おまわりさん!! 助けてくれ!!

五十路を越した現在、このオヤジさんに対して、とても悪いことをしたような気がするんだけど、それはどういうわけだ。

縄手通りエスキス

昭和二十五年ごろだったかな、下加茂の撮影所で仕事をしとったら、菅井のオッサンが帰りに俺のとこで一パイやらないか、と言うから、酒ェ飲ましてくれるねやったらドコへでもいくでェ、と今は亡き菅井一郎氏について行ったら、そこは縄手通りの宿屋であった。二階の座敷からは、疏水《そすい》のゴウゴウという激しい流れが見え、その土手の上を京阪電車がガタコトと走り、その向うの、つまり賀茂川の対岸には先斗町の赤い灯が見えた。ええ眺めやなァ、こんなトコに住んでみたいわァ、と思った。

おれは酔っぱらいの朝寝坊だったから、撮影所のそばが便利とおもい、出町柳のすすけたような古い宿屋にいたんだ。部屋も暗く眺めもへったくれもない。おれの希望をオッサンに言ったら、この宿屋へ来たらええやないけえ、と言ってくれたんだ。だけど役者同士が一緒に住むのは愚の骨頂だから、オッサンと一緒じゃイヤだなァ、と言ったら、それもそうやな、オカアサンにきいてみたるわ、と宿のオカミサンを呼んで相談してくれた。このヒトは頭ア禿げてるけどなァわいの親友やでェ何とかしたりいなァ。ハイハイとオカミサンは飛び出して行って、二十分もしたらハアハアと帰ってきた。あのなあオカアサンのとこでもええやろか、へえへえこの五軒ほどシモどすぅ、ええ離れがあいてますねん、そんなお客さんをしたことない言うてんねやけどな、手ぇ合して頼んできたんや、普通の宿屋はんとちがいますけどぉかましまへんやろ。かましまへんおおきにぃ。

聞いてみたらオカアサンというのは、このオカミサンが祇園町の芸者に出てたころの置屋の主人とのこと。それではその家には芸者さんがウジャウジャといるんですか？　何をお言いやすねん、もう廃業してますがな。ああそうですか、よろしくお願いします。一日二食付き確か千円ぐらいでハナシをつけてもらった。それから約十五年間というもの、大げさにいえば一年の大半を、その元芸者置屋に住んだ。なにせ映画の全盛時代でもあり、おれも京都での仕事が多かったのだ。

オカアサンといっても、もう七十をすぎた老婆であり、一年中敷きッ放しの布団の上で寝たり起きたりゴロゴロ、これでは廃業するわな、キセルでポンポンと煙草を吸い、アレはもうやってしもうたかッ!!　コレはまだ片付けてェへんやろうッ!!　と、処女の女中はんに向って元気な声で怒鳴ってばかりいた。だけどこのオバアチャンも、明治大正昭和にかけての祇園町の芸者さんであり、さばさばと気がおけなくて、おれはその昔ばなしを聞くのがたのしみでもあった。この処女の女中はんというのが、これが、おれと同ィ年ぐらいの処女の女中はんであり、後日おれが家族の一員の如くなってから、じっくりと聞いたところによると、山科の小学校を卒業してからすぐこの家へ奉公に来、だから昭和の初めだな、表の格子を磨いたり、台所で芋や昆布を煮たり、芸子はんの帯をしめたり、襟首へ白粉を塗ったり、そして廃業してからはオバアチャンの看護人のようにもなってしまったと言うのだ。おれはそのいつまでも処女であるユエンにポロポロと泣けた。オバアチャンがいくら大きな声で怒鳴っても、分ってますぅ!! とケロッと平気であった。女を感じさせないそのキビシイ顔は、帝政ロシアの公爵邸の女中頭を思わせた。普段は使わない二階の客間の鴨居に、横に細長い和風のような額があり、額と中の絵がチグハグだけど、見たことのあるような絵だなァと思い、そばへ寄ってよく見たら、これが東郷青児のオリジナルであった。ビックリする。どうしてこのような絵がこんな家にあるのだ。どしたんだコレは? オバアチャンも処女の女中はんも、口の中でムニャムニャと言うばかりで、ハッキリした返事はしてくれなかった。おれは悪いことをきいてしまったのだろうか。プレイボーイの東郷さんだものな、いろいろあるわな。どうでもいいか。すべてどうでもいいな。菅井さんもオバアチャンも処女の女中はんも、みんな天国へ行ってしまった。時はどんどん流れよるわい。四条通りを東へ行き、南座からすぐの信号をアガる通りを、縄手通りという。その曲り角のムコウは交番でありコッチは焼団子屋である。

ONE・DAY

ぼくも社会の荒波にもまれてるうちに、もう、おんとし六十にもなりさらしたし、わが祖国ニッポンは、あと五十年は、革命の嵐も吹きそうもないフシダラな国家であると、ほぼ見当がついたから、地球なんか破裂しようと霧散しようと、どうでもええねやけど、とにもかくにも、生きとる間は働かねばならんのじゃけえ。これが面白くねえよな。ぼくは遊ぶために生まれてきたつもりなのに働いてばかりいる。つまらねえ。生きるのをやめればいいんだけど、ぼくは臆病だから切腹だとか首吊りだとかタンカンには実行でけへんし――そうだ、安楽死がいいな。人間には自由に死ぬ権利もあるんだぞォ。ニッポン国全員が安楽死てのもおもろいでえヒヒヒヒ。安楽死万歳‼ 糞ッたれ‼ 革命にもならんような世の中にいつまでも――どうでもええがな。深く考えたらあかん。ほいで、ONE・DAYのこと、早朝のヒカリに乗って、京都の撮影所へ仕事に行ったんだ。グリーン車は満員であった。ぼくは吹けば飛ぶようなお粗末な三文役者だから、わざわざグリーンに乗らなければならない。宿命よ。お分かりになっていただけるでしょうか？　車内ではずうっとロス・ラッセルというアメリカ人の書かはった『バードは生きている』てのを読んだ。アルト・サックスのチャーリー・パーカーの伝記や。ぼくみたいなジジイがＪＡＺＺに関心を持つのはオカシイと思われるかもしれへんけど、ぼくは生まれ変ったらミュージシァンになるつもりだから、読んでおかなければいけんのよ。うちのバアサマは、オマエは生まれ変ったらオランウータンになると言う。なんでやねん。その理由をきいてみたら、何もしないからだと言うんだ。オランウータンは何もしないのかね？　ああ知らなんだァ。山下洋輔さんにお会いしたとき、ぼくは生まれ変ったらジャズ・ピアニストになりたいんだけどなァと言ったら、あんなもの生まれ変らなくったって二年も山の中にこもればできますよ、と言われた。ぼくはアホだから、山の中にこもるという言葉の真の意味が理解できたのは、一週間もしてからであった。山下トリオの音を、山下洋輔のソロでもいい、一度お聴きになることをミナサマにおすすめする。

京都は小雨であった。撮影所前のむさくるしい安物の食堂で、コロッケと冷奴のランチをパクパクやりながら、監督さんと打合せをする。本来なら特別に打合せの必要もないんだけど、説教坊主になるぼくの役のセリフが、台本には全然ないんだから——「あなたセリフを考えてきてくれた？」とヒゲモジャの監督さんが言う。「考えてませんよ、そんなことシナリオ・ライターか監督さんの仕事じゃないの？」「うん、それは、そうなんだけど、この役のセリフは、あなたが書いてくるということになってたんだけどな、それもギャラの内だと製作部では言ってましたけどね」「そんな、そんなバカな——」「説教はきいたことありますか？」「ええ小沢昭一の構成した〈節談説教〉というレコードを購入してききました」「あれでいいんですよ」「あれでいいと言っても、同じ内容ではいけないでしょう？」「ええ物語みたいになってないほうがいいですね」「それだったら監督さんが書いてくださいよ」「勝手にしゃべってくれてもいいんだけどなァ、書いたほうがやりいいですかァ」こんな予定ではなかったのに、とかなんとか、とブツブツいいながらも監督さんは台本のはしにセリフを書いてくれる。雨はやんでピーカンとなる。ほいで、午後一時にロケバスは出発して、今出川寺町上ルの阿弥陀寺という立派なお寺へ行き、その本堂を借りての撮影となる。用意!!ハイッ!!　二十人ばかりの婆さまを前にして、説教坊主のぼくは、地獄はアリガタイのか極楽はオソロシイのか、そんなことは死んでもわからん、てなことを大きな声でしゃべりまくる。その婆さまたちは、ほとんどがオールド女優さんである。ぼくのセリフのキレのええとこで、ナムアミダブナムアムダブツと合の手を入れる。カメラのポジションのかわる待チの時間に「死ぬまでにイッパツええのんやりたいと思うてたんやけど、あかんわァ、死んでも死にきれへんでェ」「ほんまやほんまやァ」と、切実な雑談の声も聞こえてくる。相手がモノホンの婆さまでは、ぼくとしても相談に乗

ってやれない。若い女優が婆さまになってんねんやったら、何とかしてあげんことも
ないでえ。「坊さん!! 何か言わはったか？」「いや何も言いません」
きょうがONE・DAYなら明日もONE・DAYである。つまり人生はONE・
DAYの連続ということになる。何を発言したいのやオマエ？

私の葬式

死んだら葬式もいらぬ。

墓もいらぬ。

戒名もいらぬ。

神も仏もあるもんか。

といってみたところで、死んだ川島雄三監督だって「死んだら飛行機からオレの骨をまいてくれ」といっていたのに、盛大な葬式やっちゃったからね。

「私の葬式」といっても、どうせオレは死んでこの世にいないんだから、誰も呼ばずに「死にました」って知らせて終わりでもいいんだけどね。どうでもいいんだけど、オレの葬式をやらせない方法は、オレが生きているわけじゃないんだからないわけでね。

何十年も生きてきたけど、この国に生まれて幸せだと思ったことは一度もない。絶望してる。

オレは役者だ。

役者だから、役の上で、誰かが死んだ葬式に参加したことも、坊主になってお経をあげたことも、自分が死んだこともある。だけど、自分が死人になったときの気分を考えてみたって何てことないね。何べんもあるけど、ホントに死ぬんじゃないからね。シナリオに「――死ぬ。」って書いてあるんだから、やむを得ない。仕事で死んでんだ。あれは。

実際にオレが死んだとしても、とにかくオレの葬式には全く関与しない。くだらないも何もない。オレが生きていて「オレの葬式」に参加してるわけじゃないんで、要するにオレの死体が「オレの葬式」に参加してんであってね。オリンピックじゃないんだから、葬式に参加することに意義があるとは思えない。全く理解できない。

死人に対して涙こぼしたことなんてない。涙こぼすのは生きてる人に対してだな。オレが死んだら喜んでくれるんじゃないのか。どうせ死んじまったら収拾のつかない状態だろうけど、もちろん遺書なんて書こうなんて思わない。

たとえば、遺書があったとしても、その通り実行されるかどうかもわからない。

残された者たちで何とかしてくれ。

オレは金も遺書も何も残さないで死ぬ。金があるから、残った者同士で修羅場を演じるんだ。金がなければ自分で勝手に生きていくしかない。

だから、いちばん平和な死に方は金も何も残さないことだ。残したものがあるから、その残したものをめぐって、残された者たちが争いをするんで、オレは何も残さぬ。そのかわり、借金を残してやるぞ。

ところで、オレは何で死ぬんだ。まだまだ死にそうにない。

自殺か……。飛び込み、毒薬、首吊り、切腹。——臆病なんだな。痛いのはダメだ。

それとも、殺されて死ぬか……。殺されても仕方がない。その可能性はある。その場合、なるべく痛くないようスパッとやって欲しいな。誰かオレのチンポを切りとるのはいないか。死んだらいいけど、間違っても生きているうちはいやだぜ。死ぬまで使おうと思っているんだ。イヒヒヒ。

それとも、自然死か……。それだったら、山の中で猫みたいに誰にも死ぬとこみせないで死にたい。餓死できたら餓死ってのもいいけど、餓死ってのは苦しいらしいからね。

それとも、事故死か……。どうもピンとこない。

刑務所で死ぬかもわからないな。

死ぬ前に銀行強盗したら、その金をどう使うかってことになるし、だいいち死ぬ気がなくなる。金を残すと揉め事が多くなる。

絶望だ。何やっても。死ぬにしても。

長生きしてる唯一の希望は革命だ。革命を死ぬ間際あたりに目の当りにみたいんだが、まにあいそうもない。革命起こるのは日本が世界でいちばん最後じゃないのか。こうなったら、みんな殺して死にたい。オレが死ぬんだ。全部道連れだ。政府高官、財界の奴等、……みんな殺したい。恨んでるよ、オレは。それほど、オレはこの国に絶望してる。マシンガンぶっ放したって弾丸《たま》の数だけしか殺せない。武器があれば、何でもやってみたい。悪い奴は全部道連れだ。政府高官だけやるんだったら、特別に「オレの葬式」をして、そこに高官連中集めて時限爆弾しかけてもいいけど、奴等呼んだって来ないだろうしな。原爆でも水爆でもいい。出来るなら大量虐殺死ってのはいいね。とにかく絶望しかない。要するに、生まれて来なきゃよかったんだ。

オレたちのコミサン!!

——コミサン!! 田中小実昌さんのことをオレたちはいつもコミサンと呼んでいる、コミサン!! オレたちとはダレダレのことだ? と聞かれると、それはあまりにも複雑怪奇で、こんな場所で具体的に説明できないのは残念だけど、つまりですね、タンカンにいえば、小説家だけど風来坊みたいな、風来坊だけど小説家みたいな、そんなコミサンを敬愛する、職業も年齢もマチマチの、風来坊志望みたいな男女のダチのことである、コミサン!! いつものことだけど、オレたちが新宿ゴールデン街の酒場のカウンターにへばりついてると、入口のドアがバタン!! と鳴り渡り、疾風の如くコミサンがあらわれ、ボーイ・ソプラノのような高い声で唄い、ジンのソーダ割りをガボガボとのみ、アッチだ!! コッチだ!! と叫んで疾風の如く出て行ってしまう、コミサン!! それでアッチやコッチの酒場で、また、アッチだ!! コッチだ!! の声を残し、われらのコミサンは、いつものことだけど、チェックのシャツにショルダー・バッグのスタイルで、そのままギリシャや九州やサンフランシスコや北海道へ行ってしまう、コミサン!!——ダラダラとしまらないコミサンの、直木賞や谷崎賞の影を持たないコミサンの、そんなとこが、田中小実昌文学の底の底でキラキラしてるモノに、つながっているんだと、老ぼれ三文役者のオレは思うんだけどね、そして、そのつながりは、自由への、解放への、つながりであると、オレは思うんだけどね、ちがいますか?——今夜もオレたちは、ゴールデン街の酒場のカウンターにへばりつき、われらがコミサンを待っている、コミサンがドコにいようと、オレたちは待っていればいいのだ、それがオレたちのコミサンへの愛情なんだ——。

金子信雄『うまいものが食べたくて』解説

わが敬愛するダチである金子信雄の、文庫本の解説を書く運命になるとは、ああ、夢にも思わなかったぜ、長生きはするもんだハハハハ。オレもアチコチに何やら得体の知れない駄文を書いたりはしてるけど、チャンとした文庫本の解説というのは初めてやな。何を書いていいのやらさっぱり分からない。ワカラナイけど書かなければならない。それがダチとしての宿命や。

とに角一度ネコに会わなければ——で、新宿二丁目のオレたちがなじみの酒場へ行ったんだ。美人だけど大年増のマダムが、ネコさんはこのところ見えないわよ仕事が忙しいんじゃないの、と仕事の忙しくないマーヒー役者のオレの心をえぐるような返事をしてくれた。——オレたち好みのこのつぶれかかったような酒場で、用のないときは何度もイヤーンなるほど、ネコさんとぶつかるのに、用のあるときにはぶつからないという人間の交流のおもしろさよ。オレたちは金子信雄のことをいつも、ネコさん、と呼んでいる。オレはときには、ネコ、と呼ぶ場合もある。それは親愛の情からよ。分かってくれるか？

オレが初めてネコさんと出会ったのは、イツだったのかドコだったのか、オレの記憶はまるで消えてしまっている。三十年以上も前のことだもんな、そんな時間の流れの中では、オレとしてはボケるのは当りまえのことや、でも、ふたりでやたらにムチャクチャに飲んで歩いたことだけは、きのうのことのように鮮明におぼえている。――銀座一丁目から八丁目までのバーを片ッ端から飲んで歩くことを計画し、そして実行したり、新橋周辺のオカマと娼婦を集めて大宴会をやることを計画し、そして実行したり――つまりオレたちはアホやったわけ。

ネコに会えなかった二丁目の酒場のあと、ある夜、オレはテレビ映画の仕事で新宿南口へ行ったんだ。駐車場に入ったロケバスを降りたら、通りをはさんだ目の前に〈五十鈴〉があった。なつかしーいナツカシーイ!!　１９５０年代のオレにとってはアルコール時代の、忘れたいような忘れたくないような光景がノウズイの中をくるくると回転した。あまりにもなつかしくて、表から店の中をガラス戸越しにのぞいてたら、アラアラ、と店主のオカアチャンが出てきた。そのオカアチャンの顔も姿も、昔日とちイとも変わらないのにはびっくり仰天!!　オレだけが老残となったのか、なさけないッ!!　オレは、ごぶさたしてすまない、とか、このごろは酒もあまり飲めなくなった、とか、これから仕事だから近い内にゆっくり来ます、とかいって、ロケ現場に向かったオレの背に、カネコさんによろしくね、とオカアチャンの声があった。

そのころネコはこの店でよくケンカをした。どうしたわけか壮絶にケンカをした。うだうだとからんできた複数のヤア公に、外へ出ろッ!! と立ち向かってケンカもした。そんなときオレは一目散に逃げた。しばらくして戻ると、いつもネコさんは店の前で立っていた。頭から血を流して立っていたこともある。タイチャンを待ってたんだよ、とオレにいった。オレはいつもポロポロと泣いた。東京人の金子信雄は勇敢な強虫であるけど、東京人の殿山泰司は卑怯者の弱虫である。恥ずかしい。そして、その差は、今でもずうッとつづいている。

あれは1960年代だったか、日活撮影所で午後四時ごろ仕事が終わったら、ネコさんが、おれのウチで麻雀をやらないか、というので、やろうやろうッ!! と芦田伸介や安部徹もたしか同行したな、中野の宮園町だったか、ネコさんの家へ行ったんだ。露地の奥にあるコの字形の一軒家だった。結婚前の一人住まいである。金持の隠居所みたいなシャレた日本家屋で、なんでこんな家にヒトリで住んでいたのか不可解。小さな門があって、その門の右の柱に〈猛犬ご注意〉と木の札がかかっていた。でっかい秋田犬が二ケも小ぶりの庭の中をブラブラしていてビックリした。足がすくんだ。だれがきてもワンともスンとも吠えないから大丈夫、とネコがいったのでまたビックリした。

なるほど、オレたちがおそるおそるそばへ寄っても、ただただ首をたれているだけで、生きてるけど死んでるような猛犬であった。なんでこんな犬を飼ってたのかも不可解。――玄関を入ると右が台所であり左が茶の間であり、つまり麻雀もやる部屋やな、その茶の間の奥を左に広い廊下があって、向こうの寝室のような座敷につながっていた。コの字形にまちがいありません。そしてその広い廊下には山のように本が積んであった。――そうか、そうだったのか、やっぱりな。

オレは今までに金子信雄の著書は、全部といっていいほど読んでいる。そして料理のことや男や女のことやモロモロのことや、その博学というか博識というか、いつもいつもおどろかされてばかりいる。このまえ仕事の帰りに京王電車の中で下条正巳とばったり会ったんだ。並んですわってペチャクチャとしゃべった。そのとき下条が、金子信雄のことなんだけどね、彼の本を二冊ばかり読んだんだ、おどろいたよ、というから、その博学におどろいたんだろう、といったら、そうなんだよそうなんだよ、とオレの肩をたたいた。――あのとき、あの廊下の本の山に〈金子教授〉の骨ズイを見抜くべきであったのだ。手おくれ。

その宮園町の麻雀のとき、メシを食うか？　とネコがいうから、もう夕方でもあり、近所のそば屋へ電話をして、カツ丼か親子丼でも注文するのだろうと思い、あたりまえだろうッ!!　とオレたちが返事をしたら、よしッ!!　とネコは台所へ立ち、釜に米を入れてシャーッシャーッととといでガスにかけ、ナマ板の、失礼、マナ板の上でネギやニンジンやゴボウをとんとんときざみ、それを釜ん中へ放り込み、アラアラとその素早い手つきをあきれて見てたら、こんどはカレー粉や塩やETCを放り込み、出来上がったのがカレーご飯なんだよな。いやアもうそのメシのうまかったの何のって。――あのとき、あのカレーご飯にオレは金子信雄の〈必殺料理人〉としてのウデを見抜くべきであったのだ。手おくれ。

こんなんで解説になっただろうか、心配やな。

ネコさんよ、ゆるしてくれーッ!!

出典

I

・『三文役者のニッポン日記』（ちくま文庫、二〇〇一年）から（単行本は、三一書房、一九六七年）「自叙伝風エッセイ」

・『三文役者あなあきい伝 PART1』（ちくま文庫、一九九五年）から（単行本は、講談社、一九七四年）「A BROTHER（弟）」「IN ONE'S YOUTH（青春時代に）」「A STORY OF YOTSUYA（四谷物語）」「THE EVENING BEFORE（前夜）」「1940 IN KYOTO（京都にて昭和十五年）」「THE JAPANESE ARMY（日本の軍隊）」「P・O・W（捕虜）」

・『三文役者あなあきい伝 PART2』（ちくま文庫、一九九五年）から「最後の鉄腕」「安城家の舞踏会」「愛妻物語」「わが町」「裸の島」「人間」

II

・『三文役者の無責任放言録』（ちくま文庫、二〇〇〇年）から（単行本は、三一書房、一九六六年）「銀座と親父とオレと」「《鬼婆》の世界」「乙羽信子抄論」「河原林の《悪党》」

・『三文役者のニッポン日記』（ちくま文庫、二〇〇一年）から「戦争はもうゴメン」「政治はオンナにまかせよう」「オトウチャンを返せ、亭主を返せ」「犯罪はなくならんなあ」「OKINAWAへの愚察」「太陽のような政治がほしい」「ストをやるのは当たり前だろうか」

・「独り言」『スイングジャーナル』一九七一年五月号・八月号・十二月号、一九七二年二月号・三月号・五月号・十月号・十二月号、一九七三年一月号・三月号・七月号・九月号・十二月号（スイングジャーナル社）
・『JAMJAM日記』（ちくま文庫、一九九六年）から（単行本は、白川書院、一九七七年）「1976年6月」「1976年8月」
・『三文役者の待ち時間』（ちくま文庫、二〇〇三年）から「1977年」「1978年」「1979年」「1980年」
・『殿山泰司のしゃべくり105日』（講談社、一九八四年）から「しゃべくり105日」

Ⅲ

・三文映画俳優の溜息　『映画ファン』一九五三年七月号（映画世界社）原文は旧字だったのを新字に改めた
・恋愛とはナニかいな　『オール讀物』一九六三年十一月号（文藝春秋）
・三文役者の〝うえのバラアド〟　『うえの』一九七〇年七月号（上野のれん会）
・縄手通りエスキス　『中央公論』一九七三年十二月号（中央公論社）
・ONE・DAY　『話の特集』一九七五年七月号（話の特集）
・私の葬式　『面白半分』一九七六年十二月号（面白半分）
・オレたちのコミサン!!　『小説新潮』一九八〇年三月号（新潮社）
・金子信雄『うまいものが食べたくて』解説（講談社文庫、一九八四年）

解説「気づくのが遅えぞ」　戌井昭人

殿山泰司さんのことを知ったのがいつだったのか、はっきりと思い出せないのだけれど、子供の頃にテレビで見たのは、なんとなく覚えています。でもそれは映画やドラマで演技をする姿ではなく、何かの番組にコメンテーターとして出演していたもので、「ハゲ頭のこのおっさんは、いったい何者なんだろう？」と思っていたくらいでした。ですから殿山さんが、とてつもなくユニークな存在で魅力的なおっさんだということを知るのは、それからだいぶ経ってからになります。殿山泰司という人物を、はっきり認識したのは学生時代で、『三文役者あなあきい伝』を古本屋で見つけて、読んでからでした。この本は、殿山泰司を意識したわけではなく、ふざけた題名に惹かれて購入したので、いわゆるジャケ買いみたいな感じでしたが、読んでみると、これがめっぽう面白かった。そして、子供の頃に見たハゲ頭のおっさんに、どんどん興味が湧いてきて、このおっさんを追ってみようと思ったのです。でも残念なことに、わたしが興味を持った頃には、殿山さんは亡くなっていました。「オレのバカヤロウ！」。もっと早くこの人に興味を持つべきだった。

それでも後追いながら、出演している映画を観たり、古本屋で殿山泰司という文字を見つければ本を購入するようになったのです。最初は、暴言、放言、ふざけた文章を読んで、単純に楽しんでいたのですが、あるとき、この人の言ってることは、ものすごい知識に裏打ちされているのだということに気づいたのです。「気づくのが遅えぞバカヤロウ」（殿山さん風なツッコミを入れてみましたけれど）、とにかく、このおっさんはタダ者ではない、エロいことを言ったり、ふざけたことを言ってる裏には、とんでもない含蓄が潜んでいたのでした。

ジャズ、ミステリー小説、文学、映画、ニッポン国家、政治、戦争、暇なときの時間の過ごし方、喫茶店、あらゆる土地のこと、ユニークな友達、そして女性のことなど、殿山さんは、あらゆることを熟考しているのです。けれども、そこに、ユーモアや変テコなツッコミが入ってくるので、読者は、ふざけているのではないかと惑わされてしまいます。でも殿山さんは、いつだって真剣です。これは、極度の照れ屋である殿山さんの照れ隠しなのでしょう。

本書に収録されたエッセイの中で殿山さんは、「だいたいおれは、ダラダラやズルズルが好きなんだ。人生というものはダラダラと始まり、そしてズルズルと終わる。そうあれかしと思っているくらいだ」と言ってます。常識的に考えれば「なにを言ってるんだ、この怠け者め」となるかもしれませんが、裏を返してみれば、これは、争いのない平和な世界を願っているのかもしれません。こんな風に考えていると、「おいおい、勝手にウラッカエシにするんじゃねえよ、ウラッカエシにするのは、女のカラダだけにしろ、ウッシシ」と言う殿山さんの声が聞こえてきますが、とにかく殿山さんは、世間に悪態をつきながらも、心の底では世の平和を願い、あらゆる経験から、常識なんてもんは簡単に崩れることを知っているのです。

さらに、女性や性に関しても、いろいろ放言していて、本書だけでもギリギリでヤバイ感じですが、殿山さんの名著（珍書？）『日本女地図』は、四十七都道府県の女性のマル秘な部分の特徴をのべたりしているので、女性や性に関しては、こんなこと言ってしまっていいのだろうか？　と思えてくるくらいの発言が多いのです。現在、このようなことを、それも俳優が発言をしていたら大問題になって、ネットなどで叩かれていることでしょう。もしかしたら、今回の殿山さんのエッセイ集にも文句が出てくるかもしれません。コンプライアンスというやつなのか、しかし殿山さんに代わって、わたしが殿山さん風に代弁させていただくと、「コンプライアンス、そんなこと言ってる暇があるなら、自分のポコチンプライスについてテツガクしろってんだい」といったところでしょう。しかし、このような（右のはわたしが殿山さん風に言っているだけですが）殿山さんの放言の裏には、実は、女性への敬意と畏れがあって、人間賛歌でもあるのです。

殿山さんの生前は、現在と比べれば世間も大らかだったのかもしれませんが、結局のところ、本書で殿山さんが憂いている政治やニッポン国家に関しては、あまり変わっていません。いや、むしろ悪くなっています。ですから、こんなときこそ、殿山さんの発言が必要だと思えてくるのです。

とにかく今回のエッセイ集も、「そこらへんをうろついている諸兄姉に、ぜひ読んで欲しいと思っている」、そして殿山タイちゃんの愛好家が増えれば、もう少し、世の中が大らかになる気がするのだよ。「そんなコトねーかな、でも、ハンブンはシンケンなんだけどな」。

なんだか殿山泰司風の文章を気取ってみてスミマセン。あの独特な文体には、まったく追いつけませんが、この殿山文体、やってみると相当楽しいので、皆様も、メールなどで文章を書くときには、殿山文体をやってみると、さらに愛好家が増えるかもしれません。でも殿山さんを知らないと、単に嫌がられるかもしれませんので、そこらへんはテキトーにお願いします。

ずいぶん前に雑誌で大きなコップを手に持ち、赤く透きとおったカンパリソーダを飲んでいる殿山さんの写真を発見しました。飲んでいる場所は、本書にも度々登場する、「かいばや」という浅草にあるお店でした。あるとき浅草で飲み歩いていると、観音裏で、この「かいばや」を発見したのです。

それまでも、「かいばや」のことは、雑誌や本で知っていたので、殿山さんが通っていた店ということで興奮して、中に入ってみたいと思ったものの、躊躇してしまいました。この「かいばや」は、名付け親が野坂昭如で、田中小実昌、色川武大、さらに、ビートたけしまでが通っていたという伝説の店なのです。全員、わたしの中のヒーローです。だから、そうそう簡単に入れません。そんなことを考えながら、何度か道を行き来して、ようやっと扉を開けました。中に入ると、「かいばや」のお母さんがいました。そして、わたしが殿山さんのことが好きで入ってきたのですがと言うと、「かいばや」のお母さんは、殿山さんの思い出を語ってくれたのです。「ほんのりオーデコロンの香りがしてね、いつも静かに、その席で飲んでたのよ」と言ったのは、わたしの座っていた席でした。さらに殿山さんが、優しくて、ものすごい紳士だったということも話してくれました。

とにかく殿山泰司という存在が、このニッポンに存在していたということだけでも、ワタシは嬉しく思うのです。

「どうだい、今回、初めて殿山泰司を読んで、その魅力にとりつかれた諸兄姉よ、これからも、まだまだ殿山泰司という人間を掘り下げてみようじゃないかい。きっと何かが見つかりそうで、見つからないかもしれないよ」

本書は、文庫オリジナルです。

本書のなかには今日の人権意識に照らして不当・不適切な語句や表現がありますが、時代的背景と作品の価値にかんがみ、また、著者が故人であるためそのままとしました。

ちくま文庫

殿山泰司《とのやまたいじ》ベスト・エッセイ

二〇一八年十月十日　第一刷発行

著　者　殿山泰司（とのやま・たいじ）
編　者　大庭萱朗（おおば・かやあき）
発行者　喜入冬子
発行所　株式会社 筑摩書房
東京都台東区蔵前二―五―三　〒一一一―八七五五
電話番号　〇三―五六八七―二六〇一（代表）
装幀者　安野光雅
印刷所　三松堂印刷株式会社
製本所　三松堂印刷株式会社

ISBN978-4-480-43552-1 C0195